JAKOB,
O MENTIROSO

JUREK BECKER

JAKOB, O MENTIROSO

Tradução
José Marcos Mariani de Macedo

COMPANHIA DE BOLSO

Grafia atualizada segundo o Acordo Ortográfico da Língua Portuguesa de 1990, que entrou em vigor no Brasil em 2009.

Título original
Jakob der Lügner

Capa
Jeff Fisher

Preparação
Rosemary Lima

Revisão
Juliane Kaori
Renato Potenza Rodrigues

Atualização ortográfica
Verba Editorial

Dados Internacionais de Catalogação na Publicação (CIP)
(Câmara Brasileira do Livro, SP, Brasil)

Becker, Jurek, 1937-1997.
Jakob, o mentiroso / Jurek Becker ; tradução José Marcos Mariani de Macedo. — São Paulo : Companhia das Letras, 2011.

Título original: Jakob der Lügner.
ISBN 978-85-359-1942-4

1. Romance alemão I. Título.

11-07950 CDD-833

Índice para catálogo sistemático:
1. Romances : Literatura alemã 833

2011

EDITORA SCHWARCZ LTDA.
Rua Bandeira Paulista, 702, cj. 32
04532-002 — São Paulo — SP
Telefone: (11) 3707-3500
Fax: (11) 3707-3501
www.companhiadasletras.com.br
www.blogdacompanhia.com.br

Já ouço todos dizerem, uma árvore, o que é que tem de mais, um tronco, folhas, raízes, besourinhos na casca e uma copa bem frondosa, se é que tanto, e daí? Ouço-os dizerem, você não tem nada melhor em que pensar para que seus olhos se extasiem feito os de uma cabra faminta, a que se mostra um tufo bem gordo de capim? Ou talvez você se refira a uma árvore em específico, uma toda especial, que, sei lá, porventura tenha emprestado seu nome a uma batalha, algo como a Batalha do Pinheiro Silvestre, a uma tal é que você se refere? Ou será que nela alguém especial foi enforcado? Nada disso, nem sequer enforcado? Então tá, não tem graça nenhuma, mas se a coisa te diverte tanto a gente continua um bocadinho mais com essa brincadeira boba, você é quem manda. Será então que você está se referindo àquele rumorejo suave, que as pessoas chamam farfalhar, quando o vento encontra sua árvore, quando improvisa uma melodia em suas folhas? Ou à quantidade de metros cúbicos de madeira que rende um tronco como o dela? Ou você se refere às notórias sombras que ela projeta? Coisa engraçada, é só falar em sombra que todo mundo pensa em árvores, embora prédios e altos-fornos projetem sombras muito maiores. Às sombras, você se refere?

Tudo errado, eu digo então, vocês podem parar de adivinhar, não vão entender é nunca. Não me refiro a nada disso, se bem que o poder calorífico não seja de desprezar, refiro-me muito simplesmente a uma árvore. Eu tenho cá minhas razões. Primeiro, as árvores cumpriram um certo papel em minha vida, um papel que provavelmente eu superestime, porém é assim que eu sinto. Aos nove anos eu caí de uma árvore, por sinal uma macieira, e quebrei a mão esquerda. A fratura consolidou bastante bem, mas há alguns movimentos intrincados que desde então não posso mais realizar com os dedos da mão esquerda. Menciono isso porque era dado como certo que um dia eu seria violinista, mas a rigor isso não tem importância alguma. A princípio foi minha mãe que quis, depois meu pai também, e no final nós três queríamos. Adeus violinista, portanto. Alguns anos mais tarde, eu já devia ter meus dezessete, deitei-me pela primeira vez na vida com uma garota, sob uma árvore. Dessa vez foi uma faia, uns bons quinze metros de altura, a garota se chamava Esther, não, Moira, eu acho, seja como for era uma faia, e um javali nos importunou. Pode ser que tenham sido muitos, não tivemos tempo de nos virar. E outra vez, alguns anos mais tarde, minha mulher Hannah foi executada sob uma árvore. Não sei dizer de que espécie, dessa vez não estive presente, só me contaram, e eu me esqueci de perguntar o nome.

E agora a segunda razão pela qual eu fico com esse olhar extasiado quando penso nessa árvore, provavelmente ou mesmo com toda a certeza a mais importante das duas. É que nesse gueto as árvores são proibidas (Ordenança nº 31: "É estritamente vedado manter plantas frutíferas ou ornamentais de qualquer espécie nos limites do gueto. O mesmo vale para *árvores*. Caso alguma planta silvestre não tenha sido notada quando da instauração do gueto, deve esta ser removida o mais breve possível. As transgressões serão...").

Hardtloff foi quem bolou isso, sabe-se lá por que diabos, talvez por causa dos pássaros. De mais a mais, mil outras coisas também foram proibidas, anéis e outros objetos de valor, criar animais de estimação, andar na rua depois das oito, não teria sentido algum querer enumerar tudo. Imagino o que aconteceria com quem tivesse um anel no dedo e fosse encontrado na rua com um cachorro depois das oito. Mas não, isso eu nem imagino, nem sequer penso em anéis e cães e nas horas. Só penso nessa árvore, e meus olhos se extasiam. Eu compreendo o ponto de vista deles, quero dizer, posso concebê-lo do aspecto teórico, vocês são judeus, são menos que lixo, para que precisam de anéis, e por que haveriam de zanzar na rua depois das oito?

Temos tais e tais planos para vocês e queremos botá-los em prática assim e assado. Isso eu compreendo. Choro por causa disso, mataria todos eles se pudesse, torceria o pescoço a Hardtloff até com minha mão esquerda, cujos dedos já não conseguem mais realizar movimentos intrincados, e ainda assim a lógica da coisa entra na minha cabeça. Mas por que eles nos proíbem as árvores?

Já tentei milhares de vezes me livrar dessa maldita história, sempre em vão. Ou não eram as pessoas certas a quem eu quis contá-la ou cometia um erro ou outro. Embaralhava uma porção de coisas, trocava nomes, ou não eram, como disse, as pessoas certas. Toda vez que eu bebo umas e outras ela aparece, não tenho como me defender. Não devo beber tanto, penso toda vez que essas serão as pessoas certas, e penso ter tudo muito bem concatenado, nada mais pode dar errado quando contá-la.

E no entanto Jakob, olhando para ele, não lembra de modo algum uma árvore. Existem homens, afinal, de quem se diz, um sujeito rijo como madeira de lei, alto, forte, que mete até um pouquinho de medo, homens em quem a pessoa gostaria de se apoiar uns minutos todos os dias. Jakob é muito menor, ele mal chega aos ombros do sujeito rijo como madeira de lei. Ele tem medo como todos nós, a bem dizer ele em nada se distingue de Kirschbaum ou de Frankfurter ou de mim ou de Kowalski. A única coisa que o distingue de todos nós é que, sem ele, não poderia ter acontecido essa maldita história. Mas mesmo nesse particular as opiniões podem divergir.

É noite, portanto. Não pergunte a hora exata, esta só os alemães sabem, nós não temos relógios. Já faz um bom tempo que escureceu, em algumas janelas a luz está acesa, isso basta. Jakob se apressa, ele não tem mais muito tempo, já escureceu faz bastante tempo. E de repente ele não tem mais tempo nenhum, nem meio segundo, pois clareia a seu redor. Isso se dá bem no meio da rua, a Kurländischer Damm, perto da divisa do gueto, onde antes os costureiros tinham o seu centro. Lá está a sentinela, cinco metros acima de Jakob, numa torre de madeira atrás do arame farpado estendido de um lado a outro da rua. Primeiro ele não diz nada, só segura Jakob com o facho do holofote, no meio da rua, e espera. À esquerda, na esquina, está a antiga loja de Mariutan, um imigrante romeno que nesse meio-tempo voltou à Romênia para salvaguardar no front os interesses de seu país. E à direita está o antigo negócio de Tintenfass, um judeu nativo que agora vive no Brooklyn, Nova York, e segue costurando roupa feminina de primeira. E entre eles, sobre os paralelepípedos e solitário com seu medo, está Jakob Heym, na verdade já velho demais para tais testes de nervos, a boina ele arranca da cabeça, não consegue distinguir nada na luz, só sabe que, em algum lugar atrás desse fulgor, estão dois olhos de soldado que o surpreenderam. Jakob repassa as faltas mais prováveis e não se recorda de nenhuma. A carteira de identidade ele traz consigo, ao trabalho ele não faltou, a estrela no peito se acha no local exatamente prescrito, disso ele se certifica com o olhar, e a das costas ele a costurou só dois dias atrás. Se o homem não atirar de imediato, Jakob pode lhe responder satisfatoriamente todas as perguntas, é só ele perguntar.

"Muito me engano ou é proibido andar pela rua depois das oito?", diz por fim o soldado. Um do tipo bonachão, a voz nem soa zangada, antes suave, o tom inspira a vontade de papear um pouco, um toque de humor não estaria fora de propósito.

"É proibido", diz Jakob.

"E que horas são agora?"

"Eu não sei."

"Mas deveria saber", diz o soldado.

Jakob poderia dizer agora "é verdade", ou poderia perguntar "de que modo", ou poderia perguntar "que horas são, afinal?". Ou poderia se calar e aguardar, e é isso que ele faz, é o que lhe parece mais conveniente.

"Você sabe pelo menos que prédio é aquele lá do outro lado?", pergunta o soldado depois de constatar, sem dúvida, que seu parceiro não é o homem certo para manter de pé uma conversa.

Jakob sabe. Ele não viu para onde o soldado indicou com a cabeça ou apontou com o dedo, vê apenas o ofuscante holofote, atrás dele há muitas casas, mas no atual estado das coisas só uma se acha em questão.

"O quartel militar", diz Jakob.

"Você entre lá agora. Se apresente ao oficial de plantão, diga para ele que estava na rua depois das oito, e peça uma punição justa."

O quartel militar. Jakob não sabe muita coisa sobre esse prédio, sabe que ali é a sede de alguma administração alemã, pelo menos é o que as pessoas dizem. O que lá se administra, isso ninguém sabe. Ele sabe que lá funcionava antes a Secretaria de Finanças, sabe que há duas saídas, uma que dá para a frente e a outra para fora do gueto. E sabe sobretudo que são muito poucas as perspectivas de um judeu sair vivo daquele prédio. Até hoje não se tem notícia de um tal caso.

"Algo mais?", pergunta o soldado.

"Não."

Jakob se vira e anda. O holofote o acompanha, chama-lhe a atenção para as irregularidades do calçamento, faz a sua sombra ficar cada vez mais comprida, faz a sombra alcançar a pesada porta de ferro com os postigozinhos redondos e lhe subir pelo batente, enquanto Jakob ainda tem muitos passos a dar.

"E você vai pedir o quê?", pergunta o soldado.

Jakob estaca, volta-se com paciência e responde: "Uma punição justa".

Ele não berra, somente as pessoas descontroladas ou sem respeito berram, mas também não fala baixo demais, a fim de que o homem na luz possa entendê-lo claramente a distância, ele se esforça por achar o tom correto. É preciso que notem que ele sabe o que pedir, basta que lhe perguntem.

Jakob abre a porta, torna a fechá-la com rapidez, interpondo-a entre si mesmo e o holofote, e olha para o longo corredor vazio. Ele já estivera ali várias vezes, antes havia uma mesinha logo à esquerda, ao lado da porta, atrás dela sentava-se um funcionário subalterno, até onde lembra Jakob sempre o senhor

Kominek, e perguntava a todos os visitantes que entrassem: "Em que posso lhe servir?". "Gostaria de pagar meus impostos semestrais, senhor Kominek", dizia Jakob. Mas Kominek fazia como quem nunca tivesse visto Jakob, embora de outubro até final de abril ele frequentasse quase toda semana o café de Jakob e lá se fartasse de panquecas de batata. "Categoria profissional?", perguntava Kominek. "Pequeno comerciante", dizia Jakob. A irritação ele não deixava transpirar, o mínimo que fosse, Kominek comia toda vez pelo menos quatro panquecas, e por vezes levava também a mulher. "Nome?", perguntava Kominek a seguir. "Heym, Jakob Heym." "Letras F a K, sala 16." Porém quando Kominek ia a seu café, quem disse que ele pedia as panquecas, só falava: "O de sempre". Ele era freguês assíduo, ora bolas.

No lugar em que antes havia a mesa não há mais mesa, mas onde ficavam as pernas ainda se veem quatro marcas no assoalho. A cadeira, pelo contrário, não deixou marcas, provavelmente porque não permaneceu com tamanha contumácia num único e mesmo lugar como a mesa. Jakob recosta-se na porta e descansa um pouco, os últimos minutos não foram fáceis, mas que diferença isso faz agora? O cheiro da casa mudou, um tanto para melhor. O fedor de amoníaco, que antes pairava no corredor, desapareceu, em troca exalava um aroma mais civil, de maneira inexplicável. Há um toque de couro no ar, suor feminil, café e um bafejo de perfume. Lá no fundo do corredor uma porta é aberta, sai uma mulher de vestido verde, dá alguns passos, ela tem belas pernas retas, ela entra numa outra sala, duas portas ficam abertas, ouve-se ela rindo, ela sai outra vez da sala, retorna, as portas se fecham novamente, o corredor está outra vez vazio. Jakob continua recostado na porta de ferro. Ele tem vontade de sair, talvez o holofote não espere mais por ele, talvez tenha procurado algo de novo, mas talvez continue esperando, é bastante improvável que ele não espere mais, a última pergunta do soldado soara tão categórica.

Jakob ganha o corredor. Nas portas das salas não está escrito quem se acha lá dentro, só números. Talvez o oficial de plantão ocupe a sala em que antes se instalava o chefe da repartição, mas isso não é uma certeza, e não é recomendável bater à porta errada. O que você quer, alguma informação? Ouviram isso, ele quer uma informação! Temos tais e tais planos para ele, e eis que ele simplesmente entra aqui e quer uma informação!

Atrás da 15, outrora Pequenos Comerciantes, letras A a E, Jakob ouve ruídos. Ele encosta o ouvido na porta, tenta escutar, não consegue compreender nada, só palavras esparsas que não fazem sentido, mas ainda que a madeira fosse mais fina ele não alcançaria muita coisa, pois é difícil uma pessoa se dirigir a outra como "senhor oficial de plantão". Súbito a porta abre, justo a 15, por sorte as portas aqui se abrem para fora, de maneira que quem sai não vê Jakob, encoberto pela porta. Por sorte também a pessoa deixa a porta aberta, logo ela volta, quando se acredita estar entre amigos deixam-se as portas abertas, e Jakob tem seu esconderijo. Lá dentro há um rádio ligado, ele crepita um bocado, com certeza um daqueles "rádios populares" deles, mas nenhuma música. Desde que chegou a este gueto Jakob não ouviu mais música, nenhum de nós ouviu, só quando alguém cantava. Um locutor relata trivialidades de um quartel-general, alguém foi promovido postumamente a tenente-coronel, em seguida algo sobre o abastecimento garantido à população, e então esta notícia, que acabara de chegar ao locutor: "Numa encarniçada batalha defensiva, nossas tropas, combatendo heroicamente, lograram deter o assalto bolchevique a vinte quilômetros de Bezanika. No correr das operações militares, nossos regimentos...". Então a pessoa torna a sua sala, fecha a porta, e a madeira é muito espessa. Jakob não se mexe, ele ouviu uma notícia e tanto, Bezanika não é muito longe, não se vai num pé e volta no outro, não, mas não é uma distância infinda. Ele nunca esteve lá antes, porém ouvira algo sobre Bezanika, uma cidadezinha bem pequena, quando se viaja de trem na direção sudeste, passando por Mieloworno e pela cabeça de distrito Pry, onde seu avô materno tinha uma farmácia, lá se faz a baldeação com destino a Kostawka e em algum momento se chega a Bezanika. São talvez uns bons quatrocentos quilômetros, talvez até quinhentos, não mais, queira Deus, e agora lá estão eles. Um defunto ouviu uma boa notícia e está feliz, ele gostaria de continuar feliz por mais tempo, mas em sua situação, o oficial de plantão espera por ele, e Jakob tem de seguir adiante. O próximo passo é o mais difícil, Jakob tenta dá-lo, mas em vão. Sua manga está presa na fenda da porta, a pessoa que tornou à sala enganchou-o sem nenhuma má intenção, simplesmente fechou a porta atrás de si, e Jakob ficou manietado. Ele puxa com cautela, a porta é bem trabalhada, ajusta-se com exatidão, nenhuma folga supérflua, nem uma folha de papel deslizaria através dela. Jakob cortaria com prazer o pedaço de manga, sua faca está em casa, com os dentes, dos quais falta a metade, seria perda de tempo. Passa-lhe pela cabeça despir a jaqueta, simplesmente despi-la e deixá-la presa, para que precisa mesmo de uma jaqueta agora? Ele já despiu uma das mangas quando lhe ocorre que ainda precisa, sim, da jaqueta. Não para o inverno seguinte, quando se está no gueto o frio vindouro não assusta, a jaqueta é necessária para o oficial de plantão, se é que irá encontrá-lo, para o oficial de plantão, que sem dúvida pode suportar a visão de um judeu sem jaqueta, a camisa de Jakob está limpa e quase sem remendos, mas dificilmente a visão de um judeu sem estrela no peito e nas costas (Ordenança nº 1). No verão passado as estrelas estavam na camisa, ainda se podem ver as marcas dos pontos, mas agora não mais, agora elas estão na jaqueta. E ele torna a vesti-la, fica com suas estrelas, puxa mais firme, ganha alguns milímetros, mas não o suficiente. A situação, como se diz, é desesperadora, ele puxa com toda a força, algo se rasga, fazendo barulho, e a porta se abre. Jakob cai no corredor, sobre ele se acha um homem, à paisana e muito admirado, então ele ri e fica sério outra vez. O que Jakob procura ali. Jakob se levanta e escolhe as palavras com esmero. Não que ele estivesse na rua depois das oito, não, a sentinela que o deteve dissera já serem oito, e que ele se apresentasse ali ao senhor oficial de plantão.

"E então ficou aqui escutando?"

"Não fiquei escutando. Eu nunca estive aqui e não sabia qual era a sala. Por isso estava para bater aqui."

O homem não faz mais perguntas, ele indica com a cabeça o fundo do corredor. Jakob caminha a sua frente, até que o homem diz "aqui", não é a sala do chefe de repartição. Jakob olha para o homem, depois bate. O homem afasta-se outra vez, mas de dentro ninguém responde.

"Entre", diz o homem, e desaparece em sua porta quando Jakob torce a maçaneta.

Jakob na sala do oficial de plantão, ele fica junto à porta, desde que foi pego pelo holofote não tornou a pôr a boina na cabeça. O oficial de plantão é um homem bem jovem, no máximo trinta. Tem cabelos castanho-escuros, quase pretos, ligeiramente ondulados. Sua patente não há como reconhecê-la, ele está em mangas de camisa, a jaqueta está pendurada num cabide de parede de tal maneira que não se podem ver as dragonas. Por cima da jaqueta pende o cinturão de couro com o revólver. Isso é um tanto ilógico, na verdade ele deveria estar pendurado debaixo da jaqueta, é natural primeiro desafivelar o cinturão e depois despir a jaqueta, mas ele pende por cima. O oficial de plantão está deitado num sofá de couro preto e dorme. Jakob acredita que ele dorme profundamente, Jakob já ouviu várias pessoas dormindo, tem ouvido para a coisa. Ele não está roncando, mas respira fundo e regularmente, Jakob tem de se fazer notar de alguma forma. Em geral ele pigarreia, mas ali não dá, isso se faz quando se visitam amigos próximos. Quer dizer, quando se visita um amigo bem próximo também não se pigarreia, se diz "acorda, Salomon, estou aqui", ou simplesmente se cutuca o ombro da pessoa. Mas mesmo assim não dá para pigarrear, seria algo mais ou menos a meio caminho entre aqui e Salomon. Jakob está prestes a bater à porta, mas deixa cair a mão quando vê um relógio na escrivaninha, de costas para ele. Ele tem de saber que horas são, não há nada mais que ele precise saber agora com tamanha urgência. O relógio marca 7h36, Jakob retorna a passos de lobo até a porta. Eles te pregaram uma peça, ou melhor, eles não, só aquele um atrás do holofote, aquele te pregou uma peça, e você caiu feito um pato.

Jakob ainda tem vinte e quatro minutos, se forem honestos vinte e quatro minutos mais o tempo que já lhe custa a demora. Ele ainda não bate à porta, reconhece o sofá de couro preto em que está deitado o oficial de plantão. Ele próprio já se sentou nele, pertencia a Rettig, ao corretor Rettig, um dos homens mais ricos da cidade. No outono de 1935 Jakob lhe tomara dinheiro emprestado, a juros de vinte por cento, pois o verão inteiro fora tão frio que mal se pudera vender sorvetes. Os negócios foram fracos como nunca, nem sequer o seu famoso sorvete de framboesa teve saída, já em agosto Jakob se vira forçado a começar com as panquecas, mas tão cedo assim ele não havia juntado dinheiro para as batatas, e teve de tomar emprestado. E em fevereiro de 1936 ele se sentara no sofá quando foi devolver o dinheiro a Rettig. Era na sala de espera que ele ficava, Jakob sentara-se nele durante uma hora, aguardando Rettig. Na ocasião ele se admirara com a extravagância, ali havia couro suficiente para fazer com tranquilidade dois sobretudos ou três casacos, e bem na sala de espera! O oficial de plantão vira-se de lado, suspira, estala os lábios algumas vezes, do bolso de sua calça escorrega um isqueiro e cai no chão. Agora Jakob tem de acordá-lo urgentemente, não seria bom se ele despertasse sem Jakob acordá-lo. De dentro ele bate à porta, o oficial de plantão diz "sim?", mexe-se, segue dormindo. Jakob bate mais uma vez, que diacho de sono mais profundo, bate com força, o oficial de plantão senta-se antes de acordar direito, esfrega os olhos e pergunta: "Mas que horas são?".

"Passam alguns minutos das sete e meia", diz Jakob.

O oficial de plantão acabou de esfregar os olhos, agora olha para Jakob, esfrega os olhos mais uma vez, não sabe se deve ficar bravo ou rir, isso nunca aconteceu antes, parece até mentira. Ele se levanta, apanha o cinturão do cabide, a jaqueta, veste-a, afivela o cinturão. Senta-se atrás da escrivaninha, reclina-se, estica bem os braços para os lados.

"A que devo a honra?"

Jakob quer responder algo, não consegue, sua boca está tão seca, então essa é a cara do oficial de plantão.

"Só não venha com falsa modéstia", diz o oficial de plantão, "trate de ir desembuchando. Qual é o babado?"

Na boca reúne-se um pouco de saliva, este parece ser um sujeito amigável, talvez ele seja novo aqui, talvez nem conheça a má fama da casa. Por um instante ocorre a Jakob que é possível ele ter se enganado na distância, quem sabe Bezanika não fique tão longe, no fim nem trezentos quilômetros, ou até um belo pedaço a menos, o homem a sua frente talvez tenha medo, o homem prevenido vale por dois, para tudo tem de haver uma explicação natural. Mas depois lhe vem à cabeça que o comunicado acabara de chegar ao locutor, o oficial de plantão estava dormindo, ainda não poderia tê-lo ouvido. Por outro lado, pode ser de bastante valia que ele ainda não o tivesse ouvido, a notícia falava que os russos haviam sido detidos, vocês alemães conseguiram barrar o avanço, tiveram sucesso, talvez ele pense que os russos ainda estejam avançando. Jakob especula demais, o oficial de plantão se impacienta, isso não é inteligente, em sua testa formam-se rugas.

"Você não fala com alemães?"

Claro que Jakob fala com alemães, como não haveria de falar com alemães, Deus que me livre passar uma impressão dessas, afinal somos todos pessoas sensatas, claro que podemos falar um com o outro.

"A sentinela na torre da Kurländischer Damm disse para eu me apresentar ao senhor. Ele disse que eu estava na rua depois das oito."

O oficial de plantão olha para o relógio a sua frente em cima da mesa, arregaça a manga e também consulta seu relógio de pulso.

"E fora isso não disse mais nada?"

"Ele disse ainda que eu devia pedir uma punição justa."

A resposta não pode fazer mal, pensa Jakob, ela soa obediente, desconcertantemente honesta, alguém que chega tão longe com sua franqueza poderia aspirar a um tratamento justo, sobretudo quando o delito que lhe imputam nem foi cometido, qualquer relógio pode atestá-lo.

"Como você se chama?"

"Heym, Jakob Heym."

O oficial de plantão pega papel e lápis, anota algo, não só o nome, escreve mais, torna a olhar para o relógio, está cada vez mais tarde, continua a escrever, quase meia página, em seguida põe o papel de lado. Abre um estojinho, retira um cigarro e tateia o bolso da calça. Jakob vai até o sofá de couro preto, abaixa-se, apanha o isqueiro do chão, deposita-o em cima da mesa diante do oficial de plantão.

"Obrigado."

Jakob torna a postar-se diante da porta, ele viu que no relógio sobre a mesa já passam das 7h45 a essa altura. O oficial de plantão acende o cigarro, dá uma tragada, seus dedos brincam com o isqueiro, ele o acende algumas vezes e torna a fechá-lo, a chama já está bem pequena.

"Você mora longe daqui?", ele pergunta.

"A menos de dez minutos."

"Vá para casa."

Será mesmo verdade? A quantos ele já disse isso e eles não saíram dali? O que ele vai fazer com seu revólver quando Jakob virar as costas? O que há lá fora, no corredor? Como vai reagir a sentinela quando vir que Jakob escapou de sua punição justa? Por que haveria de ser justo Jakob Heym, esse franzino, insignificante e trêmulo Jakob Heym, com lágrimas nos olhos, o primeiro judeu a contar como o quartel militar se parece por dentro? São precisos, como se diz, mais seis dias de Criação, o caos ficou ainda maior do que já era.

"Anda, chispa daqui", diz o oficial de plantão.

O corredor está vazio outra vez, o que era quase de esperar, ele é uma das fontes menores de perigo. Mas depois, a porta para o exterior. Será que ela fizera barulho antes, ao abri-la, será que abrira em silêncio, ou teria rangido ou chiado ou raspado? Vá prestar atenção em tudo, coisa impossível, se pelo menos ele soubesse antes que mais tarde isso seria de alguma importância. Mas o que estou dizendo, importância, pensando bem não tem importância alguma se ela pode ser aberta em silêncio ou não.

Se não range, será aberta, e se range, por acaso Jakob há de ficar ali, faltando dez para as oito?

A maçaneta é torcida com cautela. Pena que não haja outra palavra para cautela, no máximo com toda a cautela ou com extrema cautela, tudo igualmente remoto do que se quer aludir. Talvez se possa dizer, abra a porta em silêncio, se ele te ouve, isso pode te custar a vida, a vida que de repente recobrou sentido. Assim ele abre. E então Jakob está do lado de fora, que frio mais súbito, a vasta praça a sua frente, uma vontade de palmilhá-la. O holofote cansou de esperar, ele se diverte em alguma outra parte, repousa enfim para novas aventuras. Mantenha-se sempre bem rente à parede, Jakob, assim está bem, ao chegar à esquina trinque os dentes para a travessia dos vinte metros da praça. Se ele notar então alguma coisa, primeiro terá de se virar e procurar, mas aí a esquina já estará lá, míseros vinte metros.

São vinte metros quase exatos, eu já medi o trajeto, exatos dezenove metros e sessenta e sete centímetros. Eu estive lá, a casa ainda se acha de pé, perfeitamente incólume, só a torre da sentinela não existe mais. Fiz com que me mostrassem o local exato, no meio da Kurländischer Damm, depois avaliei o caminho a passos, tenho uma boa noção de metro. Mas isso não me era preciso o bastante, comprei uma fita métrica, então voltei lá e medi outra vez. As crianças ficaram de olho e me tomaram por alguém importante, e os adultos me olharam admirados e me tomaram por um louco. Apareceu até um policial, pediu-me a identidade e perguntou-me o que eu estava medindo ali, seja como for são exatos dezenove metros e sessenta e sete centímetros, disso não há dúvida.

O prédio chega ao fim, Jakob arma o salto, a poucos minutos para as oito, são quase vinte metros a vencer, é quase uma barbada, mas nunca se sabe. Um rato, era o que a pessoa precisava ser. Um rato é tão insignificante, mirrado e silencioso. E você? Oficialmente você é um piolho, um percevejo, todos nós somos percevejos, por um capricho de nosso Criador percevejos ridiculamente crescidos, e onde já se viu um percevejo querer trocar de lugar com um rato? Jakob decide não correr, prefere mover-se a furto, assim é mais fácil controlar os ruídos. A algum movimento do holofote, resta ainda a saída de apertar o passo. A meio caminho ele ouve a voz da sentinela, nada de pânico, não se dirige a ele, a sentinela diz "sim, senhor!". Em seguida diz outra vez "sim, senhor!" e ainda mais outra, a única explicação é que está ao telefone. Talvez lhe tenha telefonado uma outra sentinela, também entediada. Mas para esta ele não ia dizer o tempo inteiro "sim, senhor!", nem pensar que iria. Então será o comandante do posto de sentinela dando uma ordem qualquer? Coisa a bem da verdade sem a menor importância, mas suponhamos o caso mais favorável, o oficial de plantão está na linha. O que te deu na cabeça, ficou maluco, dar um susto desses em pobres judeus inocentes! ("Sim, senhor!") Você não viu então que o homem ficou todo transtornado, as pernas dele tremiam de medo! Que isso não se repita, entendeu? ("Sim, senhor!") No quarto "sim, senhor!" ele chega à esquina, que o sujeito continue falando até criar teia, então em menos de dez minutos Jakob está em casa.

Jakob divide o quarto com Josef Piwowa e Nathan Rosenblatt. Eles só se conheceram ali, naquele quarto, nenhum deles consegue aturar o outro muito bem, o aperto e a fome suscitam discórdias, mas a bem da justiça é preciso dizer que mesmo o primeiro cumprimento foi bastante formal.

Rosenblatt morreu um bom ano antes do feliz regresso de Jakob, ele devorou um gato que fora imprudente o bastante para desprezar as placas de aviso junto ao arame farpado, e um belo dia caiu morto de fome no pátio. Rosenblatt foi o primeiro a encontrá-lo, como já disse, devorou-o, e morreu disso. Piwowa morreu somente há três meses. Seu passamento foi acompanhado de certas circunstâncias misteriosas, o certo apenas é que foi fuzilado por um capataz na fábrica de sapatos em que trabalhava. Ele fora insolente, dissera palavras que, mesmo em tempos normais, é melhor não serem ditas a um capataz, e logicamente o homem fuzilou-o em sua cólera. Uma das teorias baseia-se em que Piwowa não soube sofrear seu temperamento, descontrolado ele sempre foi, a coisa havia mesmo que terminar assim. Outros afirmam, pelo contrário, que temperamento e emoções não têm nada a ver com a história, dizem que foi um caso de suicídio bem corriqueiro, ainda que levado a efeito de maneira tão hábil. De um modo ou de outro, Piwowa está morto há três meses e Rosenblatt há bem um ano, sua cama foi pela chaminé acima o inverno passado, a cama de Piwowa, acha por acha, ainda aguarda no porão de Jakob pelos tempos frios que virão. Uma nova leva de companheiros de quarto até agora não chegou, as provisões são consumidas, malditos ou benditos sejam todos os gatos e guardas, em todo caso eles não se davam. Rosenblatt ao menos se cala quando está em casa, ele se senta de olhos fechados na cama e reza, é o último a ir para a cama e o primeiro a se levantar, porque seus debates com Deus consomem cada minuto de seu tempo. Esse hábito ele não o abandonou nem depois de morrer, mas ao menos ele fica calado, senta-se e se cala de olhos fechados e arrisca quando muito um olhar.

Piwowa é briguento. Ele foi o último a se alojar e faz como se fosse o primeiro a ter chegado. Muda tudo de lugar, tem de se deitar com os pés virados para a janela, a ração de pão tem de ser escondida dele. Sejamos francos, Piwowa costumava trabalhar antes na floresta, como caçador clandestino. Seu pai já era caçador clandestino, ele próprio foi um ainda melhor, filhos ele não tem.

Portanto, Jakob chega em casa. O dia foi extenuante, o tanto que experimentou, resistiu, sofreu, tremeu, ouviu. Animem-se, irmãos, fiquem loucos de alegria, os russos estão a vinte quilômetros de Bezanika, se isso lhes diz alguma coisa! Abra os olhos, Nathan Rosenblatt, pare de brigar, Piwowa, os russos estão a caminho, vocês não compreendem, a vinte quilômetros de Bezanika! Mas Rosenblatt segue rezando, Piwowa continua deitado com os pés virados para a janela, eles que fiquem deitados e briguem e rezem e estejam mortos, Jakob está em casa, e os russos que se apressem.

* * *

Vamos agora jogar um pouquinho de conversa fora.

Vamos jogar um pouquinho de conversa fora, como convém a uma história que se preze, permitam-me esse pequeno prazer, sem uma conversinha jogada fora tudo é tão miseravelmente triste. Só duas ou três palavras sobre recordações discutíveis, duas ou três palavras sobre a vida na santa paz, vamos assar um bolo rápido com ingredientes modestos, comer somente um pedacinho e empurrar o prato de lado, antes que percamos o apetite para o resto.

Estou vivo, não resta a menor dúvida. Estou vivo, e ninguém pode me forçar a beber e a me lembrar de árvores e de Jakob e de tudo o que tenha a ver com isso. Ao contrário, uma escolha ou outra sempre me oferecem, dizem para eu aproveitar enquanto é tempo, a vida é uma só, meu caro. Para onde quer que eu olhe é só diversão, novas preocupações espirituosas salpicadas com uma pitada de tristeza, mulheres, isso ainda não terminou, bosques reflorestados, sepulturas bem cuidadas, que ao menor pretexto recebem uma tal quantidade de flores recém-colhidas que parece até desperdício. Não quero ser exigente. Piwowa, que eu nunca conheci, era exigente, dele tinham de esconder o sortimento de caça e a ração de pão, mas eu não sou Piwowa.

Hannah, minha mulher brigona, me disse uma vez: "Você está errado", era assim que ela começava quase toda frase dirigida a mim, "uma pessoa só não é exigente quando se satisfaz com aquilo a que tem direito. Não com menos".

Visto desse prisma, tenho de estar muito satisfeito, por vezes me sinto até privilegiado, as pessoas são amigáveis, atenciosas, fazem de tudo para parecer pacientes, não posso me queixar.

Algumas vezes eu digo, essa foi toda a história, obrigado por ter ouvido, você não precisa me provar nada.

"E nem quero. Mas seria bom que você soubesse, eu nasci em 29..."

"Você não precisa provar absolutamente nada!", eu digo mais uma vez.

"Claro, claro. Mas quando a guerra acabou eu só tinha..."

"Vá se foder", eu digo, levanto-me e vou embora. Depois de cinco passos fico uma fera comigo mesmo por ter sido tão grosso, tão gratuitamente agressivo, e ele ficara boiando. Mas eu não me viro, eu sigo em frente. Pago minha conta para o garçom, ao sair olho a mesa por sobre os ombros e vejo que ele continua lá sentado, sem entender o que dera em mim, e eu fecho a porta às minhas costas e me recuso a lhe explicar.

Ou estou deitado na cama com Elvira. Para que fique claro, tenho quarenta e seis anos, nasci em 1921. Estou deitado na cama com Elvira, somos empregados de uma fábrica, ela tem a pele mais branca que eu já vi. Acho que um dia a gente se casa. Ainda estamos com a respiração pesada, nunca tocamos neste assunto antes, então ela me pergunta à queima-roupa: "Vem cá, é verdade mesmo que você...".

Sabe-se lá quem contou para ela, ouço a compaixão em sua voz e fico alucinado. Vou ao banheiro, sento-me na banheira e começo a cantar para não fazer algo que, estou cansado de saber, eu lamente depois de cinco passos. Quando volto, depois de meia hora, ela me pergunta admirada o que me dera de repente, e eu digo "nada" e lhe dou um beijo e apago a luz e tento dormir.

A cidade é rodeada de verde, as imediações são únicas, os parques estão cuidados, cada árvore me convida a reminiscências, e disso eu faço uso abundante. Mas quando ela me encara nos olhos, a árvore, para ver se eles se extasiam, é inevitável que a decepcione, pois a árvore certa ela não é.

Jakob conta a Mischa.

Ele não chegara à estação de carga com o desígnio de contar a alguém, tampouco se propusera a não contar a ninguém, ele chegara sem desígnio à estação. Ele sabia que seria difícil guardar a notícia para si, coisa quase impossível, afinal de contas se tratava da nata da nata, boas notícias são para ser espalhadas. Por outro lado ele sabe como é, o informante é responsabilizado por todas as consequências, com o tempo a informação se torna uma promessa, você nada pode contra isso. Na outra ponta da cidade vão dizer que os primeiros russos já foram avistados, três jovens e outro que parecia um tártaro, isso as velhas irão jurar, os pais apreensivos. Alguém dirá que o soube por fulano, e fulano o soube por sicrano, e alguma pessoa na sequência sabe que a coisa veio de Jakob. De Jakob Heym? Irão pedir informações sobre ele, é preciso averiguar com extrema minudência tudo quanto se relacione a essa mais importante de todas as questões, uma pessoa honesta e confiável, passa uma impressão sólida, dizem ter sido antes proprietário de uma modesta cantina em algum lugar por aqui. Parece lícito nos alegrar.

Depois passarão dias, semanas, se Deus assim julgar necessário, trezentos ou quinhentos quilômetros são um bom pedaço de terra, e os olhares que acompanham Jakob não serão mais tão amigáveis, não mais. Do outro lado da rua haverá cochichos, as velhas cometerão o pecado de lhe desejar o pior, o sorvete que ele vendia se revelará gradualmente ter sido o pior de toda a cidade, inclusive seu famoso sorvete de framboesa, e suas panquecas de batata nunca lá muito *casher*, isso é o que lhe pode acontecer.

Jakob arrasta com Mischa alguns caixotes para um vagão.

Ou tomemos outra possibilidade. Heym diz ter ouvido que os russos estão avançando, já a quatrocentos quilômetros da cidade. Onde diabo ele alega ter ouvido isso? Pois justamente, no quartel militar. No quartel militar?! Um olhar de pavor pode se seguir, respondido por um lento aceno afirmativo da cabeça, um aceno que confirma a suspeita. Quem o diria capaz de uma coisa dessas, justo o Heym, não, nunca, pois é, para ver só como a gente pode estar enganado com uma pessoa. E o gueto será engrossado por mais um suposto espião.

Seja como for, Jakob chegou à estação sem nenhum desígnio firme. Bom seria se eles já o soubessem sem ele, se tivessem-no recebido com a novidade, isso seria o melhor. Ele haveria se alegrado com eles, não teria revelado que três pessoas já estavam informadas, Rosenblatt, ele e Piwowa, teria ficado de boca fechada, teria se alegrado com eles e, quando muito, depois de horas teria perguntado de quem partira a notícia. Mas tão logo Jakob chegou ao local viu que eles ainda não sabiam, pelas costas deles já o via. Não se dera o golpe de sorte, também não se podia contar com ele, dois golpes de sorte em tão breve intervalo só mesmo Rockefeller num domingo.

Eles carregam caixotes para um vagão. Jakob não é nenhum companheiro especialmente cobiçado, ninguém o disputa, dificilmente preparar panquecas faz do indivíduo um brutamontes, e os caixotes são pesados. A estação está repleta dessa espécie de gente que ninguém disputa, os brutamontes são agulha em palheiro. Os brutamontes são disputados, mas não se deixam vender, preferem carregar juntos. Não me venham com essa conversa de camaradagem e coisas do tipo, quem vem com essa conversa não tem ideia do que se passa aqui, a menor ideia. Eu pessoalmente não faço parte dos brutamontes, eu os maldizia e odiava como o diabo quando tinha de arrastar caixotes com um sujeito como eu. Mas se eu fosse um deles, teria feito exatamente o mesmo, exatamente o mesmo e nem um tiquinho diferente.

Jakob e Mischa carregam um caixote para o vagão.

Mischa é um jovem comprido, de vinte e cinco anos, olhos azul-claros, o que entre nós é uma grande raridade. Certa época ele lutou boxe na *hakoah*, só três lutas, das quais perdeu duas, e na outra o adversário foi desqualificado por golpe baixo. Ele era peso médio, isto é, na verdade ele estava mais para peso meio-pesado, mas seu treinador aconselhou-o a perder alguns quilos em treinamento, porque a concorrência no peso meio--pesado era muito grande. Mischa seguiu o conselho, mas não adiantou muito, mesmo no peso médio ele não se saiu lá muito bem, como confirmam suas três lutas. Ele já brincava com a ideia de comer até virar um peso pesado, talvez tivesse se dado melhor nessa categoria. Quando estava com cerca de setenta e sete quilos o gueto interferiu em seus planos, e desde então seu peso vem baixando lentamente. Apesar disso ele guardou algo de sua velha forma, na verdade teria merecido um parceiro melhor que Jakob. Muitos são da opinião de que sua bondade ainda lhe custará a cabeça, mas ninguém lhe diz isso, talvez a própria pessoa seja contemplada com o privilégio.

"Tire esse olho vidrado da paisagem e preste atenção no caminho. Nós dois ainda vamos acabar caindo", diz Jakob. Ele está furioso porque o caixote é muito pesado, apesar de Mischa, e se irrita sobretudo por saber que Mischa será o primeiro a quem contará, ele só não sabe com que palavras começar.

Eles depositam o caixote na beirada do vagão, Mischa está mesmo com a cabeça no ar, e retornam ao depósito para buscar um novo caixote. Jakob tenta seguir o olhar de Mischa, Mischa o deixa maluco com seu olhar oblíquo, a estação tem a aparência de sempre.

"Aquele vagão ali", diz Mischa.

"Que vagão?"

"Na penúltima plataforma. Aquele sem cobertura." Mischa sussurra, embora a sentinela mais próxima esteja a pelo menos vinte metros de distância e nem sequer olhe para eles.

"E?", pergunta Jakob.

"Tem batatas no vagão."

Jakob resmunga durante todo o trajeto seguinte, então tem mesmo batatas lá dentro, o que é que há de tão especial nisso, batatas só são interessantes quando a pessoa as tem, quando pode cozinhá-las ou comê-las cruas ou com elas fazer panquecas, mas não quando estão jogadas num vagão qualquer, numa estação como essa, batatas lá naquele vagão são a coisa mais sem graça do mundo. E ainda se lá tivesse arenques em conserva ou gansos assados ou milhões de potes cheios de *tscholnt*..., Jakob fala feito uma matraca, tentando desviar a atenção de Mischa e envolvê-lo na conversa.

Só que ele não dá ouvidos, as sentinelas em breve vão ser rendidas, eles sempre fazem disso uma pequena cerimônia, com posição de sentido e continência e fuzil sobre o ombro, e esse é o único momento em que se poderia tentar. As objeções de Jakob entram por um ouvido e saem pelo outro, óbvio que existe um risco, claro, um risco enorme mesmo, e daí? Ninguém disse que as batatas já estão no papo, toda oportunidade é um risco, ter de explicar isso a um comerciante, se não houvesse risco também não haveria oportunidade. Seria então uma coisa segura, coisas seguras são raras na vida, risco e expectativa de sucesso são as duas faces da mesma moeda.

Jakob sabe que não resta mais muito tempo, o jovem se encontra num estado em que não é possível travar com ele uma conversa normal. E então ele vê chegar numa coluna em marcha os soldados que renderão a guarda, e agora ele tem de lhe dizer.

"Você sabe onde fica Bezanika?"

"Só um minuto", diz Mischa agitado.

"Perguntei se você sabe onde fica Bezanika."

"Não", diz Mischa, e seus olhos acompanham a coluna em seus últimos metros.

"Bezanika fica a mais ou menos quatrocentos quilômetros daqui..."

"Sei."

"Os russos estão a vinte quilômetros de Bezanika!"

Por um instante Mischa logra desprender seu olhar dos soldados em marcha, seus olhos singulares sorriem para Jakob, no fundo isso é muito bacana da parte de Heym, e ele diz: "Isso é bacana da sua parte, Jakob".

Jakob fica de queixo caído. A pessoa supera seus escrúpulos, despreza todas as regras de cautela e reserva, que afinal não são pura fantasia, a pessoa elege um jovem idiota de olhos azuis, e o que faz o fedelho? Não acredita nele. E você não pode meramente ir embora, não pode deixá-lo com sua estupidez, dizer-lhe que o diabo o carregue, e meramente ir embora. Você tem de ficar a seu lado, guardar sua raiva para uma outra ocasião, nem sequer antegozar essa ocasião você pode. Você tem de mendigar a boa vontade dele, como se sua própria vida estivesse em jogo, tem de dar prova de sua confiança, embora você não precisasse disso, só ele precisa. E tudo isso com a rapidez de um raio, antes mesmo que eles estejam frente a frente, estalem os fuzis nos ombros e informem-se não ter havido nenhuma ocorrência especial.

"Você não fica contente?"

Mischa lhe sorri amigavelmente, "tá bem", ele diz com uma voz que soa um pouco triste, mas que visa também fazer notar um certo reconhecimento pelo tocante esforço de Jakob. E então ele tem coisa mais importante a observar outra vez. A coluna se aproxima, já passou pela casinha de pedra usada pelos ferroviários e pelas sentinelas.

Mischa treme de excitação, e Jakob tenta fazer suas palavras brotarem mais rápido que a aproximação dos soldados. Ele conta a sua história em versão resumida, por que diabos não começou a contá-la antes, conta do homem com o holofote, do corredor no quartel militar, da porta que se abriu para fora e o encobriu. A notícia que veio da sala, a formulação palavra por palavra, que ele repetiu consigo milhares de vezes durante a noite, sem nada acrescentar, sem nada calar. O breve cativeiro na fenda da porta ele deixa de lado, somente o essencial, e também nada sobre o homem que o conduzira ao oficial de plantão, um figurante na história, só sobre o próprio oficial de plantão, inevitável era que fosse um ser humano, e portanto um elo fraco na cadeia de provas, uma cadeia lógica, afora isso. Ele olhara para o relógio como um ser humano, e depois, como um ser humano, dissera a Jakob que fosse para casa.

E então Jakob vê com assombro que nada mais pode deter Mischa, somente a certeza, e os soldados já estão frente a frente, há de se golpear o inimigo quando ele menos espera, quando sua atenção é mínima. Mischa abaixa-se e arma o salto, a certeza e os russos estão longe, a última coisa que Jakob pode fazer é atirar-se sobre ele e lhe agarrar as pernas. Os dois caem, Jakob vê o ódio nos olhos de Mischa, ele lhe estragou uma chance, ao menos é o que tentou. Mischa se solta, nada mais pode detê-lo, ele empurra Jakob para longe.

"Eu tenho um rádio!", diz Jakob.

Não foram as sentinelas que atiraram. Até agora elas não viram nada, estão ocupadas com o ritual de troca, foi Jakob quem atirou e acertou no coração. Um tiro de sorte, sacando do coldre e sem nem ter mirado direito, e no entanto acertou. Mischa fica sentado, inerte, os russos estão a quatrocentos quilômetros daqui, perto de uma tal de Bezanika, e Jakob tem um rádio. Eles estão sentados no chão e se encaram, nunca houve um vagão com batatas, ninguém jamais aguardou a troca da guarda, subitamente amanhã é um novo dia. Ainda é verdade, claro, que expectativa de sucesso e risco são as duas faces da mesma moeda, mas o sujeito tem de estar biruta para não ver que entre os dois deve imperar, de algum modo, uma relação saudável.

Eles continuam sentados mais um pouco, Mischa com um sorriso feliz nos olhos, feito um gói, a isso o reduzira Jakob. Jakob levanta-se, não podem ficar sentados para sempre, ele está ainda mais furioso que antes. Ele foi obrigado a trazer à tona afirmações irresponsáveis, aquele idiota ignorante ali obrigou-o com sua ridícula desconfiança, só porque tivera um súbito apetite por batatas. Ele ainda lhe dirá a verdade, não agora, mas ainda hoje, tanto faz se aquele vagão ainda esteja ali amanhã ou não. Daqui a uma hora, no máximo daqui a uma hora, talvez mesmo antes ele lhe diga a verdade, ele que se alegre, despreocupado, por mais alguns minutos, não que ele mereça. Em breve ele não poderá mais viver sem essa alegria, então Jakob lhe dirá a verdade, e então ele terá de acreditar na história do quartel militar, afinal isso não muda em nada quanto aos russos, ele terá de acreditar.

“Veja se toma jeito e levante. E acima de tudo fique de bico calado. Você sabe o que um rádio significa, um rádio no gueto. Que ninguém saiba disso.”

Para Mischa tanto faz como tanto fez o que isso significa, um rádio no gueto. Que mil artigos o proíbam sob pena de morte, que proíbam, isso lá tem importância quando amanhã é um novo dia?

“Ah, Jakob...”

O cabo no comando da guarda vê um rapaz comprido sentado à toa no chão, sentado, só isso, nem sequer prostrado ele está, apoiado nas mãos e fitando o céu. Ele dá uma esticadela em sua túnica e aproxima-se em passadas largas, o sujeitinho.

"Cuidado!", exclama Jakob, indicando com a cabeça a direção de onde vem o perigo, em toda a sua dignidade.

Mischa volta a si, desce à Terra, levanta-se, sabe o que em breve acontecerá, mas nada pode contra o fato de seu rosto permanecer alegre. Ele põe mãos à obra, está prestes a inclinar um caixote de lado quando o cabo lhe acerta de perfil. Mischa vira-se para ele, o cabo é uma cabeça menor que ele, e lhe causa algum esforço golpear o rosto de Mischa, de baixo para cima. A cena beira o cômico, nada apropriada para um cinejornal alemão, mais parece uma comédia-pastelão da época do cinema mudo, quando o pequeno policial Charlie tenta prender o gigante de bastas sobrancelhas, e pena como quê, e o grandalhão nem nota. Todos sabem que Mischa seria capaz de erguê-lo do chão e fazê-lo em pedaços. Era só querer. O cabo golpeia um pouco mais, as mãos já lhe devem estar doendo, ele grita uma coisa ou outra que não interessa a ninguém e só sossega quando um delgado filete de sangue escorre da comissura da boca de Mischa. Então ele endireita novamente sua túnica, percebe já bem tarde que, naquele afã, perdera o quepe, apanha-o do chão, assenta-o na cabeça, retorna a seus homens e marcha para longe com a guarda rendida atrás dele.

Mischa enxuga o sangue da boca na manga de sua camisa, dá uma piscadela para Jakob e apanha outro caixote.

"Vem, anda", ele diz.

Eles erguem o caixote, ao carregá-lo, a ira de Jakob se inflama outra vez e quase lhe trinca os dentes. Ele não é supersticioso, e um poder supremo não existe, mas inexplicavelmente, talvez só porque a cena beirara o cômico, Mischa fizera por merecer os golpes, é o que ele acha.

"Ah, Jakob..."

Sabemos o que acontecerá. Temos lá nossas modestas experiências de como costumam se desenrolar as histórias, temos alguma imaginação, e sabemos assim o que acontecerá. Mischa não conseguirá ficar de boca fechada. Proibição para cá, proibição para lá, não será má-fé que o fará romper o silêncio ou nem sequer tentar permanecer calado, não será algum desejo malévolo para meter Jakob em apuros, será a alegria, nada mais. Parem de tirar a vida a si próprios, logo irão precisar dela outra vez! Parem de viver sem esperanças, os dias de nosso martírio estão contados! Façam força para sobreviver, vocês já têm cancha no assunto, já conhecem todos os milhares de truques com que ludibriar a morte, afinal o conseguiram até hoje. Basta sobreviver os derradeiros quatrocentos quilômetros, então a sobrevivência acabará, então começará a vida.

Eis as razões, Mischa não conseguirá ficar de boca fechada, as pessoas irão lhe perguntar pela fonte, ele a revelará, que mal há nisso? Em breve até as crianças no gueto estarão a par do grande segredo, claro que sob o selo do mais estrito silêncio, ficarão sabendo quando seus pais, em sua alegria, se esquecerem de sussurrar. As pessoas irão ter com Jakob, com Heym, o dono do rádio, querendo saber quais são as novidades, chegarão com olhos que Jakob nunca viu antes. E que diabo ele lhes dirá?

Metade do dia passou, os grandes caixotes estão acondicionados nos vagões, na sequência chegaram uns menores, desses que um homem pode carregar sozinho, e Jakob perdeu Mischa de vista. Quer dizer, não exatamente de vista, a cada dois ou três minutos eles se veem, mas sempre alguns metros o separam, só de passagem, as costas sob um fardo ou a caminho de uma nova carga. Não surgiu ainda a oportunidade de uma palavra de esclarecimento, é impossível simplesmente puxar a pessoa de lado e dizer, o negócio é assim e assado. Toda vez que eles se veem, Mischa lhe pisca um olho ou sorri ou faz uma careta ou lhe acena furtivamente, com caixa ou sem, isso pouco lhe importa, cada vez um gesto confidencial, nós dois sabemos o que é que há. Uma vez Jakob esquece e pisca de volta, mas logo se dá conta, isso é ir longe demais, é barrar o caminho para a tal da oportunidade. Mas a coisa foge a seu controle, a sua cólera vai ficando mais e mais fraca, afinal o jovem tem direito de estar alegre, como não haveria de se alegrar depois de tudo por que passou?

O dia está azul, como se escolhido a dedo para a festa. A sentinela está sentada sobre alguns tijolos ao pé do barracão de madeira, desembaraçou-se do fuzil, colocou-o a seu lado, recosta a cabeça na parede, mantém os olhos fechados e toma sol. Ele sorri, quase se poderia ter pena dele.

Jakob passa por ele e o contempla, caminha com todo vagar, estuda o rosto com os olhos fechados, toma nota do sorriso, do graúdo pomo de adão, do robusto anel dourado com sinete no mindinho da sentinela. Jakob segue adiante e descobre, assim ele me disse, que se tornara outro. Seus sentidos de repente estão muito mais alertas, de um dia para o outro ele começa a observar. O desespero apático não sobreviveu às aflições da noite anterior, de torpor nenhum sinal, agora é como se tudo devesse ser gravado com exatidão para mais tarde lhe fazer o relato. Mais tarde.

Jakob imagina uma brincadeirinha inocente. No trajeto até o vagão ou no trajeto de volta até os caixotes ele passa cada vez mais rente à sentinela que tira uma pestana. Quase passa por cima de suas pernas esticadas, de tão rente, e cada vez lhe rouba o sol por um átimo. A sentinela naturalmente não percebe, nem sequer abre os olhos, embora não esteja dormindo, uma vez mexe só de leve a cabeça ou tremelica a boca, mal-humorado, assim quer parecer a Jakob, ou não faz nada. Mas a cada passagem perde um bocadinho de sol. Jakob continua com a brincadeirinha até chegar a vez de outra pilha de caixotes. A sentinela não está mais no caminho, seria preciso tomar um desvio, para o que a diversão seria muito pequena e o risco, muito grande. Jakob vê satisfeito que algumas nuvenzinhas levam adiante sua travessura. Então é meio-dia.

Da casa de pedra sai um homem com uniforme de ferroviário, desde que trabalhamos aqui sempre o mesmo. Ele tem uma perna rija, que a cada passo faz ruídos como um pequeno seixo ao cair na água, uma perna de pau. Nós o chamamos Apito, não num tom depreciativo, em absoluto, pois nada sabemos de suas qualidades humanas ou profissionais. A única coisa que temos contra ele é que se trata justamente de um alemão, o que a rigor, sem dúvida, não é motivo para um mau juízo, mas assim injusta pode ser a indigência. Mal sai da casa ele tira do bolso do peito o apito, preso por um cordão preto à botoeira, e apita num volume respeitável, como sinal de que agora é meio-dia. Esse é o único som que jamais ouvimos dele, à exceção do patinhar de sua perna de pau, daí o chamarmos Apito. Vai ver ele é mudo.

Formamos uma fila, muito disciplinados e sem o menor atropelo. Foi assim que nos ensinaram, sob a ameaça de não haver comida. Tem de parecer como se não tivéssemos apetite no momento, de novo hora da comida, mal a pessoa começa a trabalhar direito e é interrompida outra vez por uma dessas muitas refeições. Formamos portanto uma fila, sem pressa, você olha a seu redor e se alinha, até que todos estejam numa imaginária linha reta, com o braço esticado você verifica a distância do homem da frente, corrige alguns centímetros, para dar a impressão de que a pessoa se acha ali entre indivíduos civilizados. A colher de sopa é retirada do bolso da calça, é segura pela mão esquerda, junto à costura esquerda da calça. Depois aparece o carrinho de mão na esquina do barracão, a pilha de pratos de lata ao lado dos fumegantes caldeirões de campanha verdes. O primeiro homem dá um passo à frente, abre o caldeirão, com o que geralmente queima os dedos, e começa a distribuição. Apito fica ao lado, quieto, com olhos fitos, para que tudo ande direito.

Nesse dia azul sou eu quem distribui. Não sei de nada, sempre sou o último a saber de tudo, o sol me dá nos nervos, estou por conta. Irrito-me com o trabalho suplementar, meus dedos queimados ardem, quem come por último sou eu. Estalo a concha com sopa em seus pratos, eles se retiram para que eu não descubra algo de incomum em seus rostos, em nenhum deles, mas eu também nem presto atenção. Nem sequer olho a quem estou dando sopa, olho só os pratos.

Jakob filou sua boia, como eles dizem, ele procura Mischa a sua volta, que se postara na fila bem antes dele. O almoço seria uma oportunidade tão propícia, uma palavrinha a dois sem serem importunados, uma pequena retificação, que afinal não altera em nada o real estado das coisas. Mischa sumiu do mapa, o local é amplo, o pessoal se dispersa com os pratos. Para uma busca longa o intervalo é curto demais. Jakob senta-se num caixote e toma a sopa quente. Ele também é apenas um ser humano, suas ideias vagueiam bem longe do prato, o que será que vai acontecer, e quanto tempo ainda vai demorar, e o que virá depois, o sol brilha acima dele, e ninguém projeta uma sombra. Então chega Kowalski.

Kowalski chega.

"Será que aqui ainda tem um lugarzinho livre?", pergunta Kowalski. Ele se senta ao lado de Jakob e começa a sorver as colheradas. Kowalski é divino. Ele se toma por uma raposa, e das mais calejadas, e no entanto seu rosto não consegue esconder nada, é eloquente. Basta conhecê-lo ligeiramente para saber com precisão o que há com ele, antes mesmo de ele abrir a boca. Suas palavras são sempre a confirmação de conjecturas há muito acalentadas, quando se o conhece só ligeiramente. Na estação todos conhecem Kowalski ligeiramente. E Jakob o conhece desde que eles iam juntos para a escola. Aqui eles se perderam um pouco de vista, nesses tempos sombrios, a razão é fácil de explicar. Nenhum dos dois é um brutamontes, um caixote não fica mais leve quando do outro lado está um velho amigo, tudo foi simples obra das circunstâncias. E de resto praticamente não há oportunidade. A pessoa cai junto com outra ou não. Os dois quase nunca caíam juntos, e agora chega Kowalski com seu prato, diz "será que aqui ainda tem um lugarzinho livre", senta-se ao lado de Jakob e come.

Kowalski era o freguês mais assíduo de Jakob. Não o melhor, o mais assíduo. Todo santo dia, por volta das sete, a sineta da loja tilintava, ninguém mais senão Kowalski entrava pela porta, sentava-se em seu lugar, e a quantidade de panquecas que ele comia era de deixar qualquer um zonzo. Nunca menos de quatro ou cinco, e para rematar quase sempre uma branquinha por baixo do pano, pois Jakob não tinha licença para venda de bebida alcoólica. Qualquer dono de restaurante entraria em êxtase com tal freguês, menos Jakob, pois Kowalski jamais pagou, nem um centavo, nem uma única vez. Terem sido colegas de escola não foi a razão para a generosidade de Jakob, que razão mais estapafúrdia seria essa, e aliás não era nenhuma generosidade. Lá pelas tantas, os dois já altos numa certa tarde, eles fecharam um trato. A barbearia de Kowalski distava somente algumas portas dali, além do mais os dois se encontravam quase todo dia, e o acordo pareceu vantajoso a ambos. Você grátis na minha casa, eu grátis na sua. Mais tarde ambos se arrependeram, mas trato é trato, e afinal um homem sozinho não há de arruinar um outro. Tentar, os dois tentaram. Nos primeiros tempos as panquecas eram o prato predileto de Kowalski, um fato que provavelmente pesou em sua proposta, mas logo a coisa mudou de figura. Com o tempo ele ficou até as orelhas de panquecas, comia as quatro só porque Jakob as servia por força do hábito, sem dizer palavra, muito mais importante passou a ser a branquinha para rematar.

Jakob, de outro lado, a princípio padeceu com o incontrastável fato de que a pessoa pode comer panquecas todo dia, mas não cortar o cabelo. Após muito meditar, ele deu com a ideia de fazer a barba. Até seu ralo cavanhaque ele sacrificou, ainda que de consciência pesada. Sua época de glória eram os verões, para sorte sua o estômago de Kowalski não tolerava sorvete, e por uns tempos ele era o único beneficiário do trato. Porém com o tempo sua ganância amainou, outras preocupações eram afinal mais importantes, a barba ele deixou crescer novamente, e a coisa toda foi caindo no esquecimento, salvo uma ou outra recrudescência.

Mas essas são histórias antigas, Kowalski está sentado a seu lado, sorvendo sua sopa a colheradas, até quando ainda ficará calado, em suas bochechas macilentas há uma única pergunta reprimida estampada em reticências vermelhas. Jakob olha fito seu prato vazio, pensa, talvez seja um acaso, existem acasos estranhos. "Como vai?" soaria idiota, pensa. Ele lambe cuidadosamente a colher, enfia-a no bolso, para levantar ainda não há motivo algum, o intervalo ainda dura alguns minutos. Os últimos da fila acabaram de receber a comida. Ele põe o prato de lado, apoia-se nas mãos, reclina-se, fecha os olhos, a cabeça erguida, ser sentinela por alguns minutos e desfrutar o sol.

Kowalski para com as colheradas, de olhos fechados Jakob ouve que seu prato ainda não está vazio, ele ainda não raspou o fundo. Portanto Jakob ouve que Kowalski olha para ele, não vai durar muito mais tempo, falta só achar a maneira certa de começar.

"Novidades?", pergunta Kowalski ao acaso.

Quando Jakob o fixa nos olhos, ele reata as colheradas, as segundas intenções ainda nas bochechas, mas os inocentes olhos mergulhados na sopa. Soa como se você tivesse acabado de entrar na barbearia dele, tivesse se sentado na única cadeira defronte do único espelho, enquanto ele sacode do guarda-pó os cabelos pretos do último cliente e o amarra a sua volta, como sempre muito apertado. "Novidades?" O filho de Mundek venceu seu primeiro caso, pelo jeito o rapaz tem futuro, mas isso não é mais novidade, o Hübscher estava falando disso ontem. Mas tem outra que você ainda não sabe, a mulher do Kwart deu no pé, ninguém sabe para onde. Agora, quem tem um pingo de sensatez não pode mesmo se dar com o Kwart. Soa tão familiar que Jakob fica tentado a dizer: "Não tão curto atrás como da última vez".

"Então, como é?", pergunta Kowalski, seus olhos ameaçando afogar-se na sopa.

"Como assim, novidades?", diz Jakob. "Por que você vem perguntar justo para mim?"

Kowalski franqueia seu rosto a Jakob, todo esse rosto de raposa que é um livro aberto, ele o vira a Jakob com uma expressão de branda censura, de certa compreensão pela cautela de Jakob e com a alusão de que a cautela, nesse caso específico, não vem ao caso.

"Jakob!... Somos ou não somos velhos amigos?"

"O que isso tem a ver com a história?", diz Jakob. Ele não tem certeza se foi convincente bancando o bobo, Kowalski já o conhece faz muito tempo. E pode imaginar que, no fundo, não tem a menor importância se foi ou não, soubesse Kowalski de algo, não adiantaria ele ser um talento teatral, um Alexander Moissi. Soubesse Kowalski de algo, não largaria do pé, seria capaz de atormentar a pessoa até a morte.

Kowalski se achega um pouco, deixa a colher nadar na sopa, crispa a mão livre no braço de Jakob, dessa ele não escapa.

"Então tá, falemos abertamente..." Abaixando a voz ao volume em que se conversa sobre segredos, ele sussurra: "É verdade esse negócio dos russos?".

Jakob espanta-se com o tom. Não com o sussurro, em todas as ocasiões possíveis se sussurra, isso não inspira medo. Espanta-se com a seriedade, vê que a coisa não é brincadeira, algo para se levar na esportiva, espanta-se com o tremor na voz de Kowalski. Nela há expectativa, não tolerará que façam pouco dela, o que se exige é certeza, quem pergunta é um homem que só quer ter essa pergunta respondida, isso e acabou, apenas mais essa pergunta, mais nada, para todo o sempre. E no entanto Jakob faz uma última tentativa inútil:

"Que negócio dos russos?"

"Que negócio dos russos! Será que você precisa me humilhar desse jeito, Jakob? Quando é que eu te fiz algum mal? Sou eu, Jakob, sou eu quem está sentado do seu lado! O mundo inteiro sabe que ele tem um rádio e para mim, o seu único, o seu melhor amigo, ele não quer dizer nada!"

"O mundo inteiro sabe?"

Kowalski retrata-se. "O mundo inteiro não, mas este ou aquele já estão sabendo. Então não me disseram, ou eu sou algum adivinho?"

Na cabeça de Jakob uma irritação substitui-se a outra. Kowalski passa a segundo plano, ofuscado por Mischa, esse língua de trapos vai pô-lo em maus lençóis. Súbito não é mais preciso puxar Mischa de lado para uma pequena retificação, algo de todo supérfluo, não há mais como debelar o fogo, sabe-se lá quantos já teriam agora de ser puxados de lado. E mesmo se ele se desse ao trabalho de explicar a cada um deles, se a um por um tentasse explicar, com paciência de Jó, o rumo alucinado pelo qual a gloriosa notícia voou pelo gueto até seus ouvidos, o que mais lhes restaria a não ser não acreditar nele? Apesar de todo o respeito e com imensa empatia pela sua situação? Ou será que alguém acredita seriamente que Kowalski se deixaria enrolar por uma história tão mal contada dessas?

"Então, como é?"

"É verdade o negócio dos russos", diz Jakob. "E agora me deixe em paz."

"Eles estão a vinte quilômetros de Bezanika?"

Jakob revira os olhos e diz: "Estão!".

Ele se põe de pé, assim é que azedam o prazer da pessoa, e no entanto Kowalski tinha o mesmo direito que todos os outros. Daria uma fortuna para que Kowalski houvesse sido flagrado pela sentinela na Kurländischer Damm, Kowalski ou qualquer outro. Que diabo lhe deu para ir lá ontem à noite? Todos os bravos cidadãos em suas camas, mas ele com aquela coceira de vagar as ruas em horas escusas, porque as paredes do quarto o sufocam, porque Piwowa e Rosenblatt estão de novo insuportáveis, porque um passeio após o trabalho tem aquele estranho bafejo dos tempos normais. Um passeio numa cidade que se conhece desde que o sentaram num carrinho de bebê, com um travesseiro nas costas. As casas te contam ninharias já quase esquecidas, ali certa vez você levou um tombo e torceu o tornozelo esquerdo, naquela esquina você disse finalmente umas verdades na cara do Gideon, aquele pátio pegou fogo em meados do inverno. Aquele almejado bafejo dos tempos normais, foi isso o que ele se prometeu, senti-lo não o sentiu por muito tempo, e agora aquilo.

"Você pelo menos vai guardar segredo?"

"Ora, você me conhece", diz Kowalski. Ele quer que o deixem em paz, por enquanto, o intervalo é curto, e ele está bastante ocupado consigo mesmo e com o que subitamente se delineia a sua frente.

Jakob apanha o prato do chão e vai embora. Carrega ainda com ele o rosto de Kowalski, inclinado para um lado, de guerra nem sinal, os olhos perdidos num ponto distante, que ninguém mais é capaz de vislumbrar. Ainda ouve os lábios de Kowalski sussurrarem, enamorados: "Os russos...". Então chega ao carrinho de mão, deposita seu prato junto aos outros, torna a olhar para Kowalski, que agora pesca sua colher na sopa. O apito estridula, até Kowalski o ouve, rápido se erige uma pequena torre de pratos. A Jakob parece que todos o miram com ar estranho, diverso do dia anterior, de algum modo com o segredo no olhar. Talvez seja impressão, só pode ser, não é possível que todos já saibam, mas este ou aquele já devem estar a par.

Eu gostaria, enquanto ainda é tempo, de dizer algumas palavras sobre como obtive minhas informações, antes que se erga uma ou outra suspeita. Meu principal informante é Jakob, grande parte do que ouvi dele aparece em algum ponto dessa história, isso eu posso afiançar. Mas digo grande parte, não tudo, deliberadamente digo grande parte, e nesse caso a razão não é minha memória fraca. Afinal de contas, sou eu quem conta a história, não ele, Jakob está morto, e além disso não conto sua história, conto uma história.

Ele a contou para mim, mas eu falo para vocês, esta é a grande diferença, pois eu estive presente. Ele tentou me explicar como uma coisa se sucedera a outra e que ele não poderia ter agido de outra forma, mas eu quero que saibam que ele foi um herói. Não lhe saíam três frases dos lábios sem que mencionasse seu medo, mas eu quero que saibam da sua coragem. Sobre essas árvores, por exemplo, sobre essas árvores inexistentes que eu procuro, nas quais não quero pensar mas sou obrigado, e ao fazê-lo meus olhos se umedecem, disso ele não tinha ideia, isso é única e exclusivamente coisa minha. Não consigo juntar tudo peça por peça, mas há alguns pontos de que ele nada sabia, quando é possível que tivesse me perguntado como isso me ocorrera, e no entanto sinto que eles são parte da história. Eu lhe diria com prazer por que sinto isso, devo contas a ele, e acho que ele me daria razão.

Algumas coisas eu ainda soube de Mischa, mas então há uma grande lacuna, para a qual simplesmente não se desencava nenhuma testemunha. Digo a mim mesmo, deve ter sido mais ou menos assim ou assado, ou que seria melhor se tivesse sido assim ou assado, e então conto e finjo que foi assim. E foi mesmo assim, não é culpa minha que as testemunhas capazes de confirmá-lo não possam mais ser desencavadas.

Para mim, a probabilidade não é decisiva, é improvável que justamente eu ainda esteja vivo. Muito mais importante é eu sentir que assim pudesse ou devesse ter acontecido, e isso não tem absolutamente nada a ver com probabilidade, isso eu também posso afiançar.

Não foi das piores a ideia de Mischa dirigir a palavra a Rosa quando da distribuição dos cupons de ração, perguntar-lhe, criando toda a coragem, se eles não poderiam andar juntos um pedacinho do caminho para casa, e por sorte ela concordou. A princípio foi somente o rosto dela que lhe destravou a língua, quantas moças não são abordadas só por seus olhos dardejantes, mas depois uma coisa foi levando a outra e hoje, cerca de um ano mais tarde, ele a ama por inteiro, tal como ela é. Os primeiros passos foram de um silêncio constrangedor, sua cabeça estava que nem oca. Dela não obteve ele o menor amparo, nem sequer um olhar encorajador, ela ficou olhando para a frente, envergonhada, esperando provavelmente que algo importante ocorresse. Mas nada ocorreu, nada até que chegaram à porta do prédio dela, sua mãe já assomava impaciente à janela, onde diabos fora se meter sua filha única? Rosa despediu-se às pressas e com olhos no chão, mas ainda há de ter escutado onde exatamente ele a esperaria no dia seguinte.

De todo modo ela compareceu ao encontro, para grande alívio de Mischa, ele enfiou a mão no bolso e lhe ofereceu o primeiro presente. Era um livrinho com poemas e canções, ele já os conhecia de cor, era por acaso o único livro que possuía. Na verdade ele queria presenteá-la com uma cebola, se possível de casca roxa, desde o início ele levou a coisa com Rosa bastante a sério, mas aquilo era um exagero, nem com a maior boa vontade conseguiria arranjar uma em prazo tão exíguo. Primeiro ela se fez um pouco de rogada, perguntou se devia mesmo aceitar o presente, tal como as moças inexperientes costumam fazer, mas depois claro que ela aceitou o livro e lhe disse o quanto estava lisonjeada. Só então ele se apresentou, naquela excitação do dia anterior não tiveram cabeça para tanto, e agora ele ouviu pela primeira vez o nome dela, Rosa Frankfurter.

"Frankfurter?", ele perguntou. "Por acaso você é parente do famoso ator Frankfurter?"

Isso, facilmente se pôde constatar mais tarde à vista dos programas do teatro municipal, era um exagero e tanto, o ator Frankfurter jamais foi além dos papéis secundários. Porém Mischa não o dissera com ironia, ele nunca vira Frankfurter atuar, só uma vez estivera no teatro, só ouvira ou lera sobre ele. E Rosa também não entendeu assim, corando ela admitiu que de fato assim era, que o ator Frankfurter era seu pai. Depois eles papearam um pouco sobre teatro, do que ele quase não fazia ideia, porém mais tarde foi com muito jeito que ele conseguiu gradualmente desviar a conversa para o boxe, do que por sua vez ela não fazia ideia. Esplêndido foi assim seu bate-papo, e na mesma noite ela deixou pousar o primeiro beijo de Mischa em seu sedoso cabelo.

Quando Mischa bate, Frankfurter está sentado à mesa, jogando uma partida de damas com sua filha. Ele é um homenzarrão, alto e emaciado, Mischa me descreveu sua aparência com apaixonado desvelo. A tremenda corpulência de outrora deixou a pele de Frankfurter coberta de rugas, o que ainda é particularmente sublinhado pelo fato de as roupas que ele veste provirem de tempos bem mais gordos. Fotos comprovam que homem e pele haviam formado anos antes uma unidade bem-proporcionada, um alentado álbum cheio de fotos, com o qual Frankfurter recebeu Mischa já na primeira visita. Pois ele não podia permitir que a impressão desfavorável, da qual tinha plena consciência, perdurasse. Enrolado ao pescoço está um cachecol, artístico e negligente, uma ponta para a frente e outra nas costas, e de sua boca pende um cachimbo, de espuma do mar, que há muito já esqueceu o gosto de fumo.

Ele está sentado à mesa com sua filha, a partida parece perdida para Rosa. A senhora Frankfurter senta-se com eles, sem prestar atenção no jogo, ela costura uma camisa do marido, ajusta-a ainda mais e sonha talvez com uma pacata ventura. Quando Mischa bate, Rosa acabara de resmungar que a partida com o seu pai era tão arrastada porque ele refletia uma eternidade a cada lanço, e ele tentara lhe explicar que melhor era ganhar uma partida em duas horas do que perder cinco no mesmo intervalo.

"Mas que tanto você pensa?", ela perguntou. "De qualquer jeito você está ganhando."

"Não estou ganhando 'de qualquer jeito'", ele respondeu, "mas porque reflito com todo o vagar."

Ela fez um gesto de impaciência, o prazer pelo jogo já era, ela só não virou o tabuleiro por obediência, e porque Mischa ainda não chegara, mas então batem à porta. Ela corre apressada e abre, e Mischa entra. Cumprimentos de parte a parte, Frankfurter oferece uma cadeira a Mischa, Mischa senta-se. Rosa some rápido com as peças e o tabuleiro, antes que Mischa assuma a partida perdida. Várias vezes ele já se sentara no lugar dela, buscara uma saída, no fim tivera de desistir e pedir revanche. Frankfurter a concedia, então os dois ficavam sentados e matutavam, e súbito era tão tarde que Mischa tinha de ir embora, antes que Rosa pudesse trocar dois dedos de prosa com ele.

"Vocês estavam jogando?", pergunta Mischa. "Quem ganhou hoje?"

"Quem mais?", diz Rosa, fazendo soá-lo como uma queixa.

Frankfurter pita seu cachimbo de espuma do mar, tão satisfeito quanto as circunstâncias o permitem, e dá uma piscadela a Mischa. "Ela joga mais rápido que pensa. Mas aposto que você mesmo já notou isso em outras ocasiões, não é não?"

Mischa não dá bola para a piadinha, hoje ele não veio de mãos abanando, só estuda ainda como expor a notícia com particular efeito, pois não há nada de que Frankfurter goste tanto como uma história que termine numa tirada. Quando ele fala do teatro, onde, se lhe formos dar crédito, ocorreram as coisas mais tresloucadas, não há um passo, não há um olhar por ele descrito que não se revista de algum sentido especial. Alguém caiu ou fez má figura ou estragou a apresentação ou não entendeu por que os outros riam. Não fosse assim, talvez pense Frankfurter, nem valia a pena contá-la.

"O que se pode oferecer a uma visita nesses dias de hoje?", diz Frankfurter a sua calada mulher. E em seguida a Mischa: "O que se pode oferecer a uma visita, a não ser a própria filha?".

Ele sorri, essa foi boa, e dá mais uma pitada no cachimbo. Pitar um cachimbo vazio todos podem, uma coisa de nada, mas não como Frankfurter. Incluídos na performance estão o prazer, a plenitude satisfeita do fumo, olhando de relance pode-se ficar tentado a abanar a fumaça.

Silêncio pelo tempo de alguns pensamentos, logo Frankfurter contará uma anedota, uma de suas histórias em cujo desfecho ele acha sempre tanta graça que dá uma palmada na coxa, por exemplo aquela sobre o Tell, que logo ao entrar em cena tirou seu chapéu ao chapéu no cabide, como parte de uma aposta lastimável, ou aquela do ator Strelezki, que no mais dizem ter sido um Otelo divino, cuja dentadura lhe escapou da boca bem no instante em que estava debruçado sobre Desdêmona para estrangulá-la. Rosa pousa seus dedos sobre as mãos de Mischa, sua mãe ajusta ainda mais a camisa, Frankfurter coça os joelhos, hoje talvez não esteja bem-disposto, e contudo

Mischa vem com uma notícia tão boa, só está matutando ainda a melhor forma de contá-la, como se ponderasse sobre um lanço de damas.

"Já soube da última?", Rosa lhe pergunta subitamente.

Mischa olha surpreso de um para outro, desiste de sua busca e admira-se que a senhora Frankfurter nem sequer erga a vista da camisa. Eles já sabem, e no entanto ele não percebera até agora que soubessem, admira-se que tudo no quarto ainda pareça como na última visita. Admira-se com a rapidez da coisa, hoje de manhã ele foi o primeiro a ouvi-la de Jakob, agora ela já está aqui, na casa dos Frankfurter, depois de passar por umas quantas estações, porém o mais estranho é que só agora Rosa levantasse o assunto. Ela não pode tê-lo esquecido, tendo agora lhe ocorrido outra vez, impossível, algo não bate, talvez eles tenham motivo para não acreditar na história.

"Vocês já sabem?"

"Ainda há pouco eles estavam comentando isso, no trabalho", diz Rosa.

"E vocês não ficam contentes?"

"Contentes?", diz Frankfurter. "Nós devíamos ficar contentes? Mas contentes com o quê, meu jovem, hein? Antes eles poderiam ter ficado contentes com isso, ter chamado toda a parentela e enchido a cara, mas hoje algumas coisinhas mudaram. Acho o fato uma calamidade só, meu jovem, quase uma desgraça para aquela gente, e você me pergunta por que eu não fico contente?"

No instante Mischa se dá conta de que eles estão falando sobre algo bem diverso, única explicação para esse estado de espírito, do contrário Frankfurter perdeu o juízo, não sabe mais do que está falando.

"Vai ser difícil criar a criança", diz a senhora Frankfurter entre dois pontos.

A primeira pista, nova surpresa nos olhos de Mischa, estão falando sobre alguma criança, então as notícias não viajam tão rápido assim. Pelo visto dois malucos puseram uma criança nesse mundo, sem terem ouvido a novidade, certamente um tema sobre o qual se comenta em tempos normais no gueto. Mas desde ontem os tempos não são mais normais, outro vento está soprando, nós podemos te dizer coisas que farão você esquecer filho e marido e mulher e comida e bebida, desde ontem amanhã será um novo dia.

Agora é Rosa quem se admira, primeiro se admira e depois ri da cara de Mischa.

"Então você não sabe ainda", ela diz. "Isso é típico dele. Não pode suportar que os outros saibam mais que ele. Banca sempre o espertalhão, quando na verdade não sabe nada de nada. No segundo distrito nasceu uma criança, na Witebsker-Strasse. Eram gêmeos, mas um deles morreu logo depois do parto. Na noite passada. Quando tudo passar, eles querem registrar o menino com o nome de Abraham."

"Quando tudo passar", diz Frankfurter. Ele deposita o cachimbo sobre a mesa, levanta-se, passeia cabisbaixo pelo quarto, as mãos atrás das costas. Seus olhares de censura se dirigem a Mischa, o rapaz que não me venha com esse sorrisinho. Eles tomam tudo com tanta leviandade, Rosa também, talvez sejam jovens demais para compreender, falam de tempos futuros como se de um final de semana que não tarda a chegar, a família inteira viaja para o campo com uma cesta de piquenique, chova ou faça sol. "Quando tudo passar, a criança não vai mais estar viva, e os pais não vão estar mais vivos. Nós todos não vamos estar mais vivos, aí tudo vai ter passado."

Frankfurter está de volta, seu passeio chegou ao fim, e ele se senta outra vez.

"Acho David mais bonito", diz em voz baixa a senhora Frankfurter.

"Dovidl... Vocês se lembram, esse era o nome do filho da Annette. Abraham soa tão antiquado, nem parece nome de criança. E no entanto é só para as crianças que o nome tem algum significado. Mais tarde, quando elas crescem, ele deixa de ser tão importante."

Rosa se inclina mais para Jan ou Roman, ela acha que está na hora de se desvencilhar dos nomes tradicionais, quando não for mais preciso usar a estrela amarela, diversos sejam também os nomes. Frankfurter abana a cabeça para a conversa das mulheres, e Mischa deseja subitamente ter chegado só agora, irrompendo com a novidade fresquinha. Pois se começasse a contá-la naquele instante, eles achariam o mesmo que ele em seu quiproquó, por que só agora ele estava contando, esquecido ele não terá. Ele continua lá sentado, o tempo passa, a conversa os mergulha cada vez mais num humor sombrio, ou ele diz só amanhã e faz como se fosse a última novidade, ou se sai com uma história que explique por que só foi contar agora, e não logo que a porta fora aberta. Ele se decide por hoje, uma tirada extra para Frankfurter, ele se levanta, se finge cheio de dedos, nem ele próprio sabe se com dissimulação ou sinceridade, olha para Frankfurter com embaraço, este já se admira com o demorado prelúdio, e lhe pede com toda formalidade a mão de sua filha.

Rosa descobre algo em sua unha com que se ocupa de corpo e alma, algo tão importante que seu rosto se ruboriza e começa a reluzir, antes eles não haviam trocado sequer uma palavra a respeito, e na verdade era assim mesmo que devia ser. A senhora Frankfurter debruça-se ainda mais sobre a camisa, que ainda está longe do ajuste suficiente, o colarinho é que dá mais trabalho, porque a precisão milimétrica do cerzido é da maior importância. Mischa saboreia o seu lampejo, bem-sucedido ou não, Frankfurter está perplexo e dirá alguma coisa. A palavra está com ele, uma pergunta educada merece uma resposta, e por mais descabida que seja a pergunta, como parece a princípio, ela dará uma colher de chá à grande novidade e será ao mesmo tempo a explicação por que fora contar só agora. Esse é o plano de Mischa, esboçado às pressas e não de todo mau, Felix Frankfurter dará uma colher de chá, é a vez dele, todos aguardam uma resposta.

Assim, imenso espanto da parte de Frankfurter, incredulidade nos olhos, ainda agora ele deu uma tragada no cachimbo e esqueceu de soprar a fumaça. O pai que não daria a filha única a ninguém senão Mischa, afinal ele já o ama como a um filho, o senhor dos fatos, a quem ninguém é capaz de levar no bico, está desarvorado. "Ele ficou maluco", sussurra, "a miséria confundiu os miolos dele, são estes malditos tempos, quando desejos tão normais soam como monstruosidades. Fale alguma coisa, mulher!"

Mas a senhora Frankfurter não fala nada, ela deixa pingar em silêncio duas lágrimas na camisa, afinal não sabe o que falar, até agora foi sempre seu marido que decidiu todas as questões relevantes.

Frankfurter retoma o passeio, agitação íntima, e Mischa parece tão esperançoso como se as próximas palavras só pudessem ser: "Pode levá-la, e sejam felizes".

"Estamos no gueto, Mischa, sabia disso? Não podemos fazer o que queremos, são eles que fazem com a gente o que querem. Devia te perguntar que segurança você pode dar, já que ela é minha única filha? Devia te perguntar onde vocês pensam fixar residência? Devia te dizer que espécie de dote Rosa vai receber de mim? Claro que isso te interessa, não? Ou será que devo te dar alguns conselhos de como conduzir um casamento feliz e depois ir ter com o rabino e perguntar para ele qual a melhor data para a *khassene*?... Você ganharia mais quebrando a cabeça para saber onde se esconder quando eles vierem atrás de você."

Mischa se cala, confiante, afinal isso ainda não foi uma resposta.

"Ouçam essa! O barco dele foi a pique, ele nada no meio do oceano, nem sinal de alguém para ajudar. E ele fica pensando se prefere passar a noite no concerto ou na ópera!"

Os braços despencam, Frankfurter disse tudo o que havia a dizer, brindou-os até com uma pequena alegoria no final, ninguém precisa ser mais claro que isso.

Mas em Mischa ele não causou impressão. Ao contrário, tudo correu segundo o desejado. Nem sinal de ajuda, era só uma frasezinha dessas que Mischa esperava, logo vocês vão saber em que pé realmente está a coisa. Já faz sentido falar do futuro, afinal Mischa não é nenhum idiota, claro que sabe onde estamos, claro que sabe que não se pode casar até — e é justamente disso que se trata — os russos chegarem. Mischa para mim: "Então eu disse para eles simplesmente (essa a palavra: simplesmente) que os russos estavam a vinte quilômetros de Bezanika. Veja você, não foi só uma informação, foi também um argumento. Eu imaginei que eles começariam a gritar de alegria, isso não é coisa que se fique sabendo todo dia. Mas Rosa não me pulou no pescoço, nem pensou nisso, ela olhou para o velho, assustada, e ele olhou para mim, por um bom tempo não disse uma palavra, só olhou para mim, de modo que eu comecei a ficar inquieto. No primeiro momento eu pensei que eles talvez precisassem de algum tempo para atinar com o negócio, tal era a maneira que o velho olhava para mim, mas então me dei conta de que não precisavam de tempo, mas de certeza. Afinal de contas, o mesmo ocorreu comigo, também pensei que Jakob só quisesse me desviar do vagão de batatas, e continuei pensando assim até ele me contar toda a verdade, de onde tinha partido a notícia. Uma notícia como essa sem a fonte não vale nada, não passa de um boato. A minha vontade era abrir logo a boca e tirar a dúvida deles, mas então preferi esperar. Que eles perguntem, pensei, quando você arranca alguma coisa de alguém, ela entra mais fácil na cabeça do que quando a pessoa diz por conta própria e só de uma vez. E foi assim que aconteceu".

Silêncio infindo, portanto, a agulha suspensa em meio ao ponto, a respiração ofegante de Rosa, os olhos de Frankfurter, Mischa sob a luz da ribalta, e o público pendendo de seus lábios.

"Você tem noção do que está dizendo?", diz Frankfurter. "Com isso não se brinca."

"Isso o senhor não precisa me dizer", diz Mischa. "Eu soube pelo Heym."

"Pelo Jakob Heym?"

"É."

"E ele? Como ele soube?"

Mischa sorri amarelo, finge embaraço, encolhe os ombros, contrito, do que ninguém se convence, há de ter feito uma promessa. Que ele não vá mantê-la é outra coisa, mas a promessa já foi dada, e o sujeito gostaria pelo menos de ser forçado a quebrá-la, de afirmar que fez o máximo possível, em meu lugar você não teria feito diferente.

"Como ele soube disso!"

"Eu prometi para ele que não contava a ninguém", diz Mischa, na verdade já disposto a contar, mas disposto não de forma clara o bastante, pelo menos não para Frankfurter. Não é hora de prestar atenção a nuanças da voz, Frankfurter avança dois, três passos ligeiros e dá um tapa em Mischa, um meio-termo entre um tapa teatral e um sério, antes mais para sério, pois contém o seu tanto de indignação, essa nossa conversa aqui não é para matar o tempo.

Claro que Mischa está um pouquinho assustado, afinal para que toda essa violência, mas ofendido ele agora não pode estar, a violência havia mesmo de assumir uma forma ou outra. Não pode ficar ali sentado de cara amarrada, os braços cruzados na altura do peito e esperar desculpas, criaria teias se esperasse. Ele pode, e é o que faz, remover todas as dúvidas, a essa altura o plano já funcionou, ninguém mais vai perguntar por que só agora.

"Jakob Heym tem um rádio."

Outro tanto de silêncio, alguns olhares trocados, a camisa ainda grande demais resvala despercebida para o chão, se é o próprio genro que diz, cumpre acreditar. Enfim Rosa lhe pula no pescoço, ele esperou o bastante por isso, por sobre os ombros dela ele vê como Frankfurter senta-se exausto e cobre o rosto enrugado com as mãos. Conversa alguma será entabulada, não há nada a dizer, Rosa lhe chega a boca ao ouvido e sussurra. Ele não compreende, o velho ainda está com as mãos diante do rosto, e Mischa a fita com ar interrogativo.

"Venha, vamos para sua casa", Rosa sussurra outra vez.

Uma ideia brilhante, ela tira as palavras da boca de Mischa, hoje os lampejos estão vindo a rodo. Eles saem sem ruído, o que é desnecessário, o trinco se fecha num clique, ninguém ouve, lá fora já está ficando perigosamente escuro.

* * *

Então Frankfurter está sozinho com sua mulher, sem testemunhas. Só sei qual o desfecho, sei apenas do resultado, nada do que mediou, mas só posso imaginar algo assim ou parecido.

A mulher finalmente se levanta, em algum momento. Ela enxuga as lágrimas, não mais as do pedido de casamento, ou não as enxuga, vai até seu marido, em silêncio, como se não quisesse incomodá-lo. Posta-se atrás dele, lhe pousa as mãos nos ombros, traz seu rosto para junto ao dele, ainda coberto pelas mãos, e espera. Nada acontece, nem quando os braços dele abaixam, ele olha fito a parede oposta, de leve ela o cutuca. Ela busca algo em seus olhos e não consegue encontrar.

"Felix", ela poderia ter dito baixo após alguns instantes, "então você não está contente? Bezanika não fica tão longe assim. Se eles chegaram até lá, chegam até nós também."

Ou ela poderia ter dito: "Imagine só, Felix, se isso for verdade! Fico boba só de pensar, imagine só que coisa! Não demora muito e tudo vai ser como antes. Você vai poder representar de novo, num palco de verdade, nosso teatro com certeza vai ser reaberto, eu vou te buscar depois de cada apresentação, fico te esperando ao lado do quadro de avisos junto à portaria. Imagine só isso, Felix!".

Ele não responde. Levanta-se sob as mãos dela e vai até o armário. Talvez ele pareça um homem que tomou uma resolução importante e não tem mais tempo a perder para executá-la.

Frankfurter abre o armário, apanha uma xícara ou uma caixinha e nela encontra a chave.

"O que você quer no porão?", ela pergunta.

Ele sopesa a chave, como se algo ainda houvesse a ponderar, quem sabe a questão do momento, mas quanto antes melhor, nada conta mais. Talvez ele já lhe diga agora o que tem em mente, ainda na sala ele lhe confia o segredo, mas isso é improvável, ele nunca deu muita pelota para as opiniões dela. Além do quê, não faz diferença nenhuma se ele lhe diz, isso não altera nada, a chave já está em seu bolso. Suponhamos então que ele feche o armário sem dizer palavra, vá até a porta, vire-se para ela e diga apenas: “Venha”.

Eles descem ao porão.

Casa de gente pobre, em que antes nunca se teria posto os pés, os degraus de madeira estão gastos, rangem que é uma loucura, mas ele segue junto à parede e na ponta dos pés. Ela o acompanha inquieta, também em silêncio, também na ponta dos pés, o porquê ela não sabe, só porque ele também o faz. Até agora ela sempre o acompanhou sem questionar, muitas vezes só adivinhou o que seria feito, nem sempre era coisa boa.

“Você não quer me dizer agora o que estamos fazendo aqui?”

“Psit!”

Eles atravessam o estreito corredor do porão, ali já se pode firmar no chão o pé inteiro, o penúltimo porão à direita é deles. Frankfurter abre o cadeado, abre a porta de arame com armação de ferro, que não é combustível e por isso ainda perdura. Ele entra, ela o segue hesitante, atrás dela ele fecha a porta de alambrado, e lá estão eles.

Frankfurter é um homem precavido, ele procura um trapo de aniagem ou um saco furado, que ele rasga, ou, se não houver saco, ele tira o casaco e o pendura diante da porta, por precaução. Imagino que ele leve o dedo aos lábios por um momento, feche os olhos e escute, mas não se ouve nada. Depois põe mãos à obra no montículo que ocupa um canto do recinto, um montículo cheio de trastes, uma pequena pilha de recordações.

Na época em que receberam o comunicado, eles se sentaram por dois dias e pensaram o que levar consigo, exceto as coisas proibidas, claro. A situação era muito delicada, sem sombra de dúvida, eles não esperavam que a coisa fosse um paraíso, mas ninguém podia saber ao certo. A sra. Frankfurter pensara de modo prático, prático demais para ele, apenas em roupas de cama e louças e coisas de vestir, mas ele não quis se separar de muito do que ela tomara por supérfluo. Do tambor com o qual anunciara, numa apresentação de estrondoso sucesso, a chegada do príncipe herdeiro da Espanha, nem das sapatilhas de balé de Rosa, de quando ela tinha cinco anos e que hoje ainda estão quase novas, nem do álbum com as críticas cuidadosamente coladas, nas quais seu nome, sublinhado em vermelho, é mencionado. Me dê uma boa razão pela qual deva me separar dessas coisas, a vida é mais que só comer e dormir. Como transportá-las? Às pressas ele comprara um carrinho de mão, por uma soma exorbitante, pois nessa época os preços do carrinho de mão dispararam da noite para o dia, e agora o montículo ocupa um canto do porão.

Ele põe de lado peça por peça, sua mulher o observa calada, já se roendo de curiosidade, mas o que tanto ele procura, talvez ele contemple por um instante a foto emoldurada com todos os colegas de teatro, na qual ele figura, gordo, no canto direito, entre Salzer e Strelezki, o qual nessa época ainda não era tão conhecido. Mas não é isso que ele procura, se é mesmo que contemplou a foto, em seguida torna a pô-la de parte e segue dilapidando o monte.

"Esse Jakob Heym é um tonto."

"Por quê?"

"Por quê! Por quê! Ele ouviu uma notícia, magnífico, mas isso é coisa dele. Uma notícia boa, muito boa aliás, então ele que fique contente e não ponha todos malucos com ela."

"Eu não te entendo, Felix", ela diz. "Você está sendo injusto com ele. É bom, sim, que a gente saiba, todos devem saber."

"Eh, cabecinha de mulher!", diz Frankfurter furibundo. "Hoje é você que sabe, amanhã os vizinhos, e depois de amanhã o gueto inteiro não vai falar de outra coisa!"

Ela talvez consinta, surpresa com a raiva dele, que seja, até agora nenhuma razão para fazer a mais ligeira censura a esse Heym.

"E de repente a Gestapo fica sabendo!", ele diz. "Eles têm mais ouvidos do que você pensa."

"Mas Felix", ela o interrompe, "você pensa seriamente que a Gestapo precisa de nós para ficar sabendo onde estão os russos?"

"Mas quem disse isso! Estou dizendo que de repente a Gestapo fica sabendo da existência de um rádio no gueto. E o que vão fazer? Na mesma hora vão virar cada rua de cabeça para baixo, casa por casa, não vão dar sossego até encontrar o rádio. E onde vão encontrar um?"

O monte baixou de tamanho, Frankfurter ergue uma caixa de papelão, branco ou marrom, não importa, uma caixa de papelão em que se encontra a justificativa para uma sentença de morte justa e legítima. Ele abre a tampa e mostra a sua mulher o rádio.

Ela talvez solte um grito abafado, talvez esteja apavorada, com certeza assustada, ela fita o rádio e ele e não entende.

"Você trouxe nosso rádio", ela sussurra e cruza as mãos. "Você trouxe nosso rádio, eles poderiam ter fuzilado a nós todos por isso, e eu nem fiquei sabendo... Nem fiquei sabendo..."

"Para quê?", ele diz. "Para que eu haveria de te contar? Sozinho eu já tremi bastante, e você sem o rádio também tremeu bastante. Havia dias que eu esquecia, simplesmente esquecia, às vezes até semanas. O sujeito tem um rádio no porão e não pensa mais nisso. Mas sempre que eu lembrava me vinha a tremedeira, e nunca lembrei tanto quanto hoje. Mas o pior de tudo é que eu nunca o ouvi, nem uma única vez, nem nos primeiros tempos. Não para que você não percebesse, eu simplesmente não ousava. Às vezes eu tinha vontade, quase não podia de tanta curiosidade, eu pegava a chave, e você sabe que de tempos em tempos eu vinha ao porão. Você me perguntava o que eu queria aqui, e eu te dizia, quero olhar umas fotos ou ler umas críticas antigas. Mas era mentira, eu queria era ouvir o rádio. Eu descia ao porão, cobria a porta, mas não ousava. Eu me sentava, olhava as fotos ou lia as críticas, como eu tinha dito para você, e não ousava. Mas agora acabou-se o que era doce."

"Nem fiquei sabendo", ela sussurra de si para si.

"Acabou-se de vez o que era doce!", ele diz. "Naquela época você tinha razão, era uma tralha inútil, não preciso mais dele. Não vai sobrar nada, nada que se pareça com um rádio. Então eles podem vir e procurar."

Ele desmonta o rádio, peça por peça, provavelmente o único rádio que se acha em nossas mãos, ele o destrói sem muito alarde. As válvulas são calcadas até virar pó, um fio indestrutível é enrolado como um inofensivo barbante em volta de um estojo, as tábuas da caixa serão postas de lado pedaço por pedaço e terão ainda de aguardar umas semanas até poderem ser queimadas. Pois nessa estação do ano toda chaminé fumegante ergue suspeitas, mas isso não é nenhuma desgraça, afinal madeira é madeira.

"Você também ouviu que os russos estão quase em Bezanika?", pergunta baixo a senhora Frankfurter.

Ele a encara estupefato.

"Mas eu não te disse que eu nunca ouvi?", ele poderá ter respondido.

Mischa entra em seu quarto com Rosa, e essa é toda uma história à parte. Se é uma história quando alguém tem de ser enganado para que possa ser um pouquinho feliz, outro não é o caso de Rosa, se é uma história quando audaciosos artifícios têm de ser empregados, e se o que está em jogo é a angústia da descoberta, e se nenhum deslize deve ocorrer, Deus que o livre, e se a expressão tem de permanecer sempre séria e inocente, se tudo isso rende uma história prestável, então o fato de Rosa entrar com Mischa no quarto dele também é uma história.

No meio do quarto há um biombo.

Faingold é o nome do homem que dorme na outra cama, Isaak Faingold é o culpado por essa embrulhada, ainda que não ache nada mais ridículo, afinal ele chega toda noite moído, já passou dos sessenta e é branco como a neve, ele realmente tem outras preocupações, mas vá em frente e faça o que bem entender. A princípio só o armário dividia o quarto, a Mischa ele parecia suficiente e a Faingold também, mas a Rosa não bastou. Ela disse a Mischa, mesmo que Faingold seja surdo-mudo, cego ele não é, e a lua brilha tão clara no quarto, e de qualquer forma o armário é estreito demais. De boa vontade Mischa retirou o pano da janela e o pregou no teto ao lado do armário, agora a lua podia brilhar tanto mais clara, mas não para Faingold, o principal era Rosa haver sossegado.

Faingold é tão surdo e tão cego quanto eu ou Kowalski ou qualquer outro que saiba o que fazer com seus ouvidos e sua língua, mas para Rosa ele é surdo e mudo como uma porta. Desde o primeiro instante Mischa convenceu-se de que Rosa não daria um passo na direção de sua cama, porque lá havia mais uma cama, e nela um estranho, e as donas de hospedaria compreensivas e as pensões circunspectas com porteiros que olham discretamente para o lado e não fazem perguntas, essas só se acham em outra cidade. Ele sabia muito bem que, em tais circunstâncias, o não seria a única resposta, ela não era uma moça dessas, sobre isso nem se discuta, e ele também não era um rapaz desses. Mas ao se levar em conta a recusa como a última de todas as possibilidades, sempre há tempo de sobra para meditar, ninguém que o leve a mal por isso, e Mischa meditou profusamente.

Numa abençoada noite, ele deitado desperto na cama, a pensar em Rosa, Faingold prestes a pegar no sono na outra, Mischa começou a lhe contar sobre Rosa. Quem ela é, e como ela é, e qual a sua aparência, e como ele a ama, e como ela o ama, e Faingold simplesmente suspirou. Vai então Mischa lhe confessa seu ardente desejo de receber Rosa por uma noite.

"Então traga", respondeu Faingold, sem se aprofundar mais no problema. "Eu não tenho nada contra. Mas agora me deixe dormir, sim?"

Mischa não o deixou dormir, ele explicou a Faingold que a questão não era se Faingold estava de acordo, mas se Rosa estava de acordo. E também que ele ainda não lhe falara nada dele, Faingold, mal se atrevia, e se a gente não se sair com alguma coisa, é provável que a história não dê em nada.

Faingold acendeu a luz e o encarou longamente com olhos esbugalhados.

"Você não está falando sério, está?", ele sussurrou assustado. "Você não pode exigir que eu fique zanzando tanto tempo pelas ruas. Será que se esqueceu dos regulamentos?"

Mas Mischa não exigiu isso, tal ideia jamais lhe passara pela cabeça, ele também não se esquecera dos regulamentos. Buscava apenas uma saída, e nenhuma ainda estava à vista. Faingold tornou a apagar a luz e logo adormeceu, não é a gente que tem de se sair com alguma coisa, mas só ele, Mischa.

Depois de uma hora ou duas Mischa acordou Faingold, com calma suportou os insultos, e então lhe expôs sua ideia. Como dissera, Rosa jamais passaria a noite com ele se soubesse que havia mais um homem no quarto, quer você tenha vinte ou cem anos. Se ele não contar isso a ela, talvez ela venha, então ela verá Faingold, irá embora e nunca perdoará Mischa. Qualquer que seja o ponto de vista, resta a única possibilidade de Faingold permanecer no quarto, mas fazer como se não estivesse lá.

"Você quer então é que eu me esconda?", perguntou Faingold exausto. "Você quer então é que eu passe a noite inteira debaixo da cama ou no armário?"

"Eu vou dizer a ela que você é surdo-mudo", anunciou Mischa.

Faingold protestou, por dias ele resistiu com unhas e dentes à ideia, mas no fim Mischa fez por onde convencê-lo da urgência. À noite não se pode mesmo ver lá muita coisa, e se ainda por cima ela estiver certa de que você também não pode ouvir nada, tudo estará arranjado. Assim, com uma sortida mescla de sentimentos, Faingold declarou-se de acordo, se isso é tão importante para você, e para Rosa ele é desde então surdo e mudo feito uma porta.

Para Mischa, porém, havia ainda uma segunda preocupação, pois de algumas insinuações de Faingold ele inferiu que este a escutara uma vez. Rosa, é verdade, não notara nada, Faingold ficara de boca fechada, mas deve ter ouvido uma coisa ou outra não endereçada a seus ouvidos. Afinal, quando uma pessoa está nos braços da outra diz um monte de palavras não endereçadas a ouvidos alheios, e foi muito constrangedor a Mischa. Desde então ele passou a estudar o sono de Faingold, ficava acordado até tarde só para prestar atenção no tom da respiração e do ronco. Ninguém jamais escutou a si mesmo dormindo, ninguém pode imitar seu próprio sono, pode imitar como se dorme, mas de seu próprio sono ninguém sabe nada. E Mischa sabe como soa o sono de Faingold, ele botaria sua mão no fogo por isso, diz que sabe nos mínimos detalhes. E nas raras noites que Rosa está com ele, Mischa primeiro sempre apura os ouvidos deitado a seu lado, e só quando tem absoluta certeza de que Faingold está dormindo atrás do biombo é que começa a acariciá-la e beijá-la, e Rosa esquece sua decepção com o porquê de tão demorada espera.

Certa vez aconteceu algo terrível, durante o sono, em meio a um sonho confuso, Faingold de repente começou a falar. Palavras soltas, nitidamente perceptíveis, ignorando o fato de que surdos-mudos têm de ser surdos-mudos também no sono. Mischa despertou com elas, o coração quase parou de bater, ele olhou ansioso para Rosa, que, deitada ao luar, dormia e só virava a cabeça de um lado para outro. Ele não podia berrar: "Faingold, vê se cala essa boca!". Só o que podia fazer era ficar lá deitado, imóvel, e ter fé, e por sorte Faingold parou com suas fantasias antes que acontecesse o pior, os sonhos só duram alguns segundos, dizem, e isso nunca mais se repetiu.

Mas basta da comédia em miniatura, vistos no conjunto foram assim caminhos tortuosos que trouxeram Rosa a esse quarto, bem debaixo dessas cobertas, não só uma rua em frente toda a vida e então uma quebrada à esquerda e outra à direita. Mischa bolou o jeito, Faingold cooperou, Rosa está muito à vontade aqui.

Ela está deitada de costas, eu sei, as mãos sob a cabeça, hoje como sempre, embora isso seja um pouquinho de egoísmo, pois um sujeito feito Mischa é mais que suficiente para a cama, ele tem de se resignar com a borda. Lá está ela deitada, com o olhar remoto, a noite, a mais bela de todas até agora, já acabou, tudo eles já sussurraram um no ouvido do outro. Embora Faingold seja surdo-mudo, eles sempre sussurram, tal como sussurram duas pessoas quando estão assim deitadas como Rosa e Mischa, mesmo que numa ilha deserta, se precisarem dizer algo sem falta. A noite vai bem avançada, o silencioso Faingold dorme já faz tempo atrás da parede composta de armário e pano. O tempo quente e a notícia devem tê-lo cansado muito, hoje ele só foi um breve obstáculo, já depois de poucos minutos Mischa estava satisfeito com o som vindo do outro lado e pôde prodigalizar toda sua atenção com Rosa.

Rosa meigamente cutuca Mischa, seu pé contra o dele, com bastante insistência ela o faz, até que ele esteja desperto o bastante para perguntar a ela o que há.

"Meus pais vão morar com a gente, não vão?", ela diz.

Os pais dela. Antes eles nunca haviam chegado perto desse quarto, sempre houvera só uma noite, a noite em que os dois se deitavam e se amavam, essa e mais nenhuma outra, todas as seguintes tinham primeiro de esperar, e não valia a pena gastar muita saliva a respeito. Mas agora que os pais estão ali, vamos dar uma olhada no que poderá ser um dia, uma espiadela pelo buraco da cortina. Os pais dela estão ali junto com um presságio do futuro, expulsos eles não podem ser, Rosa bate o pé.

"Eles não vão morar com a gente", diz Mischa, a altas horas da noite.

"E por que não? Você tem alguma coisa contra eles?"

Rosa ergue a voz, esse não é assunto que peça ser soprado ao pé do ouvido, ergue-a com tal rebeldia, talvez, que Faingold pode ter acordado, só que desse perigo ela nem suspeita.

"Deus do céu, isso é tão importante assim para você ter de me acordar no meio da noite?"

"É", diz Rosa.

Pois muito bem, ele se firma nos cotovelos, ela pode se orgulhar de ter enfim afugentado o seu sono, ele suspira, como se a vida já não fosse difícil o bastante.

"Pois muito bem: eu não tenho nada contra eles, o mínimo que seja. Eles me parecem até muito simpáticos, eles não vão morar com a gente, e agora eu quero dormir!"

Num arranco ele se vira para o lado, uma pequena demonstração ao luar, a sua primeira rusga. Não uma briga de verdade, só um anúncio das preocupações cotidianas, alguns minutos de silêncio transcorrem, nos quais Mischa verifica que Faingold acordara.

"Mamãe podia tomar conta das crianças", diz Rosa.

"As avós só mimam as crianças", diz Mischa.

"E além disso eu não sei cozinhar."

"Os livros são para isso."

Agora é ela quem suspira, vamos deixar a briga para mais tarde, temos todo o tempo do mundo. Rosa tem de erguer um pouco a cabeça, porque ele insinua seu braço reconciliador por baixo dela, ainda um beijo para selar as pazes, e então finalmente se pode tornar a dormir. Mas ela não consegue simplesmente fechar os olhos e fugir, o que ela vê é o que ela vê, há quanto tempo esperamos por um vislumbre como esse. Quando baterem, quando estiverem à porta, os russos, bom dia, chegamos, então podemos começar, mas aí já será tarde demais, não podemos esperar até lá para decidir, já temos de saber qual o primeiro passo a dar e qual o segundo. Mas Mischa quer dormir, e Rosa não consegue, tanta coisa está em desordem, pelo menos algumas delas deveriam ser emendadas. As coisas grandes se resolvem de uma forma ou de outra, decerto vai aparecer gente importante para zelar por elas, vamos começar com nossa vidinha miúda, dessa ninguém vai se encarregar. Da ponderação Rosa passa ao murmúrio, primeiro de tudo a questão da casa, a pessoa tem que se sentir bem nela, mas também pode ser outra coisa que não a casa, se te ocorre alguma coisa, mas vamos começar com a casa. Nem muito pequena, nem muito grande, digamos cinco quartos, não é pedir muito. Não precisa começar a gritar, isso é o tanto que se pode exigir, fomos modestos por tempo suficiente. Um quarto seria para você, um para mim e dois para meus pais. E um quarto das crianças, claro, onde elas possam fazer o que quiserem, plantar bananeiras e pintar as paredes. Nós dormiríamos em meu quarto, nada de quarto de dormir extra, isso seria desperdiçar um espaço que faria falta durante o dia, a pessoa tem também de pensar um pouquinho em termos práticos. Quando tivermos visitas podíamos nos sentar no teu quarto, um sofá no meio dele, isso é bem moderno, uma mesa retangular na frente e três ou quatro poltronas. Mas muitas visitas eu não quero ter, fique logo sabendo disso. Não por causa da bagunça que elas fazem, isso não é problema nenhum, mas prefiro ficar a sós com você. Talvez quando a gente for um pouquinho mais velho. E ninguém vai meter o bedelho sobre como deverá ser minha cozinha. Ela vai ser azulejada, assim fica limpa e bonita, o melhor seria em azul e branco. Os Klosenberg tinham uma cozinha assim, desse mesmo jeitinho, não dá para imaginar cozinha mais bonita. O assoalho coberto de ladrilhos cinza-claros, nas paredes, prateleiras para pratos e jarros e conchas, e mais uma estantezinha para todo tipo de condimentos. Sabe-se lá quantos condimentos existem, açafrão, por exemplo, você tem ideia para que se usa açafrão? Que ele faz bolos e massas ficarem amarelos?

O resto eu não sei, nesse ponto meu informante Mischa ferrou de vez no sono, em meio aos condimentos. Talvez Faingold pudesse me contar mais sobre essa noite em específico, talvez tenha ficado acordado desde o porão até o sótão, mas eu nunca lhe perguntei.

Então é dia outra vez, finalmente dia outra vez, nós corremos de cima para baixo na estação de carga com nossos caixotes, poucos anos atrás isso seria descrito como uma atividade animada, fervilhante. Os guardas se portam com toda a normalidade, gritam ou dormitam ou empurram como sempre, não demonstram nenhum medo ou ainda não o sentem. Pode ser que eu me engane, mas pareço lembrar bem esse dia, embora nada de extraordinário haja ocorrido, pelo menos não para mim. Como se fosse hoje, estou num vagão, acho que é isso, e minha tarefa é pegar os caixotes e empilhá-los de modo que caibam quantos sejam possíveis. Junto com outro homem, com Herschel Schtamm, e isso, pensando bem, já é algo especial. Isso porque Herschel Schtamm tem um irmão, não só isso, tem um irmão gêmeo, Roman, e os dois costumam sempre trabalhar e andar juntos, são grudados. Mas hoje não, logo de manhã Herschel sofreu um pequeno acidente, tropeçou enquanto carregava um caixote, Roman não foi capaz de aguentar o caixote sozinho, caixote e Herschel foram ao chão. Herschel teve de engolir as bordoadas de costume, mas isso não foi o pior, ao tropeçar ele torceu um pé, mal podia caminhar, não podia assim seguir carregando caixotes com Roman, e por isso está agora comigo no vagão.

Ele sua em bica, nunca vi ninguém suar tanto, só vai parar de suar quando os russos tiverem tomado esse maldito gueto, nem um dia antes. Pois Herschel Schtamm é devoto. A vida inteira ele foi sacristão de uma sinagoga, chamamos isso de *schamess*, devoto como o próprio rabino. E lá estão os cachos nas têmporas, orgulho de todo judeu ortodoxo, vá e pergunte a Herschel se ele está disposto a abrir mão deles. Nem que me paguem, ele lhe dirá, feito quem olhasse para um maluco, como você pode lhe perguntar uma coisa dessas? Mas os cachos só podem ser ostentados entre quatro paredes, em nenhum outro lugar, na rua e aqui na estação a pessoa topa com alemães, que lhes torcem o nariz, afinal onde a gente pensa que está vivendo para andar de lá para cá em adereços como esse? São conhecidos casos em que simplesmente se catou a primeira tesoura à mão, e em meio a orações secretas e lágrimas de risos, liquidou--se o assunto no mesmo instante, mas também são conhecidos casos piores.

Herschel adotou a única alternativa possível, ele esconde seus cachos, contrabandeia-os através dos tempos. Inverno ou verão ele usa um gorro, gorros ainda se tem permissão para usar, um gorro preto de pele com abas nas duas orelhas, que podem ser abotoadas debaixo do queixo. No sol ele é terrivelmente quente, foi o único que ele pôde arrumar, mas para seus propósitos ele serve como uma luva. Nós não devotos, até mesmo seu irmão Roman, rimos e fizemos as nossas piadas só durante a primeira semana de calor, depois perdemos o interesse, Herschel deve saber o que faz.

Suspendemos um caixote bem ao topo, ele enxuga o suor do rosto, enquanto pegamos o próximo ele me pergunta o que acho do negócio. De cara sei do que ele está falando, digo-lhe que já estou bobo de alegria, não consigo pensar mais em outra coisa. Tudo o que eu tinha será meu de novo, tudo menos Hannah, que foi executada. Haverá árvores de novo, no jardim de meus pais já me vejo sentado na nogueira, naqueles galhos tão finos que a vontade de minha mãe era desmaiar, bem lá em cima eu me empanturro de nozes. Meus dedos ficam tão marrons por causa das cascas que leva semanas até descorarem, mas Herschel não me parece muito entusiasmado.

Jakob e Mischa colocam um caixote na beirada do vagão. Para que tanta pressa, Jakob torna à pilha a passos largos, e Mischa no seu encalço. Desde ontem Jakob é um felizardo, um eleito, todos o disputam, os brutamontes bem como os nanicos, cada qual quer trabalhar com ele, com o homem que tem uma linha direta com o bom Deus. Mischa foi o primeiro da fila, o primeiro a dar uma mãozinha quando os olhos de Jakob pousaram num caixote, e agora ele lhe corre no encalço. O mais justo seria poder sorteá-lo numa rifa, com tantos e tantos bilhetes não premiados e um prêmio principal, então todos teriam as mesmas chances à sorte grande, à proximidade de Jakob, coisa que de uma hora para outra ficou tão importante. Só Jakob faz cara amarrada, uma sorte dessas, muito obrigado, só hoje já lhe perguntaram cinco ou dez vezes, em tom confidencial e cheio de esperança, o que o rádio vem noticiando, até por absolutos estranhos. Cinco ou dez vezes ele não soube o que responder, repetiu apenas o que já dissera no dia anterior, Bezanika, ou só levou o dedo aos lábios e disse um "psit!" em tom conspirador, ou não disse nada e seguiu adiante, exasperado. E quem o meteu nessa enrascada toda foi o tonto desse varapau que agora o segue a passos miúdos, inocente como ele só, num antegozo imerecido, algo que ninguém poderia ter calculado. Eles se comportam feito crianças, feito gente amontoada ao redor de uma coluna de anúncios, se não acontecer um milagre, na melhor das hipóteses ainda vai durar horas até que as sentinelas percebam alguma coisa. Uma demanda dessas seria de se desejar em tempos normais, o café de Jakob está aberto todo dia, menos *schabess*, o ano inteiro, e há um rádio bem à vista atrás do balcão, qualquer um pode ouvir o que quiser. Mas lá vocês rareavam, lá cada um de vocês tinha de ser tratado como rei, senão iam embora e não voltavam mais, e agora são vocês que tratam a mim próprio como rei e não vão embora e tornam sempre a voltar, o sujeito precisa de um guarda-costas contra vocês.

Mischa não faz ideia dos pensamentos irados que se inflamam tão perto dele, de que é a raiva que torna o passo de Jakob tão ligeiro. Eles carregam alguns caixotes, Mischa imagina que a coisa continuará assim até o meio-dia, ele deixa de notar os olhares hostis que lhe são dirigidos de tempos em tempos, cada vez mais frequentes. Até que a panela transborda, até que Jakob estaca o passo, na esperança de que Mischa siga adiante, quanto mais longe melhor. Mas Mischa também estaca, seus olhos indagam admirados, ele realmente não sabe de nada, então que fique sabendo.

"Por favor, Mischa", diz Jakob atormentado, "aqui tem tanta gente bacana. Será que você precisa carregar justo comigo?"

"Mas o que te deu de repente?"

"De repente, essa é boa! Não suporto mais olhar para a sua cara!

"Minha cara?", Mischa sorri apalermado, até ali sua cara não incomodara ninguém, muito menos Jakob, no máximo esse ou aquele comentário sobre seus olhos azul-celeste, quando nada melhor ocorria à pessoa, e de repente um pequeno arroubo desses, quase uma afronta.

"É, sua cara! Com essa boca, essa sua boca tagarela", ainda diz Jakob, pois Mischa tateia completamente às escuras. E agora Mischa tem um estalo, ele é o elo fraco na cadeia do silêncio, Jakob tem razão. Mesmo que não seja motivo para fazer uma cena dessas, Deus sabe que coisas piores já se passaram, Mischa encolhe os ombros, aconteceu, tarde demais para voltar atrás agora. Antes que Jakob se exalte ainda mais, Mischa se afasta mudo, assunto nosso não é da conta das sentinelas, mais tarde ou amanhã certamente haverá ocasião para uma palavra conciliadora.

Assim, Mischa vai sozinho até os caixotes, rápido ele achou outro homem, carta fora do baralho ele ainda não é. Seus braços vigorosos ainda não foram esquecidos, ainda são estimados, se você não pode carregar com Jakob, então pelo menos com Mischa. E também Jakob chega sozinho à pirâmide, nem sequer vê quem apanha com ele o caixote, seus olhos ainda grudados em Mischa, que finalmente desaparece sem se virar, magoado ou não. Mas alguns passos além Jakob percebe que seu novo parceiro não segura tão firme o caixote quanto Mischa, nem de longe, e Jakob olha para ele, e vê que o novo homem é Kowalski, e Jakob faz uma careta e sabe que saiu da frigideira para o fogo, Kowalski não o deixará em paz por muito tempo.

Kowalski não diz palavra. Ou por outra, não é só que se cale, controla-se, por quanto tempo será que aguenta, ele carrega que carrega, para Jakob está bem assim. Mas de algum modo isso o deixa nervoso, Kowalski calado, os pontos vermelhos em suas bochechas não vêm do esforço. Três caixotes inteiros em silêncio, se Kowalski pensa que pode lhe dar água na boca, está muito enganado, Jakob nunca vai levantar o assunto por si próprio, não tem nada a contar, mesmo assim isso lhe dá nos nervos. Vou te passar a perna, ocorre a Jakob, vou te armar uma armadilha, uma conversa inofensiva poderia te fazer esquecer a pergunta que você ainda está guardando para si, vejamos qual o assunto, depois apitam o meio-dia, e então quero ver você me achar.

"Você conhece alguma coisa contra queda de cabelo?"

"Como assim?"

"Todo dia de manhã meu pente fica cheio de cabelo. Não há nada que eu possa fazer?"

"Nada", diz Kowalski, e Jakob percebe nitidamente que o tema não lhe interessa.

"Será que não, mesmo? Eu lembro que na sua loja você andou esfregando a cabeça de um freguês com um negócio qualquer. Acho que era verde, será?"

"Tudo lorota", diz Kowalski. "Esfreguei muita cabeça com isso, mas também podia ter esfregado com água. Uns querem porque querem alguma coisa. E não era verde, era amarelo."

"Não tem nada que ajude?"

"Já disse, não."

Até aqui tudo bem, eles continuam a arrastar calados, em Jakob cresce a esperança de que está enganado, de que Kowalski não quer nada dele, que pegara com ele o caixote simplesmente porque era o mais próximo, e os pontos vermelhos podiam, sim, ser do esforço ou das picadas de pulga. Ora, muitas vezes não se enxerga o mais óbvio, algumas experiências ruins não podem pôr em dúvida toda a sinceridade, Kowalski tem também o seu lado bom, uma porção de recordações está de prova. Afinal, eles eram como que amigos próximos. Jakob já olha mais amistoso o suado Kowalski, uma desculpa secreta no olhar, secreta porque as censuras, felizmente, permaneceram também secretas. Cada novo caixote carregado em silêncio para o vagão afasta-o da suspeita que, tudo indica, recaía sobre um inocente.

E súbito, pouco antes do meio-dia, Kowalski faz sua pérfida pergunta, sem preâmbulos e num tom humildemente inofensivo ele diz: "E então?".

Mais nada, Jakob estremece, sabemos a que se refere. Num átimo ressurge toda sua raiva, Jakob sente-se ludibriado, os pontos são, sim, os mesmos de sempre. E Kowalski não se achava nas imediações por acaso, ficara à espera, ficara à espreita, trabalhando o dia inteiro em vista desse infame "e então?". Ele não se calou até esse momento por consideração, Kowalski não tem ideia do que seja isso, ele se calou porque vira Jakob batendo boca com Mischa, e só aguardou um instante propício, frio e calculista que é, Jakob deveria ser embalado no berço da segurança.

Jakob estremece, o pior nesse gueto é que a pessoa não pode simplesmente virar as costas e ir embora, não é aconselhável repetir essa manobra a cada cinco minutos.

"Alguma novidade?", pergunta Kowalski mais abertamente. Ele não está com disposição de entregar-se a uma longa troca de olhares, se você não pescou meu "e então?", pois muito bem.

"Não", diz Jakob.

"Sério que você está querendo me dizer que na guerra passa um dia inteiro sem acontecer nada? Um dia inteiro e uma noite inteira?"

Eles depositam o caixote na beirada do vagão, retornam à pilha, e Jakob respira fundo, e Kowalski lhe faz um aceno encorajador com a cabeça, e Jakob perde o controle e ergue sua voz a um volume desaconselhável.

"Ó criatura, me deixe em paz! Eu não te disse ontem que eles estão a vinte quilômetros de Bezanika? Isso não basta para você?"

Claro que isso não basta para Kowalski, se os russos estão a vinte quilômetros de uma Bezanika qualquer, e ele está ali, como é que isso haveria de bastar, mas ele não tem tempo para refutações lógicas, não no momento, ele olha assustado a sua volta, porque Jakob não foi lá muito cauteloso. De fato, lá está uma sentinela, bem perto, eles têm de passar por ela, e o soldado já está olhando. O uniforme não lhe cai bem, ele é muito jovem para a farda, algumas vezes ele já deu na vista, ele tem uma bocarra, mas ainda distribui poucas pancadas.

"Que que vocês estão aí brigando, seus merdas?", ele pergunta quando eles estão prestes a passar a seu lado. Pelo menos ele não ouviu nenhum detalhe, só vozes erguidas, o que pode ser explicado rapidamente.

"Não estamos brigando, senhor", diz Kowalski em voz alta, "é só que eu sou um pouco surdo."

A sentinela os mede de cima a baixo e se balança na ponta dos pés, então dá meia-volta e vai embora. Kowalski e Jakob apanham um novo caixote, não se dignam a uma palavra sobre o incidente.

"Passou um dia inteiro, Jakob. Vinte e quatro horas. Pelo menos uns míseros quilômetros eles devem ter avançado, não?"

"Avançaram, três quilômetros segundo os últimos informes."

"E você nessa indiferença toda? Cada metro conta, é o que eu te digo, cada metro à toa!"

"Mas o que são três quilômetros!", diz Jakob.

"Engraçado, você! Para você talvez não seja muito, todo dia você escuta as notícias. Mas três quilômetros são três quilômetros!"

Pronto, por hoje Kowalski o deixará em paz, agora ele está mudo como Faingold, ficou a par do que queria.

Jakob admite que não foi tão mal assim, na verdade a coisa lhe veio fácil aos lábios, isso ele me contou em minúcias, foi um momento importante para ele, disse-me. A primeira mentira, que talvez nem mentira fosse, uma mentira de nada, e Kowalski está satisfeito. Valeu a pena, a esperança não pode esmorecer, do contrário eles não sobrevivem, ele sabe muito bem que os russos estão avançando, ele ouviu isso com os próprios ouvidos, e se há um Deus no céu, eles também têm de vir até nós, e têm de encontrar o máximo possível de sobreviventes, valeu a pena. E se todos estiverem mortos, foi uma tentativa, valeu a pena. Só que ele terá de inventar bastante, eles sempre vão fazer novas perguntas, vão querer saber detalhes, não só quantos quilômetros, ele terá de se sair com as respostas. Tomara que a cabeça esteja à altura, inventar não é para qualquer um, até agora ele só inventou uma única coisa na vida, anos atrás, uma nova receita de panquecas de batata com queijo branco e cebola e cominho-armênio, isso não é coisa que se compare.

"E além do mais, só de eles estarem avançando é importante", diz Kowalski pensativo. "Quero dizer, melhor avançar devagar do que recuar depressa..."

Bastante tarde chegamos a Lina, imperdoavelmente tarde, pois ela é de certa importância nisso tudo, ela é quem dá o fecho, se podemos dizer assim, Jakob vai até ela todo dia, mas nós só chegamos agora.

Lina tem oito anos de idade, longos cabelos negros e olhos castanhos, como manda o figurino, uma criança notavelmente bela, diz a maioria. Ela pode olhar para uma pessoa de modo que esta tenha vontade de repartir com ela seu último bocado, mas só Jakob o faz, às vezes chega a lhe dar tudo, isso porque ele nunca teve filhos.

Há dois anos Lina não tem pais, eles foram embora, subiram no trem de carga e foram embora e deixaram sozinha a filha única. Nem dois anos atrás, o pai de Lina estava andando na rua, ninguém lhe fez notar que estava usando o casaco errado, o casaco sem estrelas. Era início do outono, ele estava andando e não tinha nada de mau na cabeça, no mais tardar eles teriam notado no trabalho, mas lá ele não chegou. No meio do caminho ele topou com uma patrulha, bastou um olhar atilado, só Nuriel não soube interpretá-lo.

"Você é casado?", perguntou um dos dois homens.

"Sou", disse Nuriel e nem suspeitou o que queriam dele com essa estranha pergunta.

"Onde sua mulher trabalha?"

Em tal e tal lugar, Nuriel respondeu. Na hora eles o acompanharam até lá e retiraram a mulher da fábrica. Assim que ela o viu com os dois homens, notou os pontos nus no peito e nas costas de Nuriel, olhou-o apavorada, e Nuriel lhe disse: "Eu também não sei o que está havendo".

"Suas estrelas", ela sussurrou.

Nuriel baixou a vista para o peito, só agora ele se deu conta de que era o fim, o fim ou pouco antes, um pretexto bem menor bastaria para o fim, leia o regulamento do gueto. Eles foram com Nuriel e sua mulher até a casa deles, no caminho lhes disseram o que podiam levar consigo. Lina não estava brincando na frente da casa, no saguão também não estava, a mãe lhe dera ordens estritas para que saísse o menos possível do apartamento. Mas nunca se sabe o que essas crianças aprontam o dia inteiro, enquanto os pais trabalham, queira Deus que dessa única vez ela tenha sido desobediente. No quarto também ela não estava, assim não poderia se surpreender e perguntar o que estava acontecendo, por que papai e mamãe tinham voltado para casa tão cedo, e os homens teriam sabido que Nuriel não tinha só uma mulher. Eles fizeram as malas, poucas coisas, os dois homens ao lado para ver se tudo corria direito. Nuriel movia-se feito um sonâmbulo, até que sua mulher o cutucou e lhe disse para se apressar. Então ele também se apressou, compreendeu o seu apelo, a qualquer instante Lina podia entrar no quarto.

Ao descer ele viu, por uma janela no patamar da escada, que Lina brincava no pátio (tudo isso sem testemunhas, mas talvez tenha sido exatamente assim, e não de outra maneira). Ela se equilibrava na mureta entre os dois pátios, sabe Deus quantas vezes ele já a proibira disso, mas as crianças são mesmo de morte. Uma vizinha que por acaso cumpria o horário noturno nessa semana topou-os na escada, ela ouviu a mulher de Nuriel dizer a ele que não ficasse olhando pela janela, que cuidasse dos degraus, senão acabava caindo. Assim também ele fez, não caiu, chegaram sem contratempos à rua, e desde então Lina nunca mais viu seus pais. Pouco tempo depois uma nova família foi alojada no quarto dos Nuriel, nessa época ainda afluíam novos contingentes. Foi um problema o que fazer com Lina, ninguém podia abrigá-la para sempre, e isso não só por razões de espaço ou má vontade, bastaria uma revista inesperada, de onde você tirou essa criança? Todos esperaram semanas que se desse busca por Lina, alguém em alguma repartição, ao folhear alguns papéis, poderia notar que, em vez de três Nuriel, só dois haviam ingressado no comboio, mas não se deu nada parecido. Por fim algumas mulheres do prédio fizeram uma faxina no pequeno sótão, a cama foi levada para cima e uma cômoda com as coisas dela, que afinal ainda estavam lá, e Lina mora no andar superior. Só não se pôde arranjar uma estufa. Nas noites mais frias, quando mesmo dois cobertores não são o bastante, Jakob, que nunca teve filhos, arrisca-se e a recolhe secretamente a sua cama. Disso resultou simplesmente que ela pertence mais a ele que a qualquer outro, ela teve dois anos para fazer dele gato e sapato, tempo mais que suficiente.

Hoje não é uma noite fria, muito menos a mais fria, Lina terá de dormir sozinha, Herschel Schtamm suou copiosamente o dia inteiro. Jakob sobe ao quarto dela, toda noite ele sobe ao quarto dela, Lina está deitada de olhos fechados. Jakob sabe muito bem que ela não está dormindo, e ela sabe muito bem que ele sabe, disso nasce toda noite uma nova brincadeira. Ele tira um saco de papel do bolso, no saco há uma cenoura, que ele coloca sobre a cômoda ao lado da cama, então ele executa a brincadeira de hoje. Sopra o saco de papel e o estoura batendo as mãos, mas Lina já ri antes, ainda enquanto de olhos fechados, alguma coisa está para vir. E vem portanto o estrondo, Lina se levanta, lhe dá um beijo, que ele fez por merecer, e insiste que já se sente bem melhor. Amanhã ela pretende enfim sair da cama, uma coqueluche assim não pode durar para sempre, mas essa decisão não cabe somente a Jakob. Ele encosta-lhe a mão na testa, avalia.

"Ainda estou com febre?"

"Talvez só um pouquinho, se é que meu termômetro está funcionando direito."

Ela apanha a cenoura, pergunta-lhe o que afinal é isso, febre, e começa a comer.

"Eu te explico outra hora", diz Jakob. "O professor já passou aqui hoje?"

Não, ainda não passara, mas ontem ele disse que houve uma melhora, e Jakob não devia vir sempre com aquela história de "outra hora" para cima dela, ele ainda estava lhe devendo uma explicação do que são máscaras de gás, epidemias, dirigíveis, lei marcial, o resto ela esquecera, e agora ele estava ainda mais no vermelho com essa questão da febre.

Jakob a deixa falar, ela já parece bem animada, talvez ele pense com um pouco de pesar nos três cigarros que lhe custou a cenoura, a próxima ele precisa conseguir mais barato. No final tudo acaba em pura conversa, da qual Lina é mestra, deve ser algo congênito.

"Como anda o trabalho?"

"Melhor impossível", diz Jakob, "obrigado por perguntar."

"Lá também fez hoje aquele calorão? Aqui fez um calor dos infernos."

"Assim, assim."

"O que foi que vocês fizeram hoje? Você andou de locomotiva outra vez?"

"De onde você tirou isso?"

"Outro dia você foi até Rudpol e voltou, não se lembra?"

"Ah, é. Mas hoje não, a locomotiva está quebrada já faz alguns dias."

"O que é que ela tem?"

"Perdeu uma roda, e não se acha outra nova."

"Que pena. Aliás, como vai Mischa? Faz tanto tempo que ele não aparece mais aqui."

"Ele tem muito o que fazer. Mas bom que você tenha me lembrado, ele te mandou um beijo."

"Obrigado", diz Lina. "Mande outro para ele."

"Pode deixar."

Isso poderia continuar horas a fio, ao longo de vinte cenouras, não importa sobre o que papeiam, eles conversam até que a porta se abra, até que entre Kirschbaum.

Se desde o princípio eu não tivesse me proposto algo diverso, contaria a história de Kirschbaum, talvez ainda o faça algum dia, a tentação é grande, embora nos tenhamos visto brevemente só duas ou três vezes, nem sequer meu nome ele sabia. Na verdade só o conheço dos escassos comentários de Jakob, ele o mencionou quase só pela rama, mas me deixou curioso, Kirschbaum não cumpre um papel de destaque para o todo, o principal é que ele curou Lina. Anos atrás Kirschbaum era uma celebridade, não do tipo do pai de Rosa, uma celebridade autêntica, com título e diploma e milhares de homenagens, chefe de um hospital de Cracóvia, cardiologista requisitado, palestras em universidades pelo mundo afora, fluente em francês, espanhol e alemão, dizem que se correspondeu intermitentemente com Albert Schweitzer. Quem quisesse se tratar com ele tinha de fazer o diabo, ainda hoje ele emana a dignidade de personagem eminente, sem o menor esforço. E assim também seus ternos, do melhor tecido inglês, com o tempo algo surrados nos cotovelos e nos joelhos, mas como antes de caimento impecável, todos eles de tom escuro, num contraste eficaz com seus cabelos brancos como a neve.

Kirschbaum jamais parara para pensar que fosse judeu, seu pai também fora cirurgião, o que vem a ser isso, extração judaica, eles forçam o indivíduo a ser judeu, e ele próprio nem faz ideia do que diabos seja isso. Agora ele está rodeado de judeus, pela primeira vez em sua vida nada mais senão judeus, ele espremeu os miolos pensando neles, queria descobrir o que os equipara a todos, em vão, eles não têm nada de identificável em comum, e ele com eles muito menos.

Para a maioria ele tem um quê de fabuloso, Kirschbaum sente-se incomodado com isso, antes amizade que respeito, ele tenta se arranjar. Acaba fazendo tudo às avessas, enquanto cada um espera dele algo especial, e lhe falta todo o humor com que compensar as coisas.

Ele entra no sótão, traz um pote cheio de sopa para Lina, seus passos são elásticos como os de um sujeito de trinta, o clube de tênis o manteve jovem.

"Boa noite a todos", ele diz.

"Boa noite, professor".

Jakob levanta-se da cama, abre espaço para Kirschbaum, que logo vai auscultar Lina, ela já tira a camisa, a sopa ainda está muito quente, toda vez ela é examinada antes. Jakob vai até a janela, que está aberta, uma pequena trapeirazinha, e no entanto se pode ver meia cidade. Talvez um pôr do sol, os prédios em cinza e ouro, e muita paz. Os russos marcharão por todas as ruas, nem uma única ficará de fora, as malditas estrelas serão removidas e deixarão nódoas claras como quadros feiosos que ficaram pendurados tempo demais na parede e vão parar merecidamente no lixo. Enfim ele tem, igual aos outros, um pouco de tempo para pensamentos cor-de-rosa, como se fora Kowalski que relatara o milagre. Em alguma parte lá embaixo o futuro está escondido, basta de grandes aventuras, os jovens que mergulhem nelas, com certeza o seu café vai precisar de uma nova demão de tinta, quem sabe umas mesas novas a mais, talvez ele arranje até uma licença para venda de bebidas, algo que antes seria quase impossível, vamos ver. O quarto de Lina poderia ser arrumado na despensa, é rezar para que não estoure por aqui um parente qualquer e queira levá-la, somente os pais ficam com ela, mas sabe-se lá se ainda estão vivos. O ano que vem ela vai para a escola, ridículo, uma mocinha de nove anos na primeira série. A primeira série vai ficar cheia de crianças grandes demais, talvez alguém tenha uma ideia para que elas não percam muito tempo. Não seria mau se alguém lhe ensinasse umas coisas de antemão, pelo menos a ler e um bocadinho de matemática, por que não pensou nisso antes, mas primeiro ela tem de ficar boa.

"Bem, agora eu já posso lhes dizer", diz Kirschbaum. "A coisa andou bem feia com essa senhorita aqui. Mas quando as senhoritas fazem o que lhes mandam, quase sempre se pode fazer alguma coisa. Conseguimos reparar muito do estrago. Respire fundo e prenda!"

Na parte de baixo do armário há um livro antigo, uma descrição de viagens pela África ou pela América, ele bem que poderia servir para as primeiras letras, dentro ele tem até algumas ilustrações. É preciso torná-lo de alguma forma atrativo para Lina, pois se ela não estiver a fim, pode tirar o cavalo da chuva. O mais cedo possível eu a adoto, depois, é claro, de procurar pelos pais, sem que ela saiba, dizem que adotar não é tão fácil assim, uma porção de formalidades e autoridades se alguém em idade avançada encontra uma criança. Os alemães têm a sua cota de responsabilidade nisso, e os russos têm a sua, quem tem a maior? Eu vou dizer a ela que agora acabou esse negócio de sempre contar histórias da carochinha, chega só de príncipes e bruxas e mágicos e bandoleiros, a realidade é bem diferente, você já é bem grandinha, isso aqui é um A. Batata que ela vai perguntar o que significa um A, vai querer saber para que se usa, ela tem um feitio muito prático, na sua idade as perguntas são metade da vida, ele já pode ver tempos difíceis à frente. Como filha ela já tem oito anos, e eu como pai não tenho nem dois.

Kirschbaum segura o estetoscópio contra o peito dela e ausculta atentamente, e de súbito ele finge um baita espanto, arregala os olhos para Lina e pergunta: "Ixe, o que é que é isso? Tem alguma coisa assobiando aqui dentro?".

Lina olha cheia de graça para Jakob, que continua, não tinha percebido quando começou, mas agora ele continua, não vai estragar a pobre brincadeirinha de Kirschbaum, e Lina ri do bobo do professor, que não percebe que o assobio não vem de seu peito, mas do tio Jakob.

Por que, alguém se pergunta, as pessoas dizem que os grandes acontecimentos lançam suas sombras à frente de si, de sombras nem sinal, decorrem alguns dias tranquilos, tranquilos para o historiador. Sem novas ordenanças, sem acontecimentos visíveis, nada de palpável, nada do qual se possa inferir mudança. Uns dizem ter percebido que os alemães se tornaram mais contidos, outros, porque absolutamente nada aconteça, dizem ser a bonança antes da tempestade. Mas eu digo ser mentira a bonança antes da tempestade, esse absolutamente nada é uma mentira, a tempestade, ou parte dela, já está ali, o murmurinho nos quartos, os receios e especulações, as esperanças e preces, chegou o grande dia dos profetas. Se duas pessoas discutem, discutem sobre planos, o meu é melhor que o seu, arrebatados estão todos, todos já estão a par do inconcebível. Quem ainda não está há de ser um eremita, nem todos conhecem a fonte da notícia, o gueto é grande demais para tanto, mas os russos estão em cada cabeça. Velhas dívidas começam a vir à tona, com embaraço são lembradas, filhas transformam-se em noivas, planejam-se casamentos para a semana anterior ao ano-novo, as pessoas estão completamente doidas, a cifra de suicídios cai a zero.

Quem for fuzilado agora, tão perto do fim, este terá subitamente perdido um futuro, pelo amor de Deus, só não me dê mais causa para Majdanek ou Auschwitz, se é que causas têm algum papel nisso, cuidado, judeus, muito cuidado e nenhum passo em falso.

Há tempos existem dois partidos que dividem todos os prédios, Jakob não tem só amigos, dois partidos sem estatutos, mas com argumentos de peso e plataforma e retórica. Uns têm febre de novidades, o que aconteceu na noite passada, quantas foram as perdas de cada lado, nenhum informe é tão trivial que dele não se possa tirar esta ou aquela conclusão. E os outros já ouviram o bastante, o partido de Frankfurter, para eles esse rádio é uma fonte de constante perigo, tão fácil seria a Jakob tranquilizá-los, ouço seus receios na estação e a caminho de casa e no prédio. Essa língua ingênua de vocês ainda acaba nos matando, eles advertem, os alemães não são surdos nem cegos. E o regulamento do gueto não é nenhuma sugestão de bom comportamento, lá está escrito, com todas as letras, o que significa ouvir um rádio, e também o que acontece com quem sabe que alguém ouve e não denuncia. Tratem assim de sossegar o pito e esperem quietos em seus cantos, quando os russos chegarem, chegaram, não é conversa fiada que vai atraí-los. E sobretudo parem de falar no desgramado desse rádio, nessa possível causa de milhares de mortes, quanto antes ele for destruído, melhor.

Essa é a situação, Jakob não tem só amigos, mas isso ele não nota, nem é capaz de ficar sabendo. Aqueles que se ajuntam a seu redor, os curiosos, os milhares de Kowalski, estes se abstêm de lhe contar, pois Jakob poderia pensar melhor e mudar de ideia e de repente decidir se calar, melhor se calarem eles próprios. E os admoestadores seriam os últimos a lhe dizer, eles não vão lhe enviar uma delegação de advertência, isso seria muito arriscado. Eles guardam uma boa distância de Jakob, para que ninguém jamais possa afirmar tê-los visto em sua companhia.

Herschel Schtamm, por exemplo, o dos cachos, é um dos outros, um dos que não quer ouvir e ver mais nada nem ser cúmplice. Na estação, quando, as mãos em concha, avaliamos os últimos sucessos dos russos, fresquinhos da boca de Jakob, ele dá alguns passos de lado, mas não muito a distância, eu diria ao alcance do ouvido. Contanto que não seja uma conversa na qual se veja ele tomar parte, é obviamente com isso que ele se preocupa. Os olhos de Herschel vagueiam então indiferentes pelos trilhos, ou pousam em um de nós com repreensiva severidade, mas não é impossível que, sob o gorro de pele sudorífero, ele aguce os ouvidos feito uma lebre.

A queda de energia, que durante dias transforma o rádio de Jakob num elefante branco a lhe pôr a vida em risco, ele a toma como mérito seu. Não que ele o diga em público, Herschel não é dado a bravatas, sabemos isso por intermédio de seu irmão gêmeo, Roman, que passa cada fim de tarde e cada manhã com ele no mesmo quarto e cada noite na mesma cama, é inevitável que ele saiba, afinal. Quando perguntamos a Herschel como ele conseguiu uma tal proeza, um corte de energia em várias ruas e por vários dias não é brincadeira, sobe-lhe ao rosto uma expressão benigna, quase um sorriso após sobreviver a uma provação, mas ele se cala. E então perguntamos: "Como foi, Roman? Como ele conseguiu?". Os minutos antes de ir para a cama, conta Roman, são preenchidos com orações, calado num canto, não só depois do rádio, um hábito antigo. Roman aguarda na cama, paciente, até que o cobertor comum possa ser puxado por sobre suas cabeças, de muito ele não exige mais de Herschel que se apresse e venha logo dormir, ensinaram-lhe que orações e pressa são incompatíveis. Ele não presta atenção no murmúrio monótono, no cantarolar, não faria sentido, Roman não entende uma palavra de hebraico, mas faz algum tempo uns sons familiares também penetraram seu ouvido. Desde que Herschel passou a enviar rogos concretos ao amado Deus, não mais aquela ladainha devota de sempre sobre proteger e fazer com que tudo termine bem, ele recorre com mais e mais frequência ao vernáculo. Agora Roman pode espreitar, de maneira fragmentária, o que preocupa e atormenta o irmão, nada de extraordinário, se ele próprio rezasse, não teria muita coisa diferente a dizer. Noite após noite Deus é informado sobre a fome, sobre o medo da deportação e as bordoadas das sentinelas, tudo impossível de estar acontecendo com Seu beneplácito, que Ele tivesse a bondade de ver o que podia fazer a respeito, se possível rápido, o tempo urgia, que Ele também enviasse um sinal de que estava tudo entendido. O sinal tardou a chegar, uma prova de constância superada com brilho por Herschel, cada dia seguinte era esquadrinhado em vão à cata de alguma intervenção modificadora de Deus. Até que finalmente chegou o almejado sinal, imprevisto como toda a ação divina e tão poderoso que qualquer palavra de dúvida teve de desfalecer nos lábios do infiel mais empedernido.

Aquela noite o tema de Herschel foi o rádio, no momento a mais absorvente de todas as preocupações, em minúcias Herschel explica a Deus as consequências incalculáveis no caso de a inadvertência e a falta de cuidado deixarem que a boataria caia em ouvido alemão, e uma vez já ocorreu, os boateiros, segundo a lei vigente, são chamados a responder junto com os cúmplices silentes. E será alegado que todos nós somos cúmplices, que a novidade não escapou a ninguém, aliás quanto a isso estarão certos. Aliás, não precisa nem ser um ouvido alemão que por acaso esteja perto, e há também ouvidos alemães camuflados, só Você sabe quantos delatores estão à solta entre nós. Ou alguém tenta salvar a própria pele e trai a existência do rádio por iniciativa própria, canalhas existem em toda parte, Você mesmo sabe disso, sem Seu consentimento eles não estariam nesse mundo. Não permita que, tão perto do fim, a grande desgraça se abata sobre nós, quando por todos estes anos Você manteve Sua mão protetora sobre nós e nos evitou o pior, pelo amor de Você mesmo, não permita. Não deixe que os alemães saibam nada do rádio, Você sabe do que eles são capazes. Ou melhor ainda, se me permite fazer uma sugestão, destrua esse maldito rádio, seria a mais feliz das soluções.

Nessa altura das coisas, a lâmpada do teto começa de repente a piscar, Herschel primeiro não presta atenção no fato, mas depois arregala os olhos para cima, num raio lhe é revelado qual o sentido disso. Deus ouviu-o, as preces não foram em vão, em momento justo Ele envia um sinal, o aviso de recebimento, e logo um sinal que mais prático não poderia ser, Ele é Deus ou não é? Sem energia o rádio estará condenado a finalmente calar a boca, quanto mais fervorosa é a prece de Herschel, mais a luz pisca. "Continue firme!", instiga-o Roman, mas isso ele nem precisa lhe dizer, Herschel sabe do que se trata, conselhos de gozadores não vêm ao caso quando a ventura acena como prêmio. É com fervor que ele deixa agir suas influências até que a coisa se consume, a lâmpada finalmente apaga, a última palavra foi dita. Herschel corre até a janela, perscruta com o olhar o outro lado da rua, nem uma única cortina filtra uma chispa de luz, nem a da casa de Jakob Heym. Nós te reduzimos ao silêncio, meu caro, a paz celestial reinará, pegue este horror que é seu aparelho e o leve ao diabo, usá-lo é que você não pode mesmo. E não vá pensando que a energia, cujo corte você, incauto, toma por uma avaria, amanhã já estará restabelecida, curtos-circuitos da esfera excelsa duram lá seu tempo.

Orgulhoso e comedidamente feliz, à medida que as circunstâncias o permitem, Herschel deita-se na cama depois do trabalho cumprido e aceita, sereno, os cumprimentos de Roman.

Rostos preocupados ao redor de Jakob, o que vai acontecer, eles estão a zero e não têm ideia do que se passa no vasto mundo. Três dias já dura essa situação insuportável, isso não é mais falta de energia, é uma catástrofe natural, tínhamos de ser vítimas de mais essa desgraça? As pessoas haviam se habituado com precipitação às boas notícias, ficaram viciadas nos dois ou três quilômetros a cada manhã, e todo dia havia algo a esperar e a debater. E agora reina uma paz funesta, o primeiro passo nos levava toda manhã ao interruptor de luz, mesmo no meio da noite alguns se levantavam, apertávamos o interruptor e obtínhamos a temida resposta de que, por mais um dia, Jakob saberia tanto quanto nós próprios. Só a eletricidade o fará onisciente outra vez, só a eletricidade que os poderes das trevas apagaram, só quando as lâmpadas acenderem de novo em todos os quartos é que sua luz fulgirá com especial brilho, mas quando será isso?

O único que não considera tal o novo motivo de ansiedade chama-se Jakob, esse golpe do destino, por exceção, não o atingiu. Sua ligação com o mundo externo não foi rompida, o que não existe não pode ser rompido, ela continua tão minguada quanto sempre foi, só que finalmente ele pode admiti-lo. Sem pé nem cabeça a maneira que a fortuna escolhe em qual porta bater, ainda que uma fortuna bem modesta, disfarçada de falta de energia, que ela dure até os primeiros rostos russos surpreenderem as sentinelas nos arrabaldes da cidade. Pelo menos ele pode agora respirar mais livre, Jakob pode ser outra vez um entre muitos, ninguém o força a saber mais que os outros, mas ele tem de continuar simulando. Tem de simular sempre, tem de fingir pesar quando não há, pesar pela falta de energia, tarefa nada fácil diante do alívio. Vocês viram, amigos, estou fazendo o que posso, enquanto foi possível eu os abasteci do bom e do melhor, nem um dia vocês passaram sem um comunicado consolador, como eu gostaria de seguir informando até chegar a grande hora almejada, mas estou de mãos atadas, vocês mesmos podem ver.

Pela manhã Kowalski ganhou a corrida de novo, ele carrega com Jakob, só que dessa vez não foi mais uma corrida de verdade, da noite para o dia Jakob tornou-se uma força de trabalho comum, um velhote com duas mãos previsivelmente fracas, que ninguém mais disputa. Kowalski formou par com Jakob mais pela força do hábito, ou pela amizade, seja como for eles carregam juntos. Faz tempo que as coisas não são tão quietas entre eles, os caixotes parecem um bocadinho mais leves a Jakob, já que Kowalski e os outros não o cumulam de perguntas, a Kowalski talvez mais pesados, já que faltam as respostas, o peso, como se vê, não é uma grandeza absoluta. A última pergunta foi se no prédio de Jakob a luz, Deus me livre, também faltara, Jakob respondeu simples e verazmente que sim, ele estava todo feliz, após um bom tempo, de poder falar outra vez a pura verdade, e desde então ficou calmo a seu redor como ao redor de qualquer outro. E assim permanecerá, até que a energia se restabeleça, que portanto ninguém se admire com a serenidade de Jakob.

Quando soa o apito para a sopa, eles se sentam lado a lado no sol, Kowalski suspira e sorve suas colheradas e suspira, isso não é por causa da sopa, cujo gosto não é melhor nem pior que qualquer outro dia. Nos últimos tempos Jakob aprendeu a temer a proximidade de Kowalski, Kowalski era o mais assíduo entre os curiosos, ele não o deixava comer nem dormir, ele usava Jakob só como veículo de sua curiosidade, sem compaixão. Mas hoje sua proximidade não pode assustar Jakob, perguntas seriam um desperdício de palavras, o sol brilha, os dois estão sentados pacíficos e calados lado a lado e comem, e em algum lugar na distância os soldados de Stálin se aproximam com desconhecida velocidade.

"Quanto você acha que ainda pode durar essa falta de energia?", pergunta Kowalski.

"Por vinte anos, tomara", diz Jakob.

Kowalski alça os olhos de seu prato com expressão magoada, isso não é resposta entre amigos. Claro que os últimos dias não foram fáceis para Jakob, a única ligação com o exterior de que todos queriam tirar proveito, as pessoas te assediaram e te azucrinaram, e a coisa também não era cem por cento segura, mas será que alguém em nossa situação pode objetar a esse tantinho de esforço extra? Quem no teu lugar teria agido de outro modo, se você procurar essa pessoa não vai encontrar, e então em resposta a uma pergunta à toa a gente ouve palavras tão ríspidas.

"Por que você anda tão azedo?", pergunta Kowalski.

"Você nunca vai adivinhar", diz Jakob.

Kowalski encolhe os ombros e segue comendo, hoje não se pode falar com Jakob, talvez ele esteja de mau humor, aliás sempre havia dias em que ele estava incompreensivelmente briguento. Quando se chegava naquele seu café pouco convidativo, antigamente, a pessoa entrava com o melhor dos humores e se sentava a uma das muitas mesas vazias e perguntava a Jakob, de modo perfeitamente normal, como iam os negócios, como sempre se pergunta, podia acontecer de ele não responder, de modo normal, os negócios vão assim e assado, como se espera de uma pessoa adulta, mas de vir com esta descompostura: "Que pergunta mais estúpida, é só dar uma olhada em volta!".

Não é bem por acaso que Kowalski e Jakob recebem companhia, Mischa senta-se ao lado deles, e traz Schwoch consigo, o sócio júnior de Lifschitz & Schwoch, almofadas de carimbo no atacado e no varejo. A princípio Jakob supõe que eles se sentaram simplesmente porque ainda há espaço, um lugarzinho despercebido ao sol, até notar que os dois trocam olhares, Mischa com ar encorajador e Schwoch, irresoluto. Daí ele saber que não é acaso, algum fator desconhecido está em jogo, ele aprendeu a prestar atenção às mais sutis nuanças. Os olhares de Mischa querem dizer "anda logo, fala", e os olhares de Schwoch querem dizer "não, fala você primeiro", e quando esse olha daqui, olha dali parece não ter mais fim, Jakob diz entre duas colheradas: "Estou ouvindo".

"A gente teve meio que uma ideia, Jakob."

Até aí tudo bem, de uma ideia razoável sempre se faz bom proveito, ideias boas são como o ar para a respiração, digam lá o que lhes ocorreu, depois veremos.

Mas após ensaiar timidamente uma fala, parece que o gato comeu a língua de Schwoch, ele devolve o olhar a Mischa, e seus olhos dizem: "Fala você primeiro".

"O negócio é o seguinte", diz Mischa. "Estivemos pensando, se a eletricidade não chega até o rádio, então o rádio tem de ir até a eletricidade."

"Isso é algum tipo de enigma?", pergunta Jakob inquieto, quando de enigmático não há nada nas palavras de Mischa, elas significam, nada mais nada menos, que em alguma rua desse gueto ainda há luz, daqui a pouco vamos ouvir em qual, o bom senso sabe que quando há fumaça, pode haver fogo.

"Na rua de Kowalski tem energia", diz Schwoch.

Essa frase promissora, dita a Jakob como explicação, chega a Kowalski bem no instante em que ele raspa o prato. A mão para em meio ao gesto, por breve momento ele fecha os olhos, seus lábios sussurram com azedume, que Schwoch seja fulminado por um raio, e move-se para o lado. Não muito longe, somente uns simbólicos centímetros de distância. Ele não ouviu nada, que esses malucos falem o que bem queiram, aquilo tudo não tem nada a ver com ele.

A Jakob não escapou essa pequena revelação, pena que não possa desatar a rir, há coisas importantes a fazer antes que a pausa termine e o plano de Mischa e Schwoch comece a circular e seja julgado digno de alguma consideração. Que com Kowalski eles darão murro em ponta de faca é claro como o dia para Jakob, dessa parte não vem perigo algum, quem viveu tantos anos ao alcance da voz de Kowalski sabe como *não* é a figura de um herói. Aparar a tua barba segundo a última moda e te pentear artisticamente os cabelos, de modo que as pessoas na rua se virem para te olhar, isso talvez ele possa, mas escutar programas radiofônicos proibidos sob pena de morte e divulgar o seu conteúdo, para isso vocês vão ter de procurar alguém mais burro. O problema não é de maneira alguma Kowalski, a questão é antes que um outro será encontrado, a rua de Kowalski é longa. Um outro pode vir e dizer, passa pra cá o aparelho, vamos deixar que ele toque e cante e proclame o céu na Terra.

É preciso dissuadi-los cabalmente do plano, se a coisa não der em nada, e não dará, a culpa deve ser do plano, não de Kowalski. Ele só pode emergir do caso como homem digno, têm de ser encontradas palavras que desmereçam a própria ideia e provem sua total inutilidade. Então solte essa prova, mas de onde tirá-la nessa pressa, talvez Kowalski se saia com algo para escapar de boa. Pois de improviso ele é o aliado de Jakob, enfim os dois estão no mesmo e desconfortável barco, também Kowalski irá roer com todas as forças a ideia de Mischa e Schwoch, ele dirá tudo, só não que está com um bruta medo. Só mesmo estando com a corda no pescoço, aí ele fala, resta esperar que o mais breve possível lhe baixe o respectivo espírito.

"Você ouviu o que eles querem de você?", diz Jakob.

Kowalski volta a cabeça para ele, faz como quem estivesse longe com seus pensamentos, pergunta com perfeita inocência: "De mim?". E então pergunta a Schwoch: "O quê?".

"Estamos falando da eletricidade", explica Schwoch com paciência. "Alguém poderia levar o rádio para a sua casa, não poderia?"

Kowalski age como se tivesse ouvido uma brincadeira de mau gosto. "Para minha casa?"

"É."

"O rádio?"

"É."

"Formidável!"

Os idiotas querem me matar, ele terá pensado, querem me arruinar, como se eu já não tivesse dor de cabeça suficiente, e falam da minha desgraça como se fosse a coisa mais natural do mundo.

"E você, Jakob? O que me diz?"

"Por que não?", diz Jakob. "Só depende de você. Por mim, tudo bem."

Só na aparência ele está brincando com fogo, de Kowalski ele sabe exatamente o que esperar, e além disso, se Kowalski virasse herói de uma hora para outra, mais tarde ele poderia ainda mudar de ideia. Mas tudo leva a crer que isso não será preciso, Kowalski é um problema de aritmética para a primeira série.

"Você já pensou no risco que está correndo?", pergunta Kowalski, de queixo caído com tamanha imprevidência. "Mas deixem-me ver se entendi direito, alguém poderia levar o rádio para minha casa, alguém *quem*? Eu? Você? Ele? Quem é *alguém*? Vocês pretendem carregar o rádio à luz do dia pelo gueto? Ou melhor ainda, à noite, depois das oito?"

Ele se recosta, indignado, beirando o cômico, as coisas que eles propõem, e ainda dizem ser pessoas inteligentes.

"Uma procissão, eles querem fazer! Enquanto isso as patrulhas e as sentinelas vão para a cama, e quando tudo estiver pronto, a gente vai lá e as acorda e diz, podem continuar, o rádio está seguro na casa de Kowalski!"

Schwoch e Mischa se entreolham preocupados, seu plano, esmiuçado, já não parece mais tão brilhante, também Jakob contribui com alguns olhares significativos, sério e cheio de dúvida. As palavras incisivas de Kowalski parecem lhe ter dado o que pensar, até a ele.

"Além do quê, existe ainda um ponto importante", diz Kowalski. "Que no gueto haja um rádio, isso muitos já sabem, mas quem faz ideia de que ele esteja na casa de Jakob? Nós aqui na estação e no máximo os vizinhos dele. Se até agora tudo andou bem, quer dizer, se os alemães até agora não têm a menor suspeita, é porque moram pessoas confiáveis no prédio de Jakob. Mas de onde vocês tiraram que no meu prédio é igual? Eu moro com três pessoas, quem garante que não há um traidor ou um covarde em cima de mim ou ao meu lado ou embaixo de mim? E que ele não irá correndo até a Gestapo contar o que sabe?"

Uma longa pausa, as palavras de Kowalski são medidas e ponderadas, e Schwoch diz em voz baixa: "Merda, ele tem razão". E Mischa encolhe os ombros, indeciso, e Jakob levanta-se e diz: "Se vocês acham assim...".

"Para que arriscar a pele com essa pressa toda, pessoal?", diz Kowalski, "a energia volta a qualquer momento. Amanhã ou depois ela volta. E então ainda não será muito tarde para Jakob nos dizer o quanto eles avançaram."

Quando o apito torna a chamar para o trabalho, o plano de Mischa e Schwoch está morto e enterrado. Discutiram-no em detalhes, como é de bom-tom entre seres dotados de inteligência, seus pontos fracos foram trazidos à luz, e à luz ele não pôde resistir. Teria sido incrível, que pena, mas uma cabeça lúcida nos abriu os olhos. Schwoch e Mischa depositam os seus pratos vazios no carrinho de mão, eles são quase os últimos, a sentinela já olha impaciente e ameaçadora.

Jakob e Kowalski voltam a ser um par solitário, ambos aliviados de um fardo, uma pedra fora posta em cima do assunto.

"Que ideia, a deles!", diz Kowalski divertido, mais para si mesmo que para Jakob, e com isso encerra esse capítulo.

Lina está à toa no vão da porta e observa Rafael e Siegfried, que estão sentados no meio-fio e conversam em voz baixa, exageradamente baixa e cautelosa, quer lhe parecer, sempre que alguém passa eles se interrompem e, inocentes, entrecerram os olhos para o sol. Lina aguça os ouvidos em vão, seu resguardo rápido se esvai, ela passeia pela calçada, o que esses dois metidos tanto cochicham. Ela pesca Siegfried dizer que não resta mais muito tempo, e Rafael diz que em sua casa eles supõem durar a coisa no máximo ainda uns dias.

Então ela é descoberta. Ambos a fitam com indiferença e esperam com rostos impassíveis o término da amolação. Mas que esperem sentados, Lina não arreda o pé, permanece onde está e sorri amistosamente. Até que por fim Rafael se levanta.

"Vamos. Essa aí não precisa escutar o que a gente tem para discutir", ele diz.

Essa é justo a opinião de Siegfried. Ele se apruma em todo o seu tamanho na frente de Lina e não pode calar que lhe daria uma surra se ela não fosse aquela menina tampinha. Lina aceita a ameaça, impassível, pois de todo modo ambos dão meia-volta e desaparecem na porta de entrada do prédio deles. Lina espera ainda alguns segundos, Jakob, que a proibiu terminantemente de entrar em prédios alheios, está bem longe, e Lina corre atrás deles. Enfiando com cuidado a cabeça pela porta do pátio, ela ainda vê Siegfried e Rafael entrarem no telheiro onde, em tempos mais ditosos, o carpinteiro Panno costumava ter sua oficina, até hoje ele ainda cheira a cola. A janela do telheiro não tem mais vidro, Lina sabe disso sem verificar, ela própria estava presente quando Rafael acertou a última na primeira pedrada. Portanto, os soturnos pensamentos dos dois não vão ficar ocultos por muito tempo, não para ela, que se insinua na ponta dos pés até a janela escura e se agacha no chão. Por ela, a coisa agora pode deslanchar.

"Está mais do que na hora de a gente explodir o quartel militar", ela ouve Siegfried dizer.

"E se eles pegam a gente?", pergunta Rafael.

"Não precisa se borrar nas calças. Já, já os russos chegam,

você mesmo ouviu. Além do mais, eles não podem pegar a gente se a gente explodir eles, porque então vão estar todos mortos. Só antes é que a gente não pode ser pego."

Siegfried sempre foi todo prosa, Lina poderia apostar ali na hora que a coisa não daria em nada.

"Será que o comandante dos russos nos dá alguma coisa se a gente conseguir?", pergunta o ganancioso Rafael.

"Então, que cê acha?! Uma condecoração, ou uma pistola de verdade, ou alguma coisa pra comer!"

"Ou tudo isso junto?"

"Mas claro! E isso não seria alguma coisa? Em casa eles não precisam saber de nada."

Por um ou dois segundos reina o silêncio, decerto os dois bobalhões já imaginam tudo o que os russos apanham de seus bolsos abarrotados para recompensá-los por seus feitos heroicos.

De repente, Rafael diz, desconsolado: "Cara, num vai dar".

"Por quê?"

"Onde é que a gente vai arranjar a dinamite? Mesmo que eu esvazie meus dois cartuchos, nunca vai chegar."

"Isso lá é verdade. Fora isso eles não têm mais nada, na tua casa?"

"Não."

"Nós também não."

Lina ri e com as mãos tapa a boca, que quase solta um guincho, realmente quase não dá para acreditar como podem ser tapados dois pirralhos de dez anos.

Rafael tem uma nova ideia: "Sabe de uma coisa? É só a gente trancar eles!".

"Quem?"

"Os gestapos, quem mais? É só a gente trancar o quartel militar. À noite estão todos dormindo, e então a gente tranca eles lá dentro. As portas são pelo menos assim grossas, e eles próprios puseram grades nas janelas, de lá eles não saem tão rápido. E quando os *russquis* chegarem aqui, vamos ter todos na mão!" Rafael arqueja de tão excitado.

"Mas a gente não tem nenhuma chave, tem?"

"A gente acha uma", diz Rafael confiante. "Na gaveta do meu pai tem um molho com pelo menos vinte chaves. Uma delas serve, você vai ver."

"Nada mal", resmunga Siegfried. Pode-se notar claramente sua irritação por não ter tido ele mesmo essa brilhante ideia. Sua vontade era de pôr defeito no plano de Rafi, mas não há nada de errado com ele.

Então a porta do pátio se abre, aparece a pequena senhora Bujok à procura daquele peste do seu filho, mas não o vê, vê apenas Lina agachada e sorrindo.

"Você viu Siegfried?"

Lina leva um pequeno susto, estava tão absorta, ela ergue a vista para a senhora Bujok e retoma o sorriso. Aquele "menina tampinha" ecoa em seus ouvidos, a pessoa deve agarrar a ocasião pela calva, Lina aponta com o polegar o telheiro atrás dela. A senhora Bujok lança um olhar ameaçador para o telheiro, demora mais um momentinho para tomar fôlego, depois entra. Ouve-se um estalido não muito baixo, e também um "ai" e "quantas vezes eu preciso te dizer para ficar perto da janela!", e ainda outro estalido, e "e você também vá já para casa, seu malcriado!".

Então a paz desce sobre o pátio, Lina se levanta e sacode a saia, a apresentação terminou. A senhora Bujok emerge do telheiro, a irritação lhe tingiu as faces, Siegfried pendura-se nela com uma mão, com a outra segura a bochecha. Pelo menos não está berrando. Eles saem rápido do pátio, Siegfried não nota Lina.

Lina também se dirige à porta do pátio, não tem pressa, na verdade podia ficar mais um pouco, mas Rafael agora está sozinho, e o posto de escuta perdeu o seu valor. Quem sabe ele se dignasse agora a se dar por satisfeito com Lina, mas ela está se lixando para isso, agora é ela que não tem mais vontade. Ele que fique ali sentado, remoendo qual das vinte chaves vai caber, isso não vai dar em nada mesmo.

Então ela vai embora, ao chegar à porta ela se vira mais uma vez, Rafael não tem pressa.

"Vocês dois são uns bocós!", seu grito atravessa o pátio na direção do telheiro, e com isso ela não se faz propriamente querida.

E a resistência, vão perguntar, onde foi parar a resistência? Será que os heróis talvez se reúnem na fábrica de sapatos ou na estação de cargas, pelo menos alguns? Será que na divisa sul do gueto, que é a menos claramente definida e por isso a mais difícil de vigiar, foram descobertos canais sombrios pelos quais armas podem ser contrabandeadas para o gueto? Ou será que nessa miserável cidade só existem mãos que fazem exatamente o que Hardtloff e as suas sentinelas lhes ordenam?

Condenem-nas, isso mesmo, condenem a nós, existiram apenas tais mãos. Nem um único tiro foi disparado, paz e ordem foram estritamente mantidas, nada de resistência. Devo dizer que acho não ter havido resistência, não sou onisciente, mas lanço minha afirmação, como se diz, com base numa probabilidade que beira a certeza. Tivesse havido algo, seria inevitável que eu notasse.

Eu teria participado, posso jurá-lo, bastaria que me perguntassem, nem que fosse só por Hannah. Infelizmente não sou desses raros indivíduos que conclamam à luta, não posso arrebatar os outros, mas eu teria participado. E não somente eu, por que diabos não surgiu o homem capaz de gritar "sigam-me", os últimos poucos quilômetros não teriam precisado ser tão demorados, tão duros. O pior que teria podido nos acontecer seria uma morte expressiva.

Digo que, nesse meio-tempo, li com assombro sobre Varsóvia e Buchenwald, um outro mundo, mas comparável. Li muito sobre heroísmo, provavelmente demais, a inveja insana me possuiu, mas ninguém precisa acreditar em mim. Seja como for, nos mantivemos passíveis até o último segundo, e não há nada que eu possa fazer a respeito. Não me foge à consciência que um povo oprimido só pode realmente se libertar quando contribui para a sua libertação, quando pelo menos dá uma mãozinha ao messias. Não o fizemos, não mexi uma palha, aprendi as ordenanças de cor, ative-me escrupulosamente a elas e só de tempos em tempos perguntava ao pobre Jakob quais eram as novidades. É provável que eu nunca supere isso, não fiz por merecer coisa melhor, todo esse meu negócio com árvores tem certamente algo a ver com isso, e assim também o meu fatídico sentimentalismo e a generosidade de minhas glândulas lacrimais. Lá onde eu estive, não houve resistência alguma.

Dizem que o que é bom para seus inimigos é mau para você. Não pretendo discutir sobre o assunto, de qualquer forma isso só teria sentido com exemplos concretos, tais como este que eu tenho agora, mas não quero discutir sobre o assunto. O meu exemplo é a energia elétrica. Jakob pode muito bem prescindir dela, ele se sai às mil maravilhas sem ela, que prescindir que nada, ninguém jamais acreditaria como pode ser bom sem luz. Afora os russos e a saúde de Lina, não há nada que Jakob deseje tanto como a falta de energia. Mas Jakob é o único, e nós somos muitos, nós queremos eletricidade, estamos à mercê de nossas elucubrações, se não nossos os salvadores, que seja pelo menos a eletricidade.

Os alemães, para retomar o exemplo, também querem eletricidade, não somente porque o pessoal do quartel militar esteja estragando a vista à luz de velas. Planos bem calibrados saem dos trilhos, nem mais uma cadeira, nem mais um aparador deixam a fábrica de móveis, faltam alicates e martelos e parafusos da fábrica de ferramentas, nenhum sapato, nenhuma calça, os judeus ficam sentados à toa, girando os polegares. Dois grupos de eletricistas reunidos às pressas se dividem para encontrar a avaria, rações duplas de pão e cigarro, dia e noite eles testam fusíveis e o mais que há para testar, revolvem ruas, desencapam cabos, acompanhados por nossos votos de sucesso. Após cinco dias infrutíferos, Hardtloff ordena que sejam fuzilados, fala-se de sabotagem, o que é puro contrassenso, os eletricistas eram todos clientes de Jakob e tinham interesse pessoal em eliminar o defeito. Na praça do quartel militar eles são executados, quem quiser pode assistir, que isso lhes sirva de aviso e façam o que lhes ordenam.

Depois um destacamento especial de alemães chega num caminhão, como seres de Marte. Equipados feito mergulhadores, eles são vistos rindo e saboreando a sua importância, deixe que nós damos um jeito nisso, vamos ver com o que esses judeus remendões racharam a cabeça em vão. Dois dias, e então é posto a nu o ponto fraco, um bando de ratos roera a fiação e finara-se em sua avidez, um novo cabo é baixado à terra, e voltam aparadores, sapatos, alicates, parafusos e o rádio de Jakob.

Queremos saber se é verdade que eles pretendiam nos vender em troca de resgate. Se for, cadê o dinheiro? Queremos saber se é fato que um Estado judaico será fundado. Se for, quando? Se não, quem é o obstáculo? Queremos saber sobretudo onde estão os russos, já faz três semanas que você vem dando água em nossa boca, tal como jamais conseguiu com suas panquecas. Conte como eles rompem pelos fronts, qual tática eles empregam, se eles tratam os prisioneiros como prisioneiros ou como condenados, se os japoneses estão lhes dando muita dor de cabeça no leste, se os americanos não podem pelo menos aliviá-los desse fardo, se não forem mesmo desembarcar na Europa. E queremos saber também como anda a carreira de Jan Kiepura, como ele vai indo na América. Um monte de novidades há de ter se acumulado nesse meio-tempo, tudo bem, eles não vão pôr no ar um resumo extra para nós, eles não têm ideia de como padecemos com a falta de energia, mas alguma coisa sempre se fica sabendo junto com as últimas novidades, por favor, não nos omita nada, está ouvindo, nada, por favor.

Jakob é digno de compaixão. Ele devia ter um escritório bem equipado, uma sede com três secretárias, melhor ainda, com cinco, alguns contatos em todas as capitais importantes do mundo, que enviassem, pontual e fidedignamente, cada pormenor que deslindassem à sede, onde as secretárias trabalhariam feito mouras para selecionar os pormenores, e leriam todos os jornais de relevo, e ouviriam todas as estações de rádio, e de tudo extrairiam um resumo e o submeteriam a Jakob, a quem caberia a palavra final, somente então ele poderia responder com veracidade a cerca de um terço das perguntas, isso na medida em que jornais e estações de rádio e contatos são merecedores de crédito.

No bolso do Apito está enfiado um jornal. O Apito sai da casa de pedra, passa pelos vagões arrastando a perna de pau, bem no meio dos judeus, que nem sequer se dão conta daquilo que passa ali manquitolando por eles, o que nos importam os jornais, nós temos Jakob. Só Jakob vê e se interessa, a lupa em seus olhos não desgruda da preciosidade no bolso do ferroviário, um papelzinho com reportagens verdadeiras ou forjadas de acontecimentos reais, de qualquer modo infinitamente mais valioso que o nada do seu rádio. Desafogo para seu exausto espírito inventivo, caso se lograsse uma arrojada troca de propriedade.

Atrás da última plataforma Apito alcança seu destino, uma casinha de madeira reservada para alemães, isso é o que está escrito na porta, logo abaixo do coraçãozinho que eles entalharam posteriormente, como é hábito em seu país, imagino.

Jakob não se deixa distrair pela sua lida com Kowalski, um olho sempre na casinha, se até agora o jornal ainda estivesse completo, como dava a impressão, e o ferroviário não fosse nenhum esbanjador, um resto haveria de sobrar. Se o ferroviário não fosse pão-duro, algum resto ele haveria de abandonar. Esbanjador ele não deve ser, pão-duro tampouco, não há como saber uma coisa nem outra, se surgir a oportunidade Jakob apanhará esse resto. Mas qualquer que seja a oportunidade, um risco de vida ela sempre implicará, o que um judeu está fazendo numa retrete alemã, por vocês eu arrisco o pescoço, irmãos. Não quero roubar batatas feito Mischa, cuja índole é mais prática e pensa com os pés no chão, se tudo correr bem, vou surrupiar alguns gramas de notícias e disso faço uma tonelada de esperança para vocês. Tivesse minha mãe me contemplado com um cérebro mais esperto, dotado de fantasia como Scholem Aleichem, que estou dizendo?, a metade já seria suficiente, então eu não necessitaria cometer esse furto famélico, poderia tirar da cabeça dez vezes mais coisas, e melhores, do que eles podem escrever em seus jornais. Mas não consigo, não consigo, estou tão vazio que me assusto, farei isso por vocês, por vocês e por mim, faço também por mim, pois uma coisa é certa, não posso sobreviver sozinho, só junto com vocês. Eis a imagem de um mentiroso visto de trás, vou até a retrete deles e pego o que sobrou, se é que sobrou alguma coisa.

Finalmente Apito torna a sair a esse sol de Deus, respira fundo algumas vezes, acende um cigarro, para o que precisa de quatro fósforos naquele vento, faz tanta hora que dá vontade de esganá-lo, mas o bolso, que é o que importa, está vazio. Qual era o jeitão dos jornais naquele tempo, os nossos tinham no máximo oito páginas, quatro folhas, suponhamos que o dele também tivesse quatro, esta seria a hipótese normal. Uma folha se rasga na metade, e mais noutra, e noutra ainda, isso dá por página, um momento, isso dá por página oito pedacinhos. A pessoa também pode rasgar quatro vezes, mas daí os pedacinhos acabam um tanto pequenos, vamos ficar então com três vezes, papel suficiente ele tinha. Quatro folhas vezes oito são trinta e dois pedacinhos, nenhuma pessoa saudável precisa de tanto, a pessoa rasga somente uma página, e põe as outras de lado para ler. Mas mesmo se ele tivesse rasgado todas, alguma coisa há de ter sobrado, a menos que tenha jogado o resto, sem pensar, privada abaixo.

"Que tanto você murmura?", pergunta Kowalski.

"Murmurar, eu?", diz Jakob.

"O tempo inteiro. Quatro mais dezesseis e isso deve dar não sei quanto, o que você está calculando?"

Apito enfim desaparece outra vez na casa de pedra, Jakob olha para as sentinelas, uma está de pé junto ao portão, entediada, outra está sentada no estribo de um vagão, alentadoramente longe, a terceira sumiu de vista, talvez esteja dentro da casa ou tire uma pestana escondida, já que nunca acontece nada mesmo, e elas são apenas em número de três.

"Continue trabalhando e não se vire para mim", diz Jakob.

"Como é que é?", pergunta Kowalski. "O que está havendo?"

"Eu vou até a retrete."

Kowalski faz sua cara de espanto, para de trabalhar, daqui a pouco esse maluco vai estar entrando na casa de pedra em busca de umas biritas e tabaco, tentando tomar dinheiro emprestado à sentinela, e eles vão levá-lo ao paredão por isso da mesma maneira que por aquilo que ele está prestes a fazer agora.

"Você perdeu o juízo? Será que não pode esperar até a pausa e então ir atrás da cerca?"

"Não, não posso."

Jakob se abaixa e desata a correr feito um profissional, as pilhas de caixotes encobrem-no quase o caminho inteiro dos olhares da casa de pedra, salvo os últimos metros, mas isso faz parte da coisa, eles também são vencidos, Jakob fecha a porta da retrete atrás de si. Nenhuma palavra sobre o fedor, sobre as inscrições nas paredes, ao lado do vaso está o rico butim. Mas antes uma espiada pelo coraçãozinho, ninguém notou nada, na estação emoldurada por um coração as coisas seguem seu curso. O butim consiste do remanescente esperado, um esbanjador ele não era, havia um bom número de folhinhas rasgadas com esmero, como que cortadas a faca, e sob as folhinhas havia ainda uma folha dupla, intacta. Jakob enfia as folhinhas sob a camisa, o mais lisas possível, para que não farfalhem durante o trabalho, melhor nas costas que na barriga. A página dupla não vale nada, quer dizer, valer ela vale, quatro páginas cobertas de cima a baixo com avisos fúnebres em caixilhos pretos, por si gratificantes, mas pobres em conteúdo informativo. Morto em ação, morto em ação, morto em ação, morto em ação. Esses deixamos para trás, não queremos carregar à toa nenhum peso morto, é uma moleza memorizá-los, quatro páginas de mortos, que o próximo visitante também se divirta com isso. Mas não queremos nos demorar, como se estivéssemos na nossa própria retrete, não queremos nos arriscar ficando aqui além da conta, queremos voltar ao trabalho e nos desincumbir logo dele, então iremos para nosso inobservado quarto, tiraremos esse fardo das costas e poremos nosso novo rádio para tocar. E amanhã vocês podem vir e perguntar outra vez, enquanto durar o estoque.

Jakob olha de novo para fora, para ver se tudo está em ordem, não, nada está em ordem, o caminho de volta está semeado de minas, um soldado dirige-se à casinha, dir-se-ia resolutamente. Seus dedos já tenteiam a fivela do cinturão, em pensamento ele já se senta e sente-se melhor, da casinha ninguém mais sai sem ser por ele percebido, e agora, o que você faz? Os joelhos de Jakob lhe recordam com insistência que ele não é mais um jovem, por mais lépido que tenha sido para cobrir o percurso até ali, a pessoa sempre nota isso tarde demais. A porta teima em não se trancar, algum idiota arrancou a colcheta do gancho, tentasse mantê-la fechada, um esbarrão com o ombro e ele estaria dentro e olharia pasmo e faria sabe-se lá com você. Teoricamente convém manter a cabeça fria, a fleuma, a vantagem da surpresa está do nosso lado, e ele ainda tem oito passos inteiros a dar. As tábuas da parede dos fundos custariam pelo menos cinco minutos e fariam barulho mais que o suficiente, cinco passos a dar, agora só te resta o pequeno buraco oval, bosta alheia adentro. Ao que você não consegue se resolver, magro o bastante você seria.

O soldado abre a porta, que não oferece resistência, para seu dissabor ele vê aberta uma página dupla de jornal, tremendo com moderação, o que num momento tão constrangedor como este não lhe dá na vista.

“Oh, desculpe!”, ele diz e fecha rápido a porta sem ter visto os sapatos judeus em petição de miséria abaixo do jornal e tampouco que não se ostentava uma calça arriada, o que teria dado remate ao quadro, para o que, porém, a fleuma não fora suficiente e o tempo, muito curto. Talvez melhor assim, disfarce demais acaba por prejudicar, o importante é que o soldado fechou a porta livre de suspeita, ele se dispõe a uma breve espera, o cinturão já a tiracolo, e anda de lá para cá, porque assim é mais fácil de segurar do que parado.

A quanto tempo de espera Jakob deve se dispor, por sobre a borda do jornal e através do coraçãozinho caminha num vaivém a farda cinzenta. Agora só mesmo um milagre, o primeiro que vier, nem esquente a cabeça, autênticos milagres não são calculáveis. Ele tem ainda dois minutos, ele, o inesperado, não mais, e caso ele dê o cano, o que seria plenamente justo, assim ridícula será a proverbial hora que soa.

"Vamos com isso, camarada, estou com aquela caganeira", ouve-se o soldado implorar.

As folhinhas em suas costas começam a ficar pegajosas, vai ter de secá-las antes do uso, se por algum milagre tudo acabar bem. E Jakob me conta que de repente ele se sente cansado, de repente medo e esperança se esvaem, tudo fica estranhamente pesado e leve ao mesmo tempo, as pernas, as pálpebras, as mãos, das quais quatro páginas de mortos em ação pela pátria escorregam para o piso.

"Você ouviu que o Marotzke vai tirar outra licença? Tá me cheirando suspeito! Ele deve conhecer algum figurão lá em cima, não acha não? Vira e mexe ele dá no pé, e a gente aqui nessa espera que não acaba mais, tendo de aguentar todo santo dia esses bafos de alho."

Deus do céu, alho, se eu tivesse um único dente de alho, espalhado bem fininho no pão quente, seu idiota, você acha que algum Schulz ou Müller está na retrete, alguém sem simpatia alguma por Marotzke, com o que acertou na mosca, seja lá quem for esse tal de Marotzke. Jakob recosta-se na parede dos fundos e fecha os olhos, se esperam um rasgo heroico, que esperem sentados, para ele é página virada. Agora é a vez do camarada lá fora, ele é que tem de manter a peteca no ar. Quer fique ou vá embora, quer arrombe a porta, fustigado pelas dores de barriga, e se espante e atire, sua vítima não será pega de surpresa. Tudo o que vier é problema dele.

Quem havia de suspeitar que o milagre já está em preparação, que em traços gerais já se encontra esboçado. Lá ainda está

Kowalski, Kowalski com dois olhos apavorados nas órbitas, que sabe o que está havendo, que tem consciência da situação. Que vê o soldado apertado e a porta ainda de pé, que sabe quem está dentro e não sairá livre sem sua ajuda, isso caso ainda não tenha morrido de medo. A salvação está em distrair o alemão, nada de atirar uma pedrinha no muro para que ele se vire e veja quem atirou, tem de acontecer algo que requeira sua atenção imediata. A primeira coisa que atrai a vista é a pilha de caixotes, cerca de dois metros de altura e um tanto bamba. Se dois caixotes de baixo forem puxados, então a pilha não ficará mais tão imponente e pronta para o transporte, então adeus equilíbrio, e isso poderia fornecer uma bela distração. Mas o que acontecerá com o cabeça de vento responsável por tal desastre, o que acontecerá com Jakob, se não houver nem sinal de um desastrado, o que valem quarenta anos de amizade, problemas de aritmética para Kowalski.

Jakob ouve um estrondo abafado ao longe, os ouvidos não podem ser fechados como os olhos, depois ouve botas militares se afastando apressadas. Razão suficiente para tornar a abrir os olhos, se isso não for um milagre, nada mais é. Os braços e as pernas retomam confiantes o velho peso, lá vamos nós. A barra parece limpa, diz uma espiada pelo coração, os judeus, identificáveis pela abertura, interromperam o trabalho e miram todos numa certa direção, lá onde supostamente se opera o milagre.

Kowalski solapou com êxito a montanha de caixotes. A força foi apenas suficiente, e um caixote lhe despencou na cabeça. O soldado investe às cegas, da casinha para a armadilha, e se atira sobre Kowalski, a isca, pode-se dizer que raras vezes um passe de mágica foi realizado com tamanho sucesso. Ainda que os golpes vibrem — o caixote na cabeça não foi nada em comparação —, Kowalski geme baixo, mantém a mão erguida para proteger o rosto e lamenta-se profusamente pelo seu imperdoável deslize.

O resto de nós fica como que cravado ao chão e rilha os dentes, um a meu lado alega ter visto Kowalski tombar a pilha de propósito. O soldado bate a bom bater, Marotzke saiu outra vez de licença e ele não, talvez ele também esteja indignado com tamanha inépcia, mas de repente ele para em meio a sua labuta. Algo se faz presente dentro dele, nada de piedade nem exaustão, é a diarreia pleiteando seus direitos, todos podem ver nitidamente. Ele faz uma careta e corre em largas passadas à casinha, que nesse meio-tempo foi vagada exclusivamente para ele. Quer dizer, ele ainda grita: "Quero ver tudo em ordem direitinho quando eu voltar, entendeu bem?". Só então ele executa seus longos saltos, que, apesar de tudo, têm certo ar cômico. A coisa não lhe permite delonga, agora ele intimaria com ênfase qualquer leitor de jornal a vagar o lugar de imediato, nem mas nem meio mas, porque senão ocorreria uma pequena tragédia. Mas disso ele pode se poupar, ao abrir a porta dá com uma privada vazia, a pequena tragédia foi evitada no último segundo.

Nenhum de nós espectadores ousa ajudar Kowalski ou consolá-lo, aqui se trabalha, não se consola. Ele enxuga o sangue do rosto, examina os dentes, todos ali menos um, a bem dizer a coisa poderia ter sido bem pior. As dores vão passar, Jakob continuará conosco, depois da guerra lhe damos uma privada exclusiva em que possa a bel-prazer ficar sentado horas a fio e pensar em seu bom e velho amigo Kowalski. Contornando o que restou da pilha de caixotes surge o homem miraculosamente salvo, por trás de Kowalski, que ainda se apalpa. Jakob cobra ânimo para olhá-lo de frente, pois Kowalski não pode tomar ciência do verdadeiro motivo da temerária expedição. Todos menos ele, o que ele merece é não ser importunado com esse motivo, para ele a coisa há de permanecer um incompreensível capricho de Jakob, que por um triz não lhe custou a cabeça.

"Eu te agradeço", diz Jakob com voz emocionada. Emocionada é mesmo a palavra certa, emocionado pela primeira vez depois de quarenta anos, não é todo dia que tua vida é salva, ainda mais por alguém que te conhece há tanto tempo e de quem, para ser sincero, você não esperava tanto.

Kowalski não se digna a lhe dirigir a vista, gemendo ele se levanta e começa a trabalhar nos caixotes, que é melhor estarem empilhados antes que o soldado retorne de suas necessidades e examine quanto vale sua palavra ali. Eles todos ainda podiam estar arrumadinhos em fila, como os poucos dentes de sua boca, se Jakob fosse uma pessoa normal, se não cedesse de maneira tão irresponsável a impulsos extravagantes, e outros tivessem de pagar caro por isso.

Jakob faz suas mãos voarem, a um caixote de Kowalski correspondem três dele, o que no caso de Kowalski deve-se em parte à questão da culpa, em parte à raiva e com certeza também às dores. "Você pelo menos deu uma boa cagada?", inquire Kowalski, esforçando-se para não gritar. "Dá uma olhada na minha cara, dá uma boa olhada, deve estar que é uma beleza! Não foi ele, foi você! Mas por que me irritar, o importante é que você deu uma bela duma cagada, todo o resto é bobagem. Só posso te jurar uma coisa, Heym, tente só outra vez! Tente, vá lá, que você vai ver só quem te ajuda!"

Jakob se refugia no trabalho, Kowalski tem razão, claro, do seu ponto de vista. O que o acalmaria, isso Jakob não pode dizer, e qualquer outra palavra traria novos acessos. Mais tarde, Kowalski, quando tudo isso passar, quando nós dois nos sentarmos para uma cervejinha, quando as panquecas estiverem crepitando na frigideira, então eu te explico tudo. Com toda a calma, Kowalski, você vai ouvir a verdade, a gente vai rir e abanar a cabeça, que tempos loucos aqueles. Você vai me perguntar por que eu não te disse logo, pelo menos para você, meu melhor amigo, e eu vou responder que não podia, senão você teria contado aos outros, e eles teriam me tomado por um dos milhares de mentirosos e boateiros e ficariam outra vez sem esperança. E então você poria a mão no meu braço, porque você talvez entendesse, e me diria: "Venha, Jakob meu amigo, vamos tomar mais uma vodca".

Quando a porta da retrete torna a abrir depois de um bom tempo, a pilha de caixotes se alça orgulhosa nas alturas, como se ninguém jamais houvesse provocado sua queda. O soldado se aproxima vagaroso, as mãos nas costas, farda alinhada, aliás ele já era esperado. Não exatamente com ansiedade, só para que se encerrasse logo o assunto. Mas o jeito que ele vem e para e ergue a cabeça, todos os seus trejeitos já não causam mal-estar, pois ele parece mais amistoso que crítico. De algum modo ele enxerga o mundo com outros olhos, como alguns bons minutos podem mudar a pessoa. Os caixotes, ele se esqueceu completamente dos caixotes, ele só tem olhos para o rosto inchado de Kowalski, que por enquanto está vermelho, mas no qual já se podem entrever o azul e o verde e o violeta, e ele parece preocupado. Jakob mal crê em seus olhos, ele parece preocupado, o que se há de fazer? Ele se vira em silêncio e vai embora, Jakob pensa, uma sorte que só agora ele tenha descoberto seu coração mole e não tenha sido uma boa pessoa desde o princípio, senão ele nunca teria se afastado correndo da porta, teria ficado parado, e um pouco depois sua bondade teria se deparado com uma prova dura demais.

Ao passar, o camarada perde dois cigarros, marca Juno, sem filtro. Ele os deixa cair sem querer ou de propósito, uma questão que jamais será esclarecida, tão pouco como seus motivos, se é que foi algo deliberado. Seja como for, os cigarros pertencem a Kowalski, afinal ele pagou por eles.

Minutos depois Apito sai da casa de pedra e trina a pausa de meio-dia. O ferroviário, que até essa hora nenhum de nós jamais ouvira falar, mas que no entanto é o mais eloquente entre os nossos alemães, porque lhe caiu do bolso um aparelho de rádio semiutilizável. Tudo começou com Apito hoje, e ele não suspeita de nada, apita como sempre para a sopa e não tem como saber com que descaro sua distração, ou seja lá o que tenha sido, foi explorada. Só Jakob sabe, vindo-lhe à memória as folhinhas sob a camisa e a página dupla, que nesse meio-tempo teve um destino incerto e que na verdade não deve ter sido abandonada sem uso.

"Antes que me esqueça, eu já te disse que os alemães estão sofrendo perdas enormes?", diz Jakob.

Eles já estão na fila, Kowalski volta-se para ele, e por entre os hematomas desabrocha a delicada sugestão de um sorriso agradecido, apesar de tudo.

* * *

O rádio não se revela muito frutífero. Jakob põe uma folhinha ao lado da outra em sua mesa, ao todo nove pedaços, e Piwowa e Rosenblatt abstêm-se de perturbá-lo. Hoje eles são o que são, defuntos de longa data, morto um por carne de gato, outro por um guarda, hoje eles não se metem nos assuntos de Jakob, pois ele tem de se concentrar no seu jogo de paciência.

O nome do jornal não aparece em lugar nenhum, nem a data, isso foi pura obra do acaso. As nove folhinhas não formam uma única página coerente, porque Apito serviu-se a esmo, não se ateve a uma sequência, Jakob tem trabalho extra. Ele experimenta aqui e ali, porém mal consegue achar dois pontos que se alinhavem. Ao cabo de todo o esforço, o que ele tem diante de si são duas páginas repletas de lacunas, os buracos a revelar a cor da toalha de mesa, duas páginas que mais parecem ter sido retalhadas por um censor circunspecto, que houvesse cortado tudo o que valesse a pena saber e cuidado para que só matérias sem relevo caíssem em mãos desautorizadas. A seção de esportes, por exemplo, justo a seção de esportes restou incólume, como os judeus vão ficar contentes que a equipe de boxe da Aeronáutica bateu um selecionado da Marinha por dez a seis. Ou que o time de futebol de Hamburgo, como tantas vezes no passado, também dessa vez não deu chance ao de Berlim. Depois nos revela ainda a taciturna página uma notícia de repercussão internacional, que um gauleiter, cujo nome está rasgado, externou elogios a uma exposição de arte qualquer, que Sua Excelência o embaixador espanhol gostaria de ver ampliadas as relações mútuas de amizade, e que, perante o tribunal popular, num processo contra dois agentes a soldo do capital judaico mundial, a justiça foi feita.

Você fica aí sentado com cara desiludida, esperar muito nunca esperou, só um pouco de alento para sua pobre inteligência, só uma ou outra alusão oculta, da qual se pudesse, com alguma habilidade, preparar um banquete, mas com tão pouco você não contava. Nenhuma palavra sobre Bezanika, por onde os russos já devem ter passado faz tempo, nenhuma palavrinha que se refira a dificuldades encontradas pelos alemães, em vez disso os palermas jogam futebol e cultivam a justiça.

Vamos pelo menos tentar ser justos e admitir a possibilidade de que o jornal seja velho ou de que sua melhor parte tenha sido usada pelo Apito, mesmo assim, de uma forma ou de outra, foi uma idiotice ter tido tantas esperanças. A pessoa teria de suspeitar o que a espera quando se dá só cinco segundos para pensar. Que tipo de jornal essa gente é capaz de imprimir, isso já estão todos cansados de saber, anos atrás havia um jornal alemão em nossa redondeza, o *Völkischer Landbote*, e não me pergunte para que ele servia. Ninguém jamais o comprou, jogar dinheiro fora é pecado, mas às vezes ele te caía nas mãos, quisesse ou não. No mercado eles enrolavam peixe com ele, no dentista havia um exemplar na sala de espera, na agência de seguros também, claro, e vez por outra na barbearia de Kowalski, porque ele queria bancar o cosmopolita. Ele foi avisado, Kowalski, nós o avisamos, se você deixar essa porcaria aí jogada à toa mais tempo vai acabar arruinando seu negócio. Ou será que você pensa que algum cliente alemão perdido vai estourar por aqui para você ficar bulindo esses seus dedos iídiches na barba Cáiser Wilhelm dele? Isso não é da sua conta, respondeu Kowalski melindrado, eu não fico te receitando o quanto de serragem misturar nas suas panquecas de batata. Assim era Kowalski, que agora mesmo caia um raio sobre minha cabeça se essa calúnia for verdade. Fosse como fosse, bastava um relance pelo jornaleco para sentir o drama. Eles não paravam de se julgar ameaçados e humilhados e discriminados por Deus e pelo mundo, não foram eles que nos humilharam, mas nós a eles. A questão de quanto tempo a Alemanha ia continuar sofrendo os efeitos ultrajantes da última guerra não os deixava em paz em nenhuma edição, três vezes por semana. E na última página, ao lado de uma charada de imagens, havia poemas tão incompreensíveis que a pessoa quase receava ter desaprendido a língua.

Só a seção dos classificados não era das piores, eles entendiam algo do riscado. Uma quarta ou terça-feira sim e outra não, as duas páginas centrais vinham cerradas de pequenos anúncios, e quando se precisava de algo que era raro ou impossível de achar no mercado, como algumas cadeiras bem-feitas, talvez com palhinha de rotim, ou uma luminária moderna ou um serviço maior de pratos, porque no café as louças não duravam muito, então uma folheada no *Landbote* não faria mal nenhum. Claro que a pessoa tinha de se orientar pelo nome daquele que punha à venda sua mercadoria. Se fosse Hagedorn ou Leineweber, era melhor nem ir, se fosse Skrzypczak ou Bartosiewicz, só em último caso, e se fosse Silberstreif, não se pensava duas vezes. Pois quando se tratava de anúncios, o pessoal do *Landbote* não era lá muito seletivo, aceitavam todos, o importante era que pagassem. Mas isso era apenas, como eu disse, nos classificados, uma quarta ou terça-feira sim e outra não, o resto era uma bobajada sem fim.

Tudo isso poderia ter sido lembrado antes de se colocar a mão na cumbuca de maneira tão inútil e só tirá-la outra vez mediante um milagre operado por um amigo, era assim que eles faziam jornais naquele tempo, é assim que eles fazem jornais ainda hoje, nesse meio-tempo ninguém lhes ensinou um jeito melhor. Só o talento para a seção de classificados bem-sucedida parece lhes ter ficado, as quatro páginas abandonadas, cheias de anúncios fúnebres, indicam que continuam a existir pessoas entendidas no ramo.

Jakob vira do avesso folha por folha, a Polônia ainda não está perdida, há um reverso que ainda não foi lido, cheio de lacunas igual ao anverso, mas talvez não tão secarrão. Fala-se de um herói como só mesmo nosso povo produz, de um aviador de nome francês, que dos céus da África abate aeroplanos inimigos como a pardais. O Führer respondeu a uma mensagem do Duce, e em Munique um caminhão colidiu com um bonde, o que resultou num congestionamento de várias horas. Uma charge. Um homenzarrão segura um palito de fósforo aceso sobre um homenzinho. Pergunta: "O que significa isso?". Resposta: "Dover sob fogo". E uma manchete em letras garrafais que clama, Vitória em todos os fronts! Pode-se acreditar nela ou não, preferimos não fazê-lo, a parte de baixo está faltando. Como afirmação ela paira no ar, por assim dizer, e sabemos que eles dizem já estar perto de Moscou. Isso foram eles que afirmaram, não nós, mas o que nós ouvimos com nossos próprios ouvidos é que a luta se trava perto de Bezanika. Entre uma e outra há um belo fosso, se vocês chamam isso de vitória, que tenham centenas desse tipo.

Muito bem, Jakob pode calcular que eles contam umas lorotas, mas como vai responder às perguntas que choverão sobre ele logo de manhã cedo? Ele imaginara a coisa, me diz ele com um suspiro, de modo simples demais. Era só ler seus informes enviesados, ele pensou, era só lhes passar a vista sem ou com um pouco de esforço, simplesmente inverter o sinal, e na hora a boca já rebentaria de tantas novidades, engatilhadas para o instante oportuno. Mas agora vá simplesmente inverter o sinal. Os boxistas da Aeronáutica não ganharam da Marinha, mas perderam, o gauleiter com o nome rasgado achou a exposição de arte uma porcaria, o herói alemão só abateu um único avião inimigo, o bonde em Munique desviou com destreza do caminhão e o Führer não respondeu à mensagem do Duce, porque nem chegou a recebê-la. Estou dizendo, tudo bobajada. Talvez a charge renda algo, estou aqui pensando, Dover sob fogo significa que Dover está sendo bombardeada, Dover fica, se não me engano, na Inglaterra, e se eles estão bombardeando a Inglaterra, a Inglaterra vai bombardeá-los, é provável. Maravilha, eles me dirão amanhã cedo, então a Inglaterra está se defendendo, mas a Inglaterra fica longe, e quanto a nós? O máximo que se poderia fazer era transformar as vitórias em todos os fronts em derrotas, mas o que eu lá sei de fronts, onde eles ficam, quantos há, derrotas têm de ser provadas com detalhes, não conheço nenhum, o que você teria feito em meu lugar?

Jakob toma uma decisão importante. O corte de energia foi uma folga paradisíaca, com a única desvantagem que ele não teve nenhuma influência sobre sua duração. Vamos arranjar uma outra folga dessas, mas sem a desvantagem, pois a pausa que temos em vista não tem fim. Quando eles nos perguntarem, qual a última, Jakob, derreamos os ombros e fazemos a mais triste das caras e sussurramos com voz desesperada: imaginem só, judeus, na noite passada eu me sento com ouvidos cheios de esperança ao pé do meu aparelho e ligo o botão, como sempre faço, mas e cadê o som? Sumiu! Estão entendendo, ontem ele ainda cantava feito um passarinho, e hoje ficou mudo. Não adianta chorar, judeus, vocês sabem que coisa mais temperamental um rádio pode ser, agora ele está quebrado.

O rádio está quebrado. Jakob amarfanha as folhinhas, todas as nove, num pequeno monte, sofreando a irritação por não lhe ter vindo essa brilhante ideia antes. Muito maior é a alegria da descoberta, se o papel higiênico não lhe servira para mais nada senão iluminá-lo, então, apesar de tudo, ele valeu a pena, então o preço pago por Kowalski não foi alto demais. Agora chega de ficar noite após noite de olhos abertos e martelar a cabeça sobre qual mentira contar no dia seguinte, agora será possível ficar noite após noite de ouvidos abertos e escutar se, nos longes, o almejado ribombo dos canhões não rompe finalmente seu silêncio. O rádio está quebrado, as folhinhas vão voando para a estufa, Jakob irá queimá-las quando precisar de aquecimento, a tampa é fechada.

Bem a tempo, pois em sua pressa Jakob se esquecera de trancar a porta, e ela se abre, a risonha Lina entra sem bater.

"Hoje você se esqueceu de mim?", ela pergunta.

"Claro que não", diz Jakob e lhe dá um beijo e ao menos agora tranca a porta. "Eu estava prestes a subir para te ver, só precisava terminar uma coisa."

"Que coisa?"

"Nada que você precise saber. Você já jantou?"

"Jantei, o que você guardou para mim."

Lina olha ao redor do quarto, não procura nada de específico, só se tudo está em ordem e sem pó. Ela passa o dedo sobre o armário, inspeciona, o resultado não é lá dos melhores.

"Amanhã venho arrumar o seu quarto", ela diz. "Hoje estou sem vontade."

"De jeito nenhum", diz Jakob em tom áspero. "O professor disse que ainda não era para você ficar se mexendo tanto."

Lina não diz nada, senta-se sorridente à mesa, Jakob sabe tanto quanto ela que, sim, ela virá arrumar o quarto. De uns tempos para cá restou claro quem dá o tom aqui, isso não é mais tema de discussão, Jakob cuida da comida, das roupas e, no inverno, da calefação, por todo o resto ela é responsável, ainda que às vezes ele esperneie. Ela não veio para brigar sobre questões há muito assentadas, ou de medo que ele pudesse tê-la esquecido, isso ele não faria mesmo, a razão de sua visita remonta a alguns dias antes, quando ela ouviu muito e entendeu pouco, quando lhe ficou uma pulga atrás da orelha.

"Você ouviu do que todos estão falando?", pergunta Lina.

"Do quê?"

"Que os russos logo, logo chegam?"

"Não me diga!"

Jakob vai até o armário, pega sua ração semanal de pão, parte um pedaço para o jantar e mastiga.

"Quem anda dizendo isso?"

"Ah, Siegfried e Rafael e a senhora Sonschein e a senhora London, todo mundo. Então você ainda não sabia?"

"Não."

Jakob senta-se a sua frente e vê seu rosto desapontado, ela esperava esclarecimento, e ele não sabe de nada. Ele parte seu pão e estende a metade para Lina como compensação. Ela aceita, mastiga também, mas o pão nem de longe é tão bom quanto é má a sua falta de conhecimento.

"Quer dizer, ouvir eu ouvi alguma coisa", diz Jakob. "Mas nada preciso. O que tem de tão importante nisso?"

Os olhos dela aos poucos vão se ressentindo, então a tomam por uma perfeita boba, como se ela fosse uma criança, sozinha ela cuida da casa, em todo canto só se fala de um prodígio, e o que tem de tão importante nisso?

"Como é que vai ser quando os *russquis* chegarem aqui?"

"Como é que eu vou saber?", diz Jakob.

"Melhor ou pior?"

Jakob geme, quase. Das hienas na estação você felizmente escapou por hoje, até mesmo para sempre, se a ideia do rádio enguiçado colar, mas agora toca a procurar uma outra saída, pois dentro de suas próprias quatro paredes cresce um novo chato de galochas, um chato de galochas querido, é verdade, mas ela pode fazer tantas perguntas quantos os cabelos que você tem na cabeça. Ou então você não procura saída alguma, você se entrega ao destino, uma criança que nem completou nove anos, isso você tira de letra. Você lhe conta, o melhor que puder, algo sobre o mundo de amanhã, afinal de contas isso também te interessa, e saber em linhas gerais o que a espera não irá de forma alguma prejudicá-la.

"Vai ser melhor ou pior?"

"Melhor, claro", diz Jakob.

"Mas melhor como? O que vai ser diferente?"

"A gente não vai mais precisar usar estrelas. Lina pode usar o que quiser, e ninguém vai perguntar na rua onde ela deixou a estrela."

"Só isso?"

"Claro que não. Você vai ter comida de sobra..."

"O quanto eu quiser?"

"O quanto você quiser. Imagine só, todo tipo de coisas em cima da mesa, você pega o que tiver vontade, e quando não puder comer mais, a mesa é tirada e na próxima refeição tudo está lá de novo."

"Você está me enrolando", ela diz, porque até que não seria mau se ele confirmasse para ela tudo de novo.

"É a pura verdade. E você vai ter vestidos bonitos, a gente vai fazer compras juntos e..."

"Espera aí. Que tipo de coisas vai ter em cima da mesa?"

"Das que você gosta. Pastéis de carne com manteiga e *khale* e ovos cozidos e peixe, você pode escolher."

"Você vai voltar a fazer panquecas de batata?"

"Vou."

"No seu café?"

"No meu café."

"Você não esqueceu sua promessa, esqueceu? Que eu vou te ajudar no seu café?"

"Claro que não."

"Você fica atrás do balcão e prepara as panquecas, e meu trabalho é levar as panquecas para os clientes com meu avental branco. E no verão eu sirvo sorvete."

"Combinado."

"Mal posso esperar."

Lina mal pode esperar, sempre que mal pode esperar ela ergue os ombros até a altura das orelhas, Jakob torna finalmente a comer, por ora o pão seco, até que após alguns pensamentos ela franze a testa, porque de repente lhe acudiu um contratempo.

"Mas e o negócio da escola, como vai ser? Você também disse que mais tarde eu vou ter de ir para a escola. E se isso for verdade, não vai sobrar tempo para o café?"

"A escola é mais importante", decide Jakob. "Enquanto isso eu sirvo a freguesia sozinho. Depois da escola você pode vir e me ajudar, se ainda tiver vontade."

"Mas eu preferiria ajudar de uma vez!"

"O que você tem contra a escola, afinal? Algum cabeça de vento andou te dizendo coisas ruins sobre ela?"

Ela balança a cabeça.

"Então. A escola é um lugar muito, muito bacana, onde entra todo tipo de crianças burras e sai todo tipo de crianças inteligentes. Mas se você acha que burra me agrada mais..."

"Siegfried e Rafael têm de ir para a escola também?"

"Claro."

Serenados assim os ânimos, batem à porta. Lina se levanta num pulo e quer ir até a porta e abri-la, mas Jakob a detém e leva o dedo aos lábios. Uma batida na porta é sempre suspeita, nem toda suspeita se confirma. Podia ser Kirschbaum, por exemplo, vindo conversar sobre a melhora de Lina, ou o vizinho Horowitz querendo tomar emprestada uma colher de café maltado até a próxima distribuição, sob palavra de honra, pode ser uma batida bem corriqueira, logo nós vamos ficar sabendo, mas mesmo assim não é preciso que Lina seja vista, ela não é da conta de ninguém. Jakob lhe envolve os ombros com o braço, puxa-a à janela, aponta com o dedo atrás da cama.

"Se agacha ali", ele sussurra. "Não se mexa até eu chamar. Entendido?"

Entendido, Lina se agacha e não se mexe, e Jakob abre. Quem é que está lá fora, ninguém menos senão Kowalski postado na soleira da porta, com o rosto inchado, tentando sorrir.

"Eu não largo do seu pé, não é mesmo?"

Jakob o despacharia com gosto bem ali na porta, diga rápido o que há e depois tchau, mas Kowalski dá toda a impressão de que tem tempo de sobra. Passando por Jakob, que ainda segura a maçaneta, ele se senta à mesa e diz: "Você não quer fechar a porta?".

Jakob mais bate a porta do que fecha, Lina está quieta como lhe ordenaram, querendo ou não ele se senta na outra cadeira e se esforça para aparentar falta de tempo.

"Você estava jantando", constata Kowalski. "Não estou incomodando, estou?"

"Você não quer dizer de uma vez por que veio aqui?"

"Isso é jeito de tratar uma visita?", diz Kowalski amigavelmente.

"Não, não é, espere que eu já volto com um vinho da adega!"

"Por que toda essa irritação? Esse sempre foi seu problema, Jakob, você nunca foi lá muito gentil com seus fregueses, vira e mexe eles me contavam isso enquanto cortavam o cabelo. Por isso é que você tinha cada dia menos clientes."

"Obrigado pelo conselho. Mas você veio aqui para me dizer isso?"

Detrás da cama soa uma risada espremida, só audível para quem sabe que há mais alguém no quarto.

"Você vai rir, Jakob, não vim por nenhum motivo especial. Suporto cada vez menos ficar dentro de casa, a pessoa não consegue ficar noite após noite no mesmo quarto. Vá trocar duas palavrinhas com Jakob, eu pensei, ele está na mesma situação, eu pensei, vai ficar contente. Antes as pessoas se encontravam também depois do trabalho, e todo mundo achava isso perfeitamente normal. Será que devagar a gente não deve ir se habituando de novo a coisas normais?"

Antes que Jakob possa responder que antes era antes, e hoje é hoje, e que ele quer ter paz e ir se deitar, pois o trabalho na estação está acima de suas forças, Kowalski enfia a mão no bolso, retira os dois cigarros, deposita-os em cima da mesa, um na sua frente e outro na frente de Jakob, e por ora assim lhe tapa a boca.

"Muito gentil da sua parte", diz Jakob. Kowalski talvez creia que Jakob se refira à visita, Jakob olha para os cigarros, no fim ele se refere aos dois.

"Além do mais, hoje você me contou muito pouco", diz Kowalski depois da conveniente pausa. "Aquela história das perdas foi bem animadora, mas você pode imaginar que outras coisas não me interessam menos. E delas você ainda não disse hoje uma única palavra."

"Em alto e bom som, Kowalski, por que você me atazana tanto? Será que as coisas não estão difíceis o bastante, você precisa martelar sempre na mesma tecla? Não aguento mais ouvir isso! Se eu souber de alguma coisa, vou correndo te dizer, mas em meu próprio quarto você podia pelo menos me deixar em paz!"

Kowalski assente algumas vezes com a cabeça, pensativo, rolando seu cigarro entre os dedos, estica seu lábio inferior, o inchado, ele chegou com uma suspeita que parece ser verdade, ele diz: "Sabe, Jakob, eu reparei que você sempre fecha a cara, fica irritado mesmo, quando eu te peço novidades. Por conta própria você nunca me diz nada, então eu tenho de te perguntar, e mal eu pergunto você vira bicho. Isso não me entra na cabeça, não entendo a lógica da coisa. Imagine o caso inverso, Jakob, se eu tivesse o rádio, e você não, nesse caso você também não ia me fazer perguntas?".

"Ficou maluco, você? Na frente da criança?"

Jakob levanta-se num pulo e volta-se para a janela, Lina já ficou bastante agachada e já ouviu o bastante, ela sai, como combinado, de seu desconfortável esconderijo, afinal de uma certa maneira ele a chamou, ela sorri de orelha a orelha.

"Santo Deus!", balbucia Kowalski espantado e bate as mãos, mas ninguém faz caso dele, este é um assunto entre Jakob e Lina. Eles trocam olhares, Lina dá uma piscadela, agora você entrou numa fria, com esta você não contava. Jakob abandona a tímida esperança de que talvez ela nada tivesse ouvido, afinal é comum as crianças estarem com a cabeça sabe-se lá onde, ou ao menos não haver entendido, ela é um diabo de esperta, ela dá uma piscadela, e na hora está tudo claro. Ele vai ter muito o que pensar para se sair dessa, todo dia uma nova desgraça, e de novo ele apura os ouvidos para o ribombo dos canhões na noite, nada. Mas ainda não é noite, Lina ainda está ali e saboreia o pequeno triunfo que aquele palerma do Kowalski lhe propiciou com tamanha negligência, não se pode ficar plantado ali para sempre, suando frio, é preciso dar algum sinal de vida.

"Suba já para seu quarto, Lina. Mais tarde eu ainda subo para falar com você", diz Jakob exausto.

Primeiro ela vai até ele, puxa-lhe a cabeça para baixo, Jakob pensa que é para o beijo, parte de toda despedida, por mais breve que seja. Mas ele pode pensar o que quiser, Lina não está para beijos, não agora, puxa-lhe a cabeça porque nela há ouvidos, num deles ela sussurra: "Então é por você que todos sabem! Você mentiu para valer!".

Depois ela sai, Jakob e Kowalski tornam a sentar-se à mesa, Kowalski à espera de um chorrilho de censuras, sentindo-se perfeitamente inocente. Pois nada teria ocorrido se Jakob não houvesse escondido sua criança justo dele, seu melhor amigo. E se a escondera porque não podia saber quem batia à porta, deveria tê-la feito sair ao ver quem chegava. Mas não, ele a deixou em seu canto, provavelmente a esqueceu, eu só pergunto uma coisa, como alguém pode se esquecer de uma criança? Afinal ninguém é clarividente, e agora ele está uma fera e pronto para disparar suas acusações.

"Belo serviço que o senhor me fez! Não bastasse que o gueto inteiro futrique a respeito, agora ela também está sabendo!", de fato diz Jakob.

"Desculpe, puxa, por mais que quisesse não podia vê-la. Com esse meu olho..."

Kowalski aponta para seu olho, Jakob pode escolher um dos dois, ambos estão estreitos como o dos chineses, impressionantemente emoldurados em azul-escuro. Sim, Kowalski aponta para seus olhos, discreto lembrete de uma operação de resgate naquela manhã, mais claro não se precisa ser, se a questão aqui são recriminações, é bom perguntar de quem a quem. Ou nós dois podemos ser um pouquinho generosos, esquecer velhas histórias, afinal são todas águas passadas. E a manobra tem sucesso, os olhos surtem um efeito notável, de imediato muda a atmosfera da mesa, ficando alguns graus mais quente, de imediato Jakob responde ao apelo feito a sua piedade, ele se achega um pouco mais e contempla com novos olhos o que ele mesmo aprontou.

"Com cara boa não está."

Kowalski gesticula que não, que logo sara, se Jakob é conciliador ele também não quer ser mesquinho, seu humor está generoso. Ali estão os cigarros, ainda apagados, mas Kowalski pensou em tudo, até nos fósforos. Como última surpresa ele os retira do bolso, acende um na lixa gasta, é hora de fumar, irmão. Venha, recoste-se também e feche os olhos, não vamos estragar o prazer com conversa fiada, vamos dar umas tragadas e sonhar com os velhos tempos, que logo vão começar de novo. Venha, vamos nos lembrar de Chaim Balabusne com seus grossos óculos de aro niquelado e sua vendinha, onde nós sempre comprávamos nossos cigarros, quer dizer, o fumo para depois enrolá-lo. O negócio dele ficava mais perto do seu que o meu, e mais perto do meu que o seu, ele ficava bem no meio dos nossos, apesar disso a gente nunca foi muito caloroso com ele, mas ele era o culpado disso. Porque ele não ligava a mínima para panquecas e sorvete, nem para fazer o cabelo ou a barba. Muitos diziam que ele deixava seu cabelo ruivo tão comprido por devoção, mas eu sei muito bem, era por sovinice, nada mais.

Também, deixa pra lá, melhor não falar mal dos mortos, Balabusne sempre tinha um belo sortimento, charutos, cachimbos, estojos com florzinhas, cigarros com piteiras douradas para os ricos, queria sempre nos convencer a levar uma marca mais cara, mas a gente não abria mão da Excelsior. E o suporte com a chaminha de gás e o cortador de charutos sobre o balcão de sua loja, o suporte de latão que ele sempre estava polindo quando a gente entrava em sua loja, é desse estúpido suporte que a pessoa se lembra cada vez que pensa nos velhos tempos, embora a gente comprasse tabaco no máximo uma vez por semana e nunca tenha usado o suporte.

"Você também está pensando em Chaim Balabusne?"

"Que Chaim Balabusne tem a ver com a história?"

"Sei lá. Talvez o cigarro."

"Não estou pensando em nada."

A última tragada, mais uma e queimaria os lábios. A fumaça deu uma cócega esplêndida nos pulmões e aturdiu um pouco a cabeça, como depois de alguns copinhos a mais, o mundo roda vagaroso, mas eles estão firmemente sentados, as mãos sobre a mesa. Um suspiro daqui, um gemido dali, a fumaça ainda flutua no quarto, Kowalski diz: "E agora vamos ao ponto, Jakob. Como estão as coisas lá fora? Quais as últimas dos russos?".

Jakob permanece calmo, afinal era só uma questão de tempo até Kowalski trazer à tona o verdadeiro motivo de sua visita, o cigarro não poderia enganar ninguém. Agora não há nenhuma Lina agachada em segundo plano, agora se pode falar abertamente, a resposta nós já arquitetamos para você e aqueles da sua laia, prepare-se. Portanto lá vai a cara de desespero, lá vão os ombros caídos, tristes, agora vem o último ato em nosso jogo de pergunta e resposta, Kowalski, você não vai gostar nada, nada. Mas não posso mais me preocupar com isso, Kowalski, já me preocupei o tempo suficiente, sou apenas outra pessoa mortificada.

"Eu não queria te contar..."

"Eles bateram em retirada!", grita Kowalski.

"Não, não, tão ruim assim não é."

"Então, o quê? Fale de uma vez, homem!"

"Imagine só", diz Jakob em voz baixa, a figura perfeita da aflição, "agora há pouco eu me sento na frente do meu aparelho e giro o botão, como sempre faço, mas não sai um único ruído. Está entendendo, ontem ele ainda funcionava, melhor impossível, e hoje está mudinho da silva. Não há nada que se possa fazer, meu caro, um rádio assim é uma coisa incompreensível, e agora ele está quebrado."

"Santo Deus!", exclama Kowalski aterrorizado, já pela segunda vez nessa noite Kowalski grita "santo Deus!" e torna mesmo a bater as mãos, provavelmente porque para ele uma coisa não vem sem a outra.

"Se a gente tivesse só alguma coisa para fumar", diz Jakob saudoso, pois é o dia seguinte, o Juno sem filtro só vive na memória. Ele está de pé num vagão de carga, fazendo um trabalho *iontef*, um trabalho de férias, como pode muito bem ser chamado, ele recebe de nós, judeus, os sacos que hoje nos foi brindado carregar. Nós levamos até ele os sacos, pesados feito chumbo, atravessando uma distância de cinquenta metros ou mais, tudo o que ele tem a fazer é empurrá-los até a parede do vagão e dispô-los com jeito, daí trabalho de férias, e também porque o fazem em dupla, Jakob e Leonard Schmidt. O dia, por sinal, começou de forma surpreendente, quando nos mostraram o que tínhamos de fazer hoje, entreolhamo-nos admirados e pensamos, eles não sabem o que querem. Isso porque boas duas semanas antes chegara um carregamento inteiro com sacos de cimento, como se eles pretendessem construir uns prédios, descarregamos peça por peça e as cobrimos com lona, e hoje nos dizem de repente para botar os sacos de volta no vagão. Problema deles, nós recarregamos os sacos, obedientes, do jeito que eles querem, nós os arrastamos aos vagões, num deles está Jakob fazendo seu trabalho *iontef* e dizendo "se a gente tivesse só alguma coisa para fumar", e Schmidt lhe responde, meio divertido: "Se esta é a sua única preocupação, senhor Heym".

Leonard Schmidt. Ele chegou a este gueto sem saber por que cargas-d'água, por vias que nem em sonho teria imaginado. Pois Schmidt tem uma vida atrás de si, uma vida a que merecia dar seguimento do outro lado da cerca, sua presença em nosso meio era para ele um dos poucos mistérios deste mundo. Nascido em 1895, na cidade de Brandemburgo, filho de um pai abastado e uma mãe monarquista, ele frequentou uma escola de primeira linha em Berlim, para onde o pai se mudara dois anos após o nascimento de Leonard por razões de negócios (aquisição de uma fábrica têxtil), ingressou no exército tão logo concluiu o colégio, ofensiva de Flandres, Verdun, ocupação da Crimeia e mais tarde Champagne, quando havia carência de homens nas fileiras, tal foi a guerra de Schmidt. Então ele foi dispensado do exército vencido na condição de orgulhoso tenente, condecorado por bravura em face do inimigo e tudo o mais, e consagrou-se a sua futura carreira. O passo seguinte era a universidade, como é de praxe a filhos privilegiados, o estudo do direito em Heidelberg e os últimos semestres em Berlim. O sucesso não poderia ter sido maior, passou em todos os exames com louvor, a maioria deles até com distinção. Três anos obrigatórios de estágio, depois o cartão "Leonard Schmidt — Advogado", e finalmente o esperado momento, a abertura de sua própria banca na região mais distinta da cidade. Bons clientes não se fizeram esperar, os contatos do pai quase que os impeliram para lá, em breve ele teve de contratar dois jovens advogados para casos menores, e fez seu nome dez vezes mais rápido que muitos outros. Casado por amor, duas belas filhas alouradas, o mundo respeitosamente lhe tirava o chapéu todo dia, até que um invejoso da ordem dos advogados teve a fatídica ideia de pesquisar sua árvore genealógica, serrá-la e fazer com que tudo tivesse um fim trágico. Sua mulher, suas duas filhas e a conta bancária ainda puderam chegar a salvo à Suíça, porque bons amigos advertiram Schmidt, ele próprio não conseguiu. Ainda estava ocupado resolvendo os negócios mais urgentes quando bateram à porta com veemência. Na cabeça de Schmidt a coisa toda não passa de uma brincadeira de mau gosto, talvez algum dia acorde e os clientes estejam outra vez sentados na sala de espera, ele bem que estava a caminho de se tornar um nacionalista alemão. Mas eles não o permitiram, bateram à porta e disseram que não criasse caso, o rosto apavorado da criada entre as poltronas de pelúcia cobertas com panos brancos, eles o trouxeram para cá porque o seu bisavô frequentara a sinagoga e seus pais tinham sido estúpidos o bastante para circuncidá-lo, eles próprios não sabiam mais por quê. Brincadeira ou não, ele sofre duas, três vezes mais, nos primeiros dias, quando era ainda novato entre nós e acabara de me contar a história de sua vida, perguntou-me tristemente: "Você pode entender uma coisa dessas?".

E pouco tempo mais tarde — podia-se até pensar, se é que alguém se ocupasse dele, que aos poucos ele se acostumava à vida no gueto — ele aparece na estação de carga com um traje que nos faz o coração parar de bater, tamanho o sobressalto. Ao lado esquerdo do peito há um alfinete do qual pende um pequeno objeto, preto e branco, que visto de perto revela-se uma Cruz de Ferro. "Tome juízo!", lhe diz alguém. "Tire essa cruz e esconda! Eles vão te encher de balas feito a um cachorro louco!" Mas Schmidt lhe vira as costas e começa a trabalhar, como se não fosse com ele. Todos nós abrimos um grande círculo a seu redor, ninguém quer ser implicado na história, esse aí já era, de uma distância segura não o perdemos de vista. Só depois de uma boa hora uma sentinela nota a enormidade, engole em seco umas vezes, calada na frente de Schmidt, e Schmidt lívido na frente dela. A sentinela demora uma eternidade para girar nos tacões, parece mesmo que perdera a fala, ela se dirige à casa de pedra, retorna em seguida com seu superior e aponta para Schmidt, o único que retomou o trabalho. O superior chama Schmidt com o dedo, ninguém dá mais um tostão por sua cabeça, o superior inclina-se para o alfinete, inspeciona com cuidado o objeto como um relojoeiro a uma minúscula pecinha quebrada.

"Onde você recebeu isso?", ele pergunta.

"Verdun", diz Schmidt com voz trêmula.

"Aqui não pode usar. Aqui é proibido", diz o superior. Ele arranca a insígnia do peito de Schmidt, enfia-a em seu bolso, não anota nenhum nome, não executa nenhum malfeitor. Trata do incidente como uma simpática diversão que à noite causará a hilaridade geral na taberna. Retorna satisfeito à casa de pedra, a sentinela está com olhos noutra parte de novo, mais nenhuma palavra a respeito, Schmidt teve seu passatempo e nós, nosso espetáculo. Assim, logo após a sua chegada ele alcançou singular notoriedade, e basta aqui da biografia de Leonard Schmidt.

"Nunca em minha vida eu tive nada com tribunais", diz Jakob.

"Sei", diz Schmidt.

Eles levam o dia na maciota, apanham sempre em dois um dos sacos que nós carregadores depositamos na beirada do vagão e o levantam com um "um, dois e já!" até o lugar certo. Nem a chuva os incomoda, porque o vagão é coberto. Nos breves intervalos que surgem de vez em vez, eles se recostam na parede, enxugam da testa o suor que inexplicavelmente foi parar lá e papeiam como em tempos de paz. Quando Kowalski ou os Schtamm ou Mischa descarregam ofegantes seus sacos e olham para eles com inveja e observam venenosos que eles deveriam tomar cuidado, senão ainda acabavam morrendo de tanto trabalhar, eles sorriem: "Não se preocupem com a gente".

"Quer dizer, uma vez eu fui testemunha", diz Jakob.

"Sei."

"Mas não no tribunal. Só no escritório do promotor que cuidava do caso."

"Que caso?"

"Era para saber se Kowalski devia dinheiro ao agiota Porfir ou não. A promissória sumiu como que por milagre das mãos de Porfir, e eu tinha só de atestar que Kowalski tinha devolvido o dinheiro para ele."

"Então você presenciou o fato?"

"Nada. Mas Kowalski tinha me explicado antes, tim-tim por tim-tim."

"Mas se você não esteve presente, se só conhecia os fatos por ouvir dizer, de maneira nenhuma poderia ter atuado como testemunha. Como você podia ter certeza de que Kowalski de fato tinha devolvido o dinheiro a esse senhor? Que tenha, não quero insinuar nada, mas ainda assim é concebível, não é, que Kowalski pudesse ter mentido para você para que testemunhasse a seu favor."

"Acredito que não", diz Jakob sem hesitar. "Ele tem muitos defeitos, ninguém sabe disso melhor que eu, mas mentiroso ele não é. Ele foi logo me dizendo que não tinha devolvido o dinheiro a Porfir. E, afinal, onde mesmo é que ele poderia ter arranjado o dinheiro?"

"E mesmo sabendo disso, você testemunhou perante o promotor que ele tinha devolvido em sua presença?"

"Foi, claro."

"Tão claro isso não é, senhor Heym", diz Schmidt divertido, decerto estará pensando na notável noção de direito desse povo esquisito, ao qual ele supostamente pertence.

"Seja como for, ajudou muito", diz Jakob em conclusão a sua história. "Aquele salafrário do Porfir não teve sorte com a queixa. Seu dinheiro sumiu, mas que estou dizendo, seu dinheiro! Pouco a pouco ele arrancou o couro de quase todos nós, pequenos comerciantes. Trinta por cento de juros, pode imaginar uma coisa dessas? A rua inteira fez festa quando Porfir e Kowalski saíram do tribunal depois da sentença, Porfir tinindo de raiva e Kowalski radiante de alegria."

Kowalski, de olhos multicores, despeja seu saco na borda do vagão, de passagem ele pescou algo, Kowalski radiante de alegria, ele pergunta: "Que história é essa que você anda contando de mim?".

"Aquela da promissória extraviada do Porfir."

"Não acredite em uma palavra do que ele disser", diz Kowalski a Schmidt. "Sempre que pode ele me põe a cara no chão."

Kowalski volta trotando ao próximo saco, ensopado como um pinto, após ter lançado um olhar deixa de onda a Jakob.

Schmidt e Jakob, enxutos, também fazem algum esforço, para variar sem bate-papo, a fim de saber quantos sacos cabem num carro. Até a próxima breve interrupção, até que ocorra algo importante a Schmidt, até que pergunte: "Não leve a mal a minha curiosidade, senhor Heym, mas o que Sir Winston tem a dizer sobre a presente situação?".

"Quem?"

"Churchill? O primeiro-ministro inglês?"

"Não faço ideia do que ele tem a dizer. O senhor ainda não ouviu? Meu rádio quebrou."

"Não brinque!"

"Por quem você me toma?", diz Jakob sério.

Schmidt parece aturdido, crava a vista em Jakob, justo como os outros a quem ele teve de contar naquela mesma manhã, com ombros derreados e voz desesperada, a única novidade do dia. Schmidt, sujeitinho algo presunçoso, a quem um gozador apelidou de Leonard Assimilinski, esse mesmo Schmidt parece sentir uma punhalada no coração como todos os outros, de repente ele é a imagem deles, sem tirar nem pôr.

"Como foi que aconteceu?", ele pergunta em voz baixa.

A respectiva resposta variara naquela manhã, não havia tempo suficiente de apresentá-la a cada um como fora a Kowalski, embrulhada em papel de seda, Jakob teve de optar por cortes consideráveis. Como foi que aconteceu? "E como mais? Do modo como um rádio desses quebra. Ontem ele ainda funcionava, hoje não funciona mais."

As reações foram variadas, alguns amaldiçoaram o Deus injusto, outros rezaram para Ele, outros ainda se consolaram com o fato de rádio e russos serem coisas absolutamente diversas, um chorou feito criança, as lágrimas lhe escorreram pelas faces, mescladas com discrição às gotas de chuva. Um disse: "Espero que isso não seja um mau sinal".

Jakob não podia dizer sim nem não, tinha de abandoná-los a suas pequenas dores em vez de expô-los a toda a verdade. Agora ele também não pode dizer palavras de consolo a Schmidt, que ficou de orelhas baixas, seu estoque de consolo esgotou-se. Nesse meio-tempo peço a gentileza de lembrarmos brevemente que Jakob está tão necessitado de consolo quanto os coitados a seu redor, igualmente privado de todo o suprimento de novidades, que as mesmas esperanças o afligem. Só um acaso estúrdio fizera de um igual alguém especial e lhe vedara até hoje pôr as cartas na mesa. Mas só até hoje, hoje eu deixei vocês darem uma espiada em minha manga, vocês viram como ela está vazia, nela não se esconde mais nenhum trunfo. Agora estamos todos igualmente informados, nada mais nos diferencia, nada exceto sua crença de que um dia eu fui alguém especial.

"Não há nada a fazer, Schmidt, temos de seguir em frente. Um, dois e já!"

Varando a estação, através da chuva que amainara, troveja uma voz desconhecida: "Tire as mãos daí!".

Jakob e Schmidt correm até a porta e veem o que se passa lá fora, Herschel Schtamm, um dos gêmeos, está no desvio ao lado de um vagão bem comum, ainda fechado. Ele terá pensado que aquele era o próximo a carregar, então escuta a voz desconhecida, que só pode se dirigir a ele, e tira rápido a mão do ferrolho, que ele estava para erguer. A única coisa extraordinária no incidente até agora é a voz, mas bota extraordinário nisso, ela é de Apito, daí desconhecida. Em seu uniforme de ferroviário, Apito avança ligeiro, o mais ligeiro que lhe permite a perna de pau, para cima de Herschel Schtamm, que recua assustado, Apito estaca ao lado do vagão, verifica a tranca, que ainda está firme.

"Você não ouviu antes? Não é para tocar nesse vagão, mas que diabo!"

"Sim, senhor", diz Herschel Schtamm.

Então Apito se volta para todos os judeus, que interromperam seu trabalho e saboreiam o frêmito do som jamais ouvido, com voz empostada ele grita: "Será que vocês todos meteram isso agora na cabeça, seus merdas? Não é para tocar nesse vagão! Da próxima vez, leva chumbo!".

Então essa é a voz dele, uma estreia não muito bem-sucedida, eu diria, um barítono fraco, eu diria, o tom deixa muito a desejar. Apito retorna à casa de pedra com passos solenes, Herschel Schtamm retoma o mais rápido possível o trabalho para sair da berlinda, nós também, o incidente, que na verdade nem incidente foi, chegou a seu fim provisório.

"Que tipo de vagão será aquele?", pergunta Schmidt.

"Sei lá eu", diz Jakob.

"Schtamm pode se dizer uma pessoa de sorte por ter se safado ileso. De fato, a sentinela ordenou de manhã para que a gente deixasse de lado esse vagão. Você decerto também deve ter ouvido?"

"Ouvi, ouvi."

"Então por que ele foi até lá?"

"Deus do céu, como é que eu vou saber!"

Schmidt não tem tato para saber quando uma conversa chega ao fim, ele expressa uma ou outra opinião sobre o proveito da estrita obediência às ordens, sobre o aumento das chances de vida resultante de tal observância, profere uma breve palestra sobre a situação legal de fato que deriva da presente correlação de forças. Jakob mal lhe dá ouvidos. Para ser franco, Schmidt não é dos mais simpáticos, ele se tem, sem jamais dizê-lo expressamente, por melhor e mais inteligente e mais culto, é provável que ele não tivesse uma única palavra a objetar contra a instalação do gueto, se eles não houvessem metido justamente ele ali dentro. Quando ele se dá ao trabalho de paliar as diferenças, coisa que faz quase sempre, é difícil se livrar da impressão de que ele finge, vejam só como sou bacana, faço simplesmente como se fôssemos da mesma laia. As diferenças estão ali, ele se submete a elas, pela própria maneira que ele encara a pessoa ou conversa ou come ou fala dos alemães ou de tempos idos, mas sobretudo pela maneira de ele pensar. Ninguém pode escolher seu companheiro de sofrimento, e companheiro de sofrimento sem dúvida ele é, por sua porção de vida ele não treme diferente de nós, quer dizer, sim, talvez um pouquinho diferente, a seu modo peculiar, que para o resto de nós não é lá muito agradável.

Logo surge Herschel Schtamm arrastando um saco, na cabeça o gorro de pele sob o qual se esconde sua devoção, Jakob lhe pergunta: "O que houve, Herschel?".

"Você não vai acreditar, eu ouvi vozes no vagão", diz Herschel.

"Vozes?"

"Vozes", diz Herschel. "Com estes ouvidos que a terra há de comer, vozes humanas."

Talvez ele tenha sentido um calafrio na espinha, sobretudo ele, sempre com tanto calor debaixo de seu gorro de pele, ele infla as bochechas e assente com a cabeça algumas vezes, o ar preocupado, você pode imaginar o que isso significa. Jakob pode, ele responde ao anúncio de Herschel com um suspiro de desalento, fechando os olhos e alçando as sobrancelhas, eles travam um pequeno diálogo inaudível, e Schmidt de pé ao lado deles, sem entender uma só palavra.

Mischa se aproxima, descarrega seu saco de cimento, diz em surdina: "É melhor vocês seguirem trabalhando, a sentinela já está de olho".

Jakob de repente fica com mãos de manteiga, o saco lhe escorrega, Schmidt diz irritado: "Quer prestar atenção!".

Jakob tem de prestar mais atenção, ele se sente, mais tarde ele se recorda, como alguém que tivesse acabado de sonhar com a felicidade e um recanto tranquilo, e então viesse um outro e puxasse seu cobertor ainda quente, e você ficasse ali, nu, tremendo com o impacto da realidade.

"Você está tão quieto", diz Schmidt depois de uns instantes.

Jakob continua quieto, visceralmente amargurado ele apanha os sacos à medida que lhe são estendidos, de tempos em tempos lança apenas um olhar furtivo ao discreto vagão no desvio, atrás de cujas paredes foram ouvidas vozes humanas. Respiradouros bem abaixo do teto, ninguém é tão alto que possa olhar para fora por ali, e ninguém grita, nem de dentro nem de fora, por que é que ninguém grita, os sacos precisam ser bem arrumados. Marrom-avermelhado, estacionado no desvio e como que esquecido, mas esquecê-lo eles não esquecem, em muitos sentidos pode-se ter confiança neles. Ontem ele ainda não estava aqui, amanhã já terá partido, só uma breve escala a caminho de algum lugar. Um vagão como este já foi carregado e descarregado, carregado e descarregado centenas de vezes, caixotes, carvão, batatas sob rigorosa vigilância, maquinário, pedraria, vagões exatamente como este, mas este aqui não é para tocar, senão leva chumbo.

"Você acha que é verdade?", pergunta Schmidt.

"Que o que é verdade?"

"Isso das vozes."

"Que tipo de pergunta, essa. Você acha que Herschel Schtamm está querendo se fazer de importante?"

"Mas quem então pode estar dentro do vagão?"

"Quem mais?"

A boca de Schmidt entreabre-se, só agora lhe vem uma suspeita terrível, ele sopra: "Você acha...".

"É, acho!"

"Você acha que eles ainda estão enviando gente para os campos?"

Assim é, infelizmente, Schmidt não se sente à vontade no jogo de alusões, no qual certas coisas não são mencionadas e no entanto são ditas, nunca se sentirá à vontade, em seu coração ele é e sempre será um estranho. Para ele tudo precisa ser explicitado em termos curtos e grossos.

"Não, eles não estão enviando mais ninguém! A guerra acabou faz tempo, podemos todos ir para casa quando quisermos, mas não queremos, aqui é tão divertido!", diz Jakob revirando os olhos. "Se eles ainda estão enviando gente! Você acha que não sobrou mais ninguém? Eu sobrei, você sobrou, todos nós aqui sobramos. Só não pense que é como se tudo já estivesse terminado!"

Schmidt interrompe a lição que se fizera necessária com um rápido movimento de mão, aponta assustado para fora e exclama: "Veja só! Schtamm!".

Herschel nunca chamara muito a atenção, salvo pela sua rezaria que, como estava convicto, levara na época ao corte de energia, agora ele recupera o terreno perdido, está de pé no desvio ao lado do vagão. As sentinelas ainda não o notaram, Herschel pressiona o ouvido contra a parede do vagão e fala, posso vê-lo claramente movendo os lábios, escutando, tornando a falar, Herschel o devoto. Seu irmão Roman está por acaso a meu lado, seus olhos feito duas rodas de moinho, ele faz menção de correr até Herschel e trazê-lo de volta antes que seja tarde demais. Dois homens têm de segurá-lo à força, e um deles tem de sussurrar: "Fique quieto, seu idiota, você ainda acaba chamando a atenção para ele!".

Não consigo ouvir o que Herschel fala e o que os de dentro lhe dizem, a distância é muito grande para tanto, mas imaginar eu posso, e isso nada tem a ver com vagas conjecturas. Quanto mais penso nisso, mais certeza tenho de suas palavras, embora ele nunca as tenha confirmado para mim.

"Olá! Vocês estão me ouvindo?", começa Herschel.

"Estamos te ouvindo", há de ter respondido uma voz de dentro do vagão. "E você, quem é?"

"Eu sou do gueto", diz então Herschel. "Vocês aguentem firme, aguentem firme só mais um tempinho. Os russos estão avançando, já passaram de Bezanika!"

"Como é que sabe disso?", perguntam os de dentro, tudo muito lógico e previsível.

"Vocês podem acreditar em mim. Nós temos um rádio escondido. Agora preciso voltar."

Os que estão trancados lhe agradecem atônitos, uma pombinha branca perdeu-se até eles na escuridão, o que eles dizem é insignificante, talvez lhe desejem felicidade e riqueza e cento e vinte anos de vida, antes de ouvirem seus passos se afastar.

Perplexos, todos olham Herschel tomar o caminho de volta, ficamos ali parados e boquiabertos, desmiolados que somos, em vez seguir trabalhando e fazer como se tudo estivesse em perfeita ordem. Primeiro impedimos que Roman cometesse uma grande burrada, depois a cometemos nós mesmos, talvez Herschel não lhes tivesse escapado de qualquer maneira, quem poderá dizê-lo em retrospectiva, seja como for não fazemos nada para lhes desviar a atenção. Só agora ele parece ter descoberto o medo, até ali tudo correu como por conta própria, como que em respeito a leis insondáveis, a que os próprios sonâmbulos obedecessem. A cobertura é para lá de escassa, quase inexistente, Herschel tem razão para estar com medo. Uma pilha de caixas, outro vagão vazio, de resto nada em seu caminho, no qual a bem da verdade ele precisaria de uma escolta. Vejo sua cabeça assomar no canto do vagão, centímetro por centímetro, com o olhar ele já nos alcançou, já o escuto contar sobre seu périplo, até agora a oposição está quieta. A sentinela junto ao portão está de costas para os trilhos, nenhum ruído desperta sua atenção, as outras duas desapareceram, estão na casa, é de presumir, para onde a chuva as impeliu. Vejo Herschel fazer os últimos preparativos para correr em disparada, vejo-o rezar. Embora ele ainda esteja ao lado do vagão e mexa os lábios, é óbvio que ele não conversa com os de dentro, mas com seu Deus. E então eu viro a cabeça para a casa de pedra, ela tem uma janelinha na cumeeira, que está aberta, no peitoril há um rifle fazendo pontaria, na maior calma do mundo. O homem por detrás eu não consigo divisar, está muito escuro no quarto, vejo só duas mãos corrigindo a mira do cano, até se darem por satisfeitas, a seguir se imobilizam, como numa pintura. O que eu deveria ter feito, eu que nunca fui herói, o que eu deveria ter feito se fosse um herói, no máximo dar um grito, mas de que teria adiantado? Eu não grito, eu fecho os olhos, transcorre uma eternidade, Roman diz para mim: "O que você está fazendo de olhos fechados? Dê uma olhada, ele vai conseguir, o danado!".

Não sei por que penso nesse instante em Hannah, que eles fuzilaram diante de uma árvore cujo nome desconheço, continuo a pensar nela mesmo depois do tiro, até que todos a meu redor comecem a falar ao mesmo tempo. Um único tiro seco, as duas mãos tiveram, como disse, tempo de sobra para preparar tudo às maravilhas, todo o intervalo da prece de Herschel. Estranho como ele soa, eu jamais tinha ouvido um tiro isolado antes, sempre vários de uma vez, como se uma criança manhosa batesse de birra o pé no chão, ou uma bexiga fosse soprada com muita força e estourasse, ou mesmo, já que me entrego a imagens, como se Deus tivesse tossido, uma tosse que mandou Herschel às favas.

Os que estão trancados atrás das paredes marrom-avermelhadas talvez se perguntem: "Ei, você, o que foi isso?".

Herschel jaz de bruços entre dois dormentes, atravessado sobre os trilhos. Sua mão direita crispada caiu numa poça negra, o rosto, do qual por ora só consigo ver a metade, dá impressão de surpreso com seus olhos abertos. Nós o rodeamos calados, uma pequena pausa nos é concedida, Roman curva-se sobre ele, puxa-o dos trilhos e vira-o de costas. Depois lhe retira o gorro de pele, seus dedos têm trabalho para desabotoar as abas debaixo do queixo. Ele enfia o gorro no bolso e vai embora. Pela primeira vez nessa estação os cachos de Herschel podem balançar livres ao vento, muitos de nós nunca os tínhamos visto antes, só os conhecíamos por ouvir falar, então essa é na realidade a aparência de Herschel Schtamm, sem disfarces. Pela última vez o seu rosto, em moldura enegrecida de terra úmida e muito cabelo, os olhos alguém lhe fechou. Não vou mentir, e também para quê, uma beldade ele não era, era é muito devoto, queria transmitir esperança e por isso morreu.

A sentinela do portão apareceu despercebida atrás de nós, já era hora de pensar em outras coisas, ele diz: "Chega de pasmaceira, ou será que nunca viram um morto? Andem, de volta para o trabalho, vai, vai!".

No fim do dia vamos levá-lo conosco e enterrá-lo, isso é permitido, sem que esteja escrito com todas as letras num dos muitos regulamentos, simplesmente virou um hábito. Olho mais uma vez para a janela lá em cima, que nesse meio-tempo foi fechada, nada mais de rifle, nada de mãos, e nenhum deles sai da casa, não se preocupam mais conosco, para eles é assunto encerrado.

A vida continua, Schmidt e Jakob tornam a se ocupar dos sacos. A essa altura Schmidt já compreendeu o bastante para se calar, para guardar para si por que Herschel tinha de correr até o vagão, embora o ferroviário lhe houvesse antes advertido enfática e peremptoriamente.

Na cabeça de Jakob as autorrecriminações seguem-se umas às outras, o papel que lhe cabe nesse episódio é assustadoramente claro. Você arquiteta um minguado consolo, visualiza uma enorme balança com dois pratos, num deles você deposita Herschel, no outro empilha toda a esperança que disseminou entre as pessoas no correr do tempo, qual dos lados penderá? O difícil é que você não sabe quanto pesa a esperança, ninguém te dirá, você terá de encontrar a fórmula por si só e completar o cálculo sozinho. Mas você calcula em vão, as dificuldades abundam, aqui está mais uma, quem te revelará quanto mal foi evitado pelas suas invenções? Dez catástrofes ou vinte ou mesmo uma única, o que foi evitado permanecerá oculto de você para sempre, só aquilo que você causou é visível, lá está ele ao lado dos trilhos na chuva.

Mesmo depois, durante a pausa do almoço, ainda não se avançou um palmo na solução do problema com todas as suas incógnitas, Jakob toma sua sopa afastado, hoje todos deixam todos em paz. Ele evitou Roman Schtamm, Roman não o procurou, só junto ao carrinho de mão em que as tigelas de lata são depositadas após o uso eles se defrontam subitamente. Os dois se olham nos olhos, especialmente Roman, Jakob me conta: "Ele me olhou como se eu tivesse atirado em seu irmão".

Os finais de tarde pertencem a Lina.

Muito tempo atrás, Jakob parou com ela no corredor diante de sua porta e disse: "Agora preste atenção, Lina, se acontecer alguma coisa, você já sabe onde encontrar a chave do meu quarto", ele disse. "Aqui atrás do batente tem um buraquinho, conseguiu ver? Vou enfiar a chave agora aqui, depois ponho outra vez a pedra na frente. É bem fácil removê-la, se ficar na ponta dos pés você alcança. Tente." Lina tentou, ela esticou o braço, retirou a pedra, num esforço extremo agarrou a chave e estendeu-a orgulhosa a Jakob. "Formidável", disse Jakob, "guarde bem o lugar. Eu mesmo não sei para quê, mas talvez um dia seja importante. E tem mais uma coisa, não revele a ninguém o segredo."

Agora Lina não precisa mais se pôr na ponta dos pés, há dois anos ela cresce infatigável em direção ao buraquinho atrás do batente. Se acontecer algo, disse Jakob, e hoje aconteceu algo, Lina apanha a chave, destranca a porta e entra de fôlego preso no quarto vazio. Um pouquinho nervosa ela está, mas logo passa, se Jakob entrar de supetão no quarto, ela simplesmente dirá que está só dando uma ordem. Os propósitos que a movem são arriscados, dificilmente ele estaria de acordo, mas o que os olhos não veem o coração não sente.

Em seu caminho há dois obstáculos, ela não se ilude, o primeiro é o esconderijo, por ora desconhecido, o segundo é que ela não sabe qual o aspecto de um rádio. Esconderijos não há infinitos nesse quarto, depois de poucos minutos ele podia ser revirado de ponta-cabeça, muito mais difícil parece o segundo obstáculo. Jakob já explicou todo tipo de coisas, ela era capaz, por exemplo, de descrever de cor um ônibus, embora jamais tenha ficado cara a cara com um, era capaz de falar sobre bananas, aviões, ursos de pelúcia que começam a resmungar quando alguém os deita de costas. Durante o último corte de energia, Jakob traçou com ela o caminho altamente misterioso trilhado pela luz desde a mina de carvão até a pequena lâmpada do teto, mas sobre um rádio ele jamais concedeu uma palavra. O que se tem são alguns minguados pontos de referência: todos falam nele, sua posse é proibida, ele revela coisas antes desconhecidas, é tão pequeno que pode ser muito bem escondido.

"Amanhã você me mostra o seu rádio?", ela lhe pediu na noite anterior, quando ele foi vê-la no sótão depois da malfadada visita de Kowalski.

"Não", ele disse.

"E depois de amanhã?"

"Também não."

"E depois de depois de amanhã?"

"Eu já disse, não! E agora chega."

Mesmo seu olhar de súplica, em geral infalível, não teve efeito algum, Jakob nem sequer notou, daí sua nova tentativa depois de uma pausa amuada: "Algum dia você vai me mostrá-lo?".

"Não."

"E por que não?"

"Porque não."

"Você pelo menos me diz como ele é?", ela pediu então, com meio plano já na cabeça. Mas também a isso ele se recusou a responder, e assim do seu meio plano fez-se um plano inteiro.

Em resumo, Lina tem de procurar uma coisa de que nada mais sabe senão que Jakob a mantém escondida, um objeto sem cor, sem forma nem peso, uma sorte que Jakob não possa ter tantas coisas desconhecidas no quarto. A primeira que ela encontrar e nunca tiver visto antes há de levar, segundo todas as probabilidades, o nome de rádio.

Lina começa com os esconderijos mais óbvios, debaixo da cama, em cima do armário, na gaveta da mesa. É bem possível que um rádio seja grande demais para caber numa gaveta de mesa, qualquer um que visse talvez soltasse uma gargalhada por Lina procurar ali um rádio. Mas não é culpa sua que Jakob teime tanto em se calar, e além disso ninguém está vendo. Na gaveta não está, ali não há nada, debaixo da cama e em cima do armário só tem pó. Resta ainda o interior do armário, fora ele não há mais esconderijo, o armário tem duas portas, uma em cima, outra embaixo. A de cima ela podia esquecer, atrás dela estão os quatro pratos, dois fundos e dois rasos, as duas xícaras, uma das quais Lina deixou cair no chão e perdeu a asa, e ainda uma faca e duas colheres, o açucareiro sempre vazio e atrás de tudo isso a comida, se é que haja alguma. Atrás dessa porta, Lina está em casa, muitas vezes ela põe, serve e tira a mesa, essa ela pode esquecer, mas a empreitada não deve fracassar por falta de meticulosidade. Ela examina os quatro pratos, duas xícaras, açucareiro, faca e colheres, além de um pedaço de pão e um pequeno saco de feijão, nenhuma surpresa.

Agora a porta de baixo. Lina hesita, os dedos já seguram a chave e não acabam de se decidir, se o que procura não estiver lá, não está em lugar algum. Na parte de baixo do armário ela nunca fuçou, "tem minhas coisas aí dentro", dissera Jakob, nada podia soar mais inofensivo. Suas coisas, só agora está claro o que se esconde por trás de duas palavras tão inocentes.

Há um limite para a hesitação, e Lina finalmente abre a porta, lá fora no corredor ouvem-se passos apressados. Trancar a porta não dá, se for Jakob ele não perguntaria o que ela faz aqui, perguntaria por que se trancara, e para tal não há resposta. Lina tira tudo para fora, calça e camisa, agulha e linha, uma panela, por que ela não está na parte de cima?, caixa com pregos e parafusos, um porta-retratos vazio, o livro sobre a África. Ela se concede uma pequena pausa, o livro tem mais a oferecer que apenas letras, a que Jakob estranhamente vem dando tanto valor nos últimos tempos, as figuras merecem alguns momentos de atenção, apesar de tudo.

A mulher com os seios tremendamente compridos, que parecem tão chatos e secos, e o anel enfiado no nariz, cujo sentido Jakob disse explicar mais tarde. Os homens nus, que pintaram e repintaram seus rostos, empunhando longas lanças e trazendo na cabeça gigantescas estruturas de penas, cabelos e fitas. Ou as crianças esqueléticas com barriguinhas redondas como uma bola, animais com chifres e listras e focinhos infinitos e pescoços mais compridos ainda, tudo isso pode certamente retardar a pessoa, mas não tanto que a faça esquecer seu verdadeiro propósito.

Lina rasteja de barriga armário adentro, um último obstáculo é removido, uma modesta pilha de roupas de baixo com uma toalha verde por cima, e pronto. O caminho está livre para esse objeto nunca visto, orgulhoso sorriso de triunfo, lá está ele, invisível no canto de trás, misterioso e proibido. Ela o traz à luz, uma pequena treliça delicada, parafusinho, vidro bojudo, ela o põe com reverência sobre a mesa, senta-se a sua frente, agora é que vamos ver só. Suas coisas, dissera Jakob, enquanto ela arregala os olhos os minutos se escoam, o que se vai ficar sabendo que antes não se sabia? Será que essa coisa fala como uma pessoa normal, ou será que revela seus segredos de outro modo, de algum modo milagroso? Após algum silêncio de expectativa, Lina percebe que a coisa não vai revelar nada sozinha, é preciso fazê-la falar, talvez se tenha simplesmente de lhe perguntar algo. Se for, que não seja, espero, segundo uma fórmula mágica determinada, feito com o Ali Babá diante da gruta de Sésamo.

"Como eu me chamo?", começa Lina com a mais fácil das perguntas, mas isso já parece ser muito para a coisa. Lina lhe dá tempo de sobra, em vão, seu desapontamento dá lugar à ideia de que ela tem de perguntar por algo desconhecido, por algo que já não saiba antes, seu nome ela está careca de saber. Ela pergunta: "Quanto é trinta vezes dois milhões?", e quando a resposta volta a falhar, ela muda de estratégia, pensa na luz que pode ser ligada e desligada a bel-prazer, talvez a coisa possa ser ligada da mesma forma, vamos tentar o parafusinho. Ele está enferrujado, mal se mexe, depois de muito esforço só um leve rangido, e os dedos já doem. Aí aparece Jakob na porta e pergunta, como previsto: "O que você está fazendo aqui?".

"Eu", diz Lina, "eu queria", ela diz, tendo de se recuperar do susto, "eu queria dar uma ordem no quarto. Não se lembra mais?"

Jakob ainda se lembra, ele olha para a Sodoma e Gomorra na frente do armário, torna a olhar para Lina, que queria dar uma ordem, antes que ele abra a boca, ela sabe que não será tão ruim assim. "Mas você ainda não terminou, espero?", diz Jakob.

Claro que ela ainda não terminou, ela acabou de começar, ela se levanta num pulo e enfia panela e livro e roupa de baixo de volta no armário, tão rápido que os olhos de Jakob só a custo conseguem acompanhar. Em seguida o porta-retratos, na afobação os pregos caem da caixa, num átimo são recolhidos, agora a agulha e a linha, onde estão a agulha e a linha, da próxima vez ela acha, a porta bate com estrépito, e adeus bagunça. Só resta a coisa em cima da mesa, aliás ele a viu, lá está seu único segredo, e ele ainda aguarda para dar vazão a sua raiva.

"Você não está bravo comigo?"

"Não, não."

Jakob tira a jaqueta, lava as mãos sujas da estação, devagar Lina vai ficando inquieta, e a coisa ali, ignorada.

"E o que você realmente queria aqui?"

"Nada. Estava dando uma ordem", ela diz, sabendo que isso não faz sentido.

"O que estava procurando?"

Agora ele aos poucos ergue a voz, mas a pergunta parece a ela muito boba, afinal ele está sentado em frente da coisa e informa-se hipocritamente sobre o que ela estava procurando, a tanto recusamos a resposta óbvia.

"O que o lampião está fazendo aqui?"

"Que lampião?"

"Este aqui. Você está vendo algum outro?"

Como Lina se cale e arregale os olhos, fitando o suposto lampião, e os olhos arregalados comecem a se encher pouco a pouco de lágrimas, Jakob a puxa para perto de si e pergunta em voz bem mais baixa: "O que você tem?".

"Nada."

Ele a põe sentada sobre o joelho, na verdade é raro ela chorar, vai lá saber o que se passa numa cabecinha como essa, que o dia inteiro fica remoendo sozinha. "Anda, me diz o que é que há. Tem alguma coisa a ver com o lampião?"

"Não."

"Você já tinha visto um?"

"Não."

"Posso te explicar como ele funciona?"

Lina engole as lágrimas, afinal Jakob não tem culpa pelo seu equívoco, e além do mais, amanhã é um outro dia, de alguma forma ela encontra o esconderijo que hoje lhe escapou. Com a manga ela dá um jeito nos olhos e no nariz, o que não basta, o lenço de Jakob lhe vai em auxílio.

"Posso te explicar?"

"Pode."

"Preste atenção. Isso aqui é um lampião de querosene. Antigamente só existiam esses lampiões, antes de se descobrir a luz elétrica. Por aqui se despeja o querosene, nessa pequena tina. Essa aqui é a mecha, ela se embebe toda de querosene, e só a ponta fica de fora. A gente pode regular para que ela fique mais comprida ou mais curta, com esse parafuso aqui. A mecha é acesa com um fósforo, e então o quarto fica iluminado."

"Me mostra como se faz?"

"Eu mostraria, mas não tenho querosene."

Lina desce do joelho de Jakob, segura o lampião com as duas mãos, observa-o de todos os lados, então é por isso que não adiantava esperar por uma resposta. Em casa, na família Nuriel, não havia lampião nem rádio, equívocos surgem da falta de experiência, após uma última olhada ela enfia a coisa de volta no armário. A ordem é perfeitamente restabelecida, inclusive com Lina, ela descobre até mesmo um lado cômico em sua frustrada viagem de descoberta.

"Sabe o que eu pensei?"

"Hm."

"Mas você não vai rir de mim, vai?"

"Imagine!"

"Eu pensei que fosse o seu rádio."

Jakob sorri, ele recorda que, criancinha pequena, tomara uma velha corcunda, a vizinha, por uma bruxa, também uma conclusão falsa, mas logo seu sorriso aos poucos se esvaece. Lina estava em busca do rádio, ela própria o admite, melhor seria tê-la deixado com sua crença, que diferença faz um lampião ser tomado por um rádio? Ele a teria feito jurar segredo, não é que você acabou por encontrá-lo, agora você sabe como ele é, agora nem uma palavra a respeito, sobretudo com estranhos. E por semanas haveria paz, ao menos em casa. Mas a oportunidade escapara, Lina só se traiu quando era tarde demais, e ele próprio não tivera suficiente presença de espírito para avaliar corretamente as circunstâncias no quarto e o lampião sobre a mesa e o significado de suas lágrimas. A qualquer instante ela pergunta, bom, então isso era um lampião, agora cadê o rádio? A qualquer instante ou daqui a uma hora, no mais tardar amanhã, ela já está que não se aguenta de curiosidade. Que ele esteja quebrado não vai satisfazê-la, então me mostre quebrado mesmo, e infelizmente ele não é daqueles que podem responder perguntas inoportunas com um esporádico tapa, nem que seja de exceção. Existe ainda, é verdade, uma saída, uma saída bem simples, Jakob poderia alegar tê-lo queimado, um rádio quebrado, se for descoberto, não é menos perigoso que um inteiro.

Isso ele poderia dizer, estaria então felizmente livre do rádio, para Lina e para o mundo inteiro, mas acontece que esse último dia na estação ainda desempenha um certo papel. O finado Herschel Schtamm, seu irmão Roman com o olhar constrangedor, os desconhecidos trancados no desvio, eles todos têm direito à palavra antes que o rádio seja destruído de vez. E cada um dos judeus que chegaram esperançosos de manhã com suas perguntas e foram embora consternados, sem a novidade a que tinham direito. A essa hora eles já estarão em casa, parentes e conhecidos batem à porta, quais as novidades na estação? Nada, ficarão sabendo, o rádio não diz mais nada, está quebrado, ontem ele ainda funcionava, e hoje acordou mudo. Os parentes e conhecidos vão embora, espalham a notícia por todos os prédios e ruas, que logo tornam a parecer tão desoladas como antes da noite em que o holofote flagrou Jakob na Kurländischer Damm, por volta das sete e meia. Há muito o que pensar antes de se tomar uma decisão leviana, antes de barganhar a paz, que de paz não tem nada.

"Você me mostra agora o rádio?"

"Eu já te disse ontem, não. Será que alguma coisa mudou de lá para cá?"

"Eu vou acabar achando, mesmo", diz Lina.

"Então continue a procurar."

"Quer apostar que eu acho?"

Ela passa para o ataque aberto, que procure em vez de fazer perguntas, o próximo rádio que ela achar Jakob não irá dissuadi-la outra vez. E o rádio que ela nunca encontrar permanece por ora livre do fogo, devido a muitas razões, mas em primeiro lugar a Herschel, o dos cachos, já de manhã, deitado na chuva entre dois dormentes, ele praticamente o consertara.

Jakob vai para o trabalho de bem com a vida, quem observa sua postura e seus passos enérgicos e traça comparações com ontem ou com os últimos dias surpreende-se com a mudança, ali vai uma pessoa equilibrada. De bem com a vida porque as horas na cama foram ricas de importantes decisões, o contato com o mundo exterior foi restabelecido. O rádio tocou metade da noite, logo após Lina ter sido despachada ele começou a tocar e tocou até que o sono chegasse sem ser convidado, mas então ele já tinha no ouvido este ou aquele informe, e informes que não eram de se jogar fora. De bem com a vida porque a pequena chama da esperança não pode se extinguir, essa a resolução de Jakob, metade da noite ele procurara graveto, lenha e chamiço para mantê-la viva. Ele lograra dar um considerável salto adiante, ele e os russos, no íntimo deixara que vencessem uma grande batalha às margens de um ribeirão, o Rudna, que não gorgoleja bem em frente da porta de casa, é verdade, mas é gratificantemente mais próximo que a cidade de Bezanika.

Ao rever as notícias fornecidas até agora, Jakob notou que, vistas mais de perto, estas só consistiram de ninharias incrementadas, tudo sem pé nem cabeça, com exceção da primeira sobre Bezanika. De cada ideiazinha ele fez uma história tremenda, muitas vezes inacreditável e fácil de desmascarar, dúvidas não haviam surgido até agora somente porque a esperança os deixara cegos e babões. Mas durante a noite, antes da batalha do Rudna, lhe veio um lampejo, Jakob finalmente descobriu a fonte de suas dificuldades. Em outras palavras, mal ele apagara a luz, viu num clarão por que suas invenções haviam se tornado tão laboriosas e, ao cabo, quase lhe faltavam de todo. Ele era modesto demais, suspeitava, ele sempre tentara manter suas notícias dentro de uma esfera que, mais tarde, quando a vida retomasse seu curso normal, não pudessem ser verificadas. A cada novidade a inibição lhe barrava o caminho, algum peso na consciência, as mentiras lhe saíam dos lábios aos trambolhões e relutantes, como se buscassem um esconderijo aonde rastejar às pressas, antes que alguém as examinasse de perto. Mas esse modo de agir era de cima a baixo equivocado, essa a avaliação da noite anterior, um mentiroso com remorsos jamais passará de um remendão. Nesse ramo, comedimento e falsa modéstia não são apropriados, você tem de ir a extremos, com a convicção estampada na cara, tem de representar o papel de alguém já ciente daquilo que só no momento seguinte ficarão sabendo de você. Tem de alardear números e nomes e datas, a batalha do Rudna é só um modesto começo. Ela nunca entrará para a história, mas em nossa história ela ocupará um lugar de honra. E quando tudo houver passado, quando qualquer interessado puder consultar nos livros o verdadeiro curso da guerra, que se sinta à vontade para vir e perguntar: "Ei, você, que patacoada era aquela que você contou naqueles dias? Quando diabos é que houve uma batalha do Rudna?". "Não houve?", você responderá então surpreso. "Passe pra cá esse livro, deixe eu ver... Pois é, não houve mesmo. Aqui não consta. Então devo ter ouvido errado, queira desculpar." É provável que eles perdoem, no pior dos casos encolherão os ombros e irão embora, talvez haja até mesmo entre eles alguns que ficarão gratos pelo erro.

No tocante ao progresso das operações militares, Jakob fez sua lição de casa, para o que seus conhecimentos da geografia local foram de grande valia. A batalha do Rudna e todos os seus efeitos hão de ser suficientes para os próximos três dias, não vamos com muita sede ao pote. Pois a travessia de um rio tem lá seus percalços, não vamos facilitar tanto assim para os russos, os alemães explodiram a única ponte, pensou Jakob com seus botões. Antes de retomar o avanço, há de se construir um pontão, e isso leva seus três ou quatro dias. Liquidado esse assunto, os russos marcham sobre a cidadezinha de Tobolin, que os alemães converteram numa espécie de fortaleza. Ela por sua vez resiste outros três dias, é sitiada, castigada pela artilharia e tomada de assalto pela infantaria, em situação desesperadora o major Karthäuser, um nome esplêndido com uma patente à altura, assina o documento de capitulação, Tobolin é liberada. Aliás isso vai agradar a Mischa, ele tem uma tia que mora lá, ainda estará viva, espera-se, para ver tal vitória. A tia, Lea Malamut, era proprietária de um armarinho, e quando Mischa era pequeno ela sempre costumava lhe enviar de aniversário um escrínio com botões e linhas coloridos. Mas não queremos nos deter mais que o necessário em Tobolin, de lá até a cabeça de distrito Pry, a próxima cidade em nossa direção, é um longo caminho. Cerca de setenta quilômetros, eles já foram esboçados em grandes pinceladas, mas ainda não estão prontos em todos os detalhes. Este será o trabalho noturno de Jakob para os próximos dias, até Tobolin por enquanto tudo claro, e hoje será anunciado na estação o resultado da gloriosa batalha do Rudna.

De bem com a vida Jakob vai para o trabalho, ocorre-lhe ao espírito um pequeno clímax com que coroar os sucessos no Rudna. Não deviam talvez planos secretos alemães cair nas mãos dos russos, de modo a revelar com semanas de antecedência todas as ações inimigas nesse front e lhes roubar, assim, a eficácia? Este seria um fecho de ouro, mas logo surgem dúvidas a respeito da probabilidade, pois guardaria alguém planos secretos num lugar tão inseguro? Afinal de contas os alemães não são nada idiotas. E também os russos não são nada idiotas, ainda que se apoderem de planos dessa espécie não vão trombeteá-los a Deus e o mundo pelo rádio, vão é guardá-los bem guardadinhos para si e tomar suas precauções em surdina. Deixemos portanto de lado o pequeno clímax, o que temos já basta para dar aos judeus um pouco do *aplomb* com que Jakob segue rumo ao trabalho, de bem com a vida.

Na esquina da Tismenizer ele vê Kowalski à espera, nada de especial nisso, muitas vezes Kowalski espera ali por ele, ele mora ali. Ao chegar mais perto, porém, constata-se que Kowalski tem companhia, a seu lado está um jovem, isso sim é um tanto incomum, sobretudo porque Jakob nunca viu o jovem antes.

Já de longe Kowalski aponta Jakob com o dedo, o jovem desconhecido segue o dedo com o olhar, como se Kowalski lhe explicasse, é aquele lá, aquele com a jaqueta cinza-escura.

Jakob os alcança, eles trocam apertos de mão e seguem caminho a três, ainda não foram apresentados: "Você está atrasado, hoje. Estamos te esperando há um tempão".

"Por acaso tínhamos combinado algum encontro?", pergunta Jakob. Ele observa de soslaio o jovem, que não diz palavra e parece um pouco canhestro e embaraçado, olhando fixo para a frente, até um cego notaria que há algo de especial em sua presença. Kowalski disse, "estamos te esperando", portanto o jovem não está aqui por acaso, tem dedo de Kowalski na coisa, ele é quem deve ter chamado o jovem.

"Você não quer nos apresentar?", diz Jakob.

"Vocês não se conhecem?", Kowalski se faz de admirado. "Este é Josef Naidorf."

"Eu sou Jakob Heym."

"Eu sei", diz o jovem tímido, então o nome dele é Naidorf, suas primeiras palavras, das quais ainda nada se infere.

"Você não trabalha na estação?", pergunta Jakob.

"Não."

"Então onde?"

"Na fábrica de ferramentas."

"Mas então você está na direção errada. A fábrica é exatamente do lado contrário."

"A gente começa mais tarde que vocês", diz Naidorf, visivelmente constrangido com sua explicação.

"Sei. E como você ainda está adiantado, resolveu nos acompanhar até a estação. É justo."

Naidorf de repente estaca, tal como alguém estaca antes de sair correndo, dá a impressão de transtornado, em voz baixa ele diz a Kowalski: "Não dá mesmo para se virar sem mim? Sabe o que é, eu não quero ter nada a ver com essa coisa toda. Sabe o que é, eu estou com medo".

"Não vá começar tudo outra vez. Eu não te expliquei tudo tim-tim por tim-tim?", Kowalski diz nervoso e lhe segura pelo braço antes que dê no pé. "Entenda de uma vez por todas! Ele não vai dizer uma palavra, eu não vou dizer uma palavra, e você também não vai dizer uma palavra. Além de nós três, ninguém vai ficar sabendo nada. Então qual é o problema?"

Naidorf ainda parece a infelicidade em pessoa, porém fica quando Kowalski o solta com cuidado.

"Sobre o que eu não vou dizer uma palavra?", pergunta Jakob, que a essa altura gostaria de saber mais pormenores. Kowalski lhe diz para aguardar com um aceno de mão, o aceno significa várias coisas, significa, você não vê em que estado está o garoto, espere um minutinho até que ele se recomponha e engula o medo. Assim expressivos podem ser os acenos de mão de Kowalski. Ele dá uma piscadela encorajadora a Naidorf, algo não muito fácil com os olhos inchados, ele diz: "Agora você pode contar a ele o que você é".

Naidorf ainda hesita, Jakob não está menos curioso, uma surpresa logo de manhã cedo, que faz um jovem tremer e sobre a qual se deve, ainda que por razões até agora ignoradas, manter silêncio, uma surpresa como essa Kowalski não consegue todo dia.

"Na verdade eu sou técnico em rádio", diz finalmente Naidorf numa voz agoniada.

Técnico em rádio.

O que falta ali é uma cadeira para Jakob, os olhares voam de lá para cá, os satisfeitos e os fulminantes, uma raiva insana por Kowalski faz Jakob arquejar. Está bancando o bom Deus, esse cretino do meu amigo, se preocupa com consertos cujo alcance ele não faz a mais vaga ideia, e o que é mais, decerto ainda espera que lhe sejamos gratos pela sua iniciativa, pelo seu esforço. Pois não há de ter sido fácil desencavar quem entendesse algo de rádios numa única e efêmera noite, que às oito já está terminada, porém nada é difícil demais para um amigo como Kowalski. Lá está ele, radiante de expectativa, que belo trabalho eu fiz, magistral, confesse, mais uma ajuda dessas e a pessoa se enforca na primeira esquina. E é para esse cujo que você acabou de somar braços na vitória da batalha do Rudna, a vontade é de queimar o rádio depois de tudo. Logo depois que eles se despediram no dia anterior, ele deve ter corrido o gueto inteiro feito um maluco. Antes ele não conhecia esse Naidorf, você teria sabido, os conhecidos de Kowalski infelizmente são também os seus. Ele há de ter indagado uma pessoa após a outra com sua voz penetrante: "Você por acaso não conhece alguém que saiba consertar um rádio?". "Um rádio? Mas por que cargas-d'água você precisa de alguém que saiba consertar um rádio?" "Por que você acha?"

Alguém lhe pôs então na pista deste pobre Naidorf, cujo faro tem mais juízo que a cabeça de Kowalski, seu medo é a melhor prova. Sabe-se lá o que Kowalski lhe contou para acalmá-lo, arrastou-o para cá, criou a situação mais constrangedora que se possa imaginar, e agora você está defronte de um técnico em rádio, em carne e osso.

"Mas que bela profissão, a sua!", diz Jakob.

"Não é mesmo?"

Kowalski está feliz da vida, simplesmente não há fim para tais proezas de amizade, outro dia o milagroso resgate da retrete, hoje a segunda façanha, quero ver alguém igualá-lo, num lugar onde há tão pouco espaço para cortesias. Mas ele não espera uma gratidão especial, entre amigos do peito tais coisas são naturais, não se perde tempo com palavras, age-se. E como o tempo urge, e como até agora não se notam sinais visíveis de júbilo nem de compreensão em Jakob, Kowalski lhe explica: "É para ele consertar teu rádio, sabe. E não se preocupe, o rapaz aqui é de confiança".

"Bom saber disso."

"Não posso garantir nada, claro", diz Naidorf modesto e prestativo. "Se por exemplo uma válvula for o problema, não posso fazer nada. Não tenho peças de reposição, isso eu disse logo de cara para o senhor Kowalski."

"Primeiro vá lá e dê uma olhada", diz Kowalski.

Jakob tem poucos minutos para encontrar uma saída, a pessoa podia imaginar que a coisa fosse ficando cada vez mais fácil, pois afinal a prática faz o mestre, mas na verdade continua tão difícil como sempre. A contragosto ele se lembra das decisões da noite anterior, mais fáceis de tomar que de pôr em prática quando afloram tais obstáculos como esse, mas Jakob se recompõe. Notícias alegres reclamam rostos alegres, por mais que Jakob tente não consegue, a imagem de Kowalski, o ajudante do diabo, obsta qualquer pretensão de risada. A muito custo Jakob distende os lábios de um lado e de outro e força um olhar de encarniçada afabilidade, tentando fingir que acaba de lhe ocorrer algo de suprema importância.

"Mas é claro, como é que você podia saber", ele diz. "Você teve todo esse trabalhão para nada. Nesse intervalo o rádio voltou a funcionar."

"Não me diga!"

"Mas agradeço mesmo assim a trabalheira."

"Como foi que aconteceu? Você mesmo consertou?", pergunta Kowalski, e não se sabe se ele está contente de verdade ou desiludido porque sua solicitude caiu no vazio.

"Voltou a funcionar. Não chega?"

"Mas como?", pergunta Kowalski. "Um rádio não se conserta sozinho."

Se Naidorf não estivesse com eles, Jakob poderia dizer qualquer coisa, que uma válvula estava frouxa, ou que dera umas boas marretadas com o punho em cima do aparelho, e então ele voltou a tocar, Kowalski entende tão pouco de rádios quanto ele. Mas infelizmente esse Naidorf está ali com seu conhecimento técnico, ele não só parece aliviado porque sua ajuda não será mais precisa, ele tem também interesse profissional no olhar. E agora vá improvisar uma explicação plausível que satisfaça tanto o paspalhão quanto o especialista, você tem de saber como consertou seu rádio, diga rápido e faça uma cara de contentamento.

"Era só o fio da tomada. Eu simplesmente o encurtei um pedacinho."

Portanto tudo voltou aos trilhos, Jakob está um tanto orgulhoso de si, as três partes estão satisfeitas. Ao partir Naidorf lhe estende a mão, mais uma vez muito obrigado pelo incômodo, ele parte na direção da fábrica, e não precisa mais ter medo.

Kowalski e Jakob retomam seu caminho à estação, Jakob urde uma vingança pela manhã que começara tão bem. E é a seguinte, Kowalski será privado da batalha do Rudna, outros que lhe transmitam a boa-nova. Amigos que não perdem a chance de torturar o outro até tirar sangue não merecem batalhas vencidas sob o tormento de noites insones. Ainda que a intenção não fosse má, o que Kowalski te fez hoje, as dificuldades em que ele te enreda sem má intenção estão saindo do controle de forma alarmante, você não pode ficar assistindo de camarote a essa evolução. Ainda anteontem ele te tascou Lina goela abaixo, hoje Naidorf, ele próprio, entre todos os curiosos, é o mais insaciável, portanto como represália uma única batalhazinha omitida está de bom tamanho.

"Alguma novidade na noite passada?", pergunta Kowalski.

"Nada."

Alguns conhecidos cumprimentam, a rua é a única que conduz à estação, e devagar fica abarrotada. Jakob percebe que o perscrutam com o olhar, a Kowalski também, ao que parece ele se refestela um pouco sob o esplendor de Jakob e sussurra a alguém: "O rádio voltou a funcionar".

Como se ele tivesse sua parte nisso, e o outro aperta o passo e sussurra a outros, em breve muitos se viram para Jakob e parecem revigorados. Jakob acena imperceptivelmente que sim com a cabeça, é verdade, vocês ouviram direito, e é provável que o rádio consertado chegue antes que seu proprietário na estação.

"Tem uma coisa que eu queria te perguntar", diz Kowalski, "andei pensando se já não era hora de ir pensando devagarinho em outras coisas."

"Por exemplo?"

"Por exemplo em negócios."

"Em negócios? Que tipo de negócios?"

"Eu sou comerciante", diz Kowalski. "Não é essa a melhor ocasião para se preparar pelo menos mentalmente para o futuro?"

"Como assim, comerciante? E o que você quer preparar? Sua barbearia não está lá, à sua espera?"

"Essa é a questão. Sabe, eu já venho pensando faz algum tempo se eu talvez não devesse tentar alguma coisa diferente no futuro."

"Alguma coisa diferente, na sua idade?"

"Por que não? Cá entre nós, tenho um dinheirinho escondido. Não é lá uma fortuna, veja bem, mas será que ele não pode ser mais bem investido do que nessa minha loja velha, que nunca me agradou de verdade, mesmo? E a você também não, para sermos sinceros. E se eu for adiante com esse negócio, quero ter certeza de que não estou jogando dinheiro pela janela."

"E onde eu entro nisso?"

"De vez em quando eles com certeza devem dar no rádio alguma notícia sobre economia, ou não?"

"É, dão."

"E será que não tem alguma coisa pelo que eu pudesse me orientar, uma dica ou outra?"

"Não ligo para essas coisas."

"Não liga para essas coisas, até parece!", diz Kowalski. "Alguma coisa você já deve ter ouvido!"

"Mas que diabos você quer saber? Até agora não entendi uma palavra."

"Simplesmente quero saber quais ramos têm as melhores perspectivas."

"Às vezes você é infantil como quê, Kowalski. Você pensa, é sério, que eles anunciam no rádio: recomendamo-lhes investir seu dinheiro depois da guerra neste ou naquele negócio?" Isso faz sentido a Kowalski, ele diz: "Então tá bom, agora eu te pergunto como amigo. Se você tivesse algum dinheiro, onde ia preferir aplicá-lo?".

E assim Jakob também pondera, um investimento como esse merece muita ponderação, onde ia preferir aplicá-lo? "Em bebidas, ou em fumo talvez? Se você se lembra, depois da última guerra todo mundo ficou doido por bebidas e fumo. E David Gedalie, sabe quem é, não sabe, construiu naquela época uma tremenda casa com o dinheiro da pinga."

"Foi, foi", diz Kowalski, "mas onde encontrar a matéria-

-prima? Ou você pensa que nos primeiros tempos vai haver batata suficiente para fazer pinga?"

"O problema não é esse. Matéria-prima não vai haver para nada. O que você precisa para o comércio do pós-guerra não é de lógica, mas de um bom faro."

Kowalski continua cético, vê-se que seu faro não é muito amigo da pinga, seu dinheiro é bom demais para tanto.

"Na verdade, a maré deve estar mais para os têxteis. De roupa sempre se precisa", ele diz.

"Talvez você tenha razão. Durante anos eles só fizeram roupa para soldados. Calças de soldado, meias de soldado, casacos de soldado, capotes de soldado, as pessoas normais seguiram usando suas roupas velhas. E isso significa o quê?"

"Hã."

"Vai haver demanda."

"Isso é só meia verdade, Jakob. Não esqueça que, nesse mesmo período, muitas roupas ficaram guardadas no armário, quero dizer, os trajes civis de todos os soldados. E hoje eles ainda estão feito novos."

"Hum", diz Jakob pensativo.

E assim por diante, outras duas, três possibilidades são tomadas em consideração, Kowalski chega até a brincar com a ideia de se associar a Jakob e montar um senhor restaurante, com todos os requintes. Mas Jakob acha o risco grande demais, além disso Kowalski com certeza não estará falando sério, Jakob retorna a sua primeira sugestão. Qual seja, é melhor Kowalski ficar com sua velha loja, e se ele não sabe que fim dar a seus trocados escondidos, o que podia era modernizar a casa, assim você arruma finalmente umas cadeiras novas. Pois demanda para cá, demanda para lá, cabelo e barba não vão parar de crescer. E na altura em que chegam à estação, Kowalski já é quase barbeiro outra vez.

Lina ganha sua aposta, pois a longo prazo Jakob não é páreo na luta desigual, ele mostra-lhe o rádio.

Após alguns dias de busca infrutífera, nada mais havia que já não conhecesse, ela recorre às súplicas. Ela sabe suplicar como ninguém, e em particular sabe como suplicar a Jakob, com lisonjas, lágrimas, olhar ofendido de tipo todo especial, mais lágrimas, e tudo isso com incrível perseverança. Jakob resistiu por poucos dias, depois sua força se esgotou, numa noite previsível Lina ganha sua aposta.

Para mim, provavelmente o único ainda vivo e capaz de refletir no assunto, essa noite é a mais incompreensível de toda a história. Mesmo quando Jakob explicou-a para mim, da melhor maneira que pôde, eu não o compreendi direito, perguntei-lhe: "Você não foi longe demais? Ela poderia ter te traído, e tudo estaria acabado, não acha?". "Claro que não", Jakob respondeu com um sorriso, "Lina nunca me trairia." Eu disse: "Sem a menor intenção, quero dizer. É comum as crianças soltarem um comentário sem pensar, uma pessoa qualquer o recolhe e arma um escarcéu com ele". "Lina sempre tem muito cuidado com o que diz", respondeu Jakob, e eu fui obrigado a lhe dar crédito. Mas havia algo mais que me pareceu quase impossível de entender. "Tem mais uma coisa, Jakob. Como é que você poderia ter certeza de que ela não descobriria tudo? Teria sido fácil ela perceber o que na realidade estava acontecendo, ela é uma garota inteligente, como você mesmo diz. Não foi um tremendo golpe de sorte ela não ter descoberto?" "Ela descobriu", disse Jakob, os olhos radiantes de orgulho. "Sabe, no fundo eu pouco ligava que ela percebesse ou não. Eu queria simplesmente dar um prazer a ela, sem levar em conta as consequências, por isso desci com ela ao porão." E depois de uma pausa, que foi breve demais para que eu entendesse aquela noite, ele acrescentou ainda: "Ou não, eu ligava sim. Acho que naquele tempo eu queria que ela soubesse de tudo. Eu tinha chegado a um ponto em que precisava mostrar meu rádio para alguém, e de todos Lina era minha preferida, com ela era como se fosse uma brincadeira. Todos os outros ficariam aterrados com a verdade, ela ficou contente mais tarde. Daí por que eu disse a ela naquela noite, agora desça comigo ao porão, vamos ouvir rádio juntos". E nesse ponto eu de repente ri, nesse ponto eu disse: "Se naquela época eu soubesse de tudo o que você era capaz, eu teria chegado para você e te pedido para me mostrar uma árvore". O que Jakob, por sua vez, não pôde entender. Ouçamos essa noite.

Considerável suspense, Lina se pendura na jaqueta de Jakob, o corredor do porão é longo e tenebroso. As portas de metal, atravessadas na ponta dos pés, estão todas trancadas, como que para esconder riquezas de valor inestimável. O ar é úmido e frio, embora lá fora seja agosto. Com ansiosa cautela, Jakob insistiu em roupas de inverno, meias e xale para Lina, do teto e das paredes pendem gotas que cintilam feito lamparinas baças.

"Você está com medo?"

"Não", ela sussurra resoluta, e mentira muita isso não é, a curiosidade a faz esquecer todo o resto. Afinal de contas, no fim do corredor espera a coisa que ela tem procurado em vão faz dias e que quase já dera como perdida, e quem é ela agora para dizer, estou com medo, vamos voltar?

Enfim Jakob estaca o passo, quase o último compartimento na longa sequência, ele retira a chave do bolso, destranca a porta, acende a luz, que só é um pouco mais clara que luz nenhuma.

O compartimento tem de ser descrito, quatro metros quadrados sem janelas. O que mais chama a atenção, uma parede o atravessa, transformando-o quase em dois, deixando apenas uma estreita passagem livre, os construtores devem ter concebido um depósito para carvão. Um rápido inventário: uma enxerga de ferro com molas enferrujadas, os restos de uma estufa com sobras de azulejos, verdes e marrons, e alguns canos junto a um sifão. E no canto, ao lado da porta, a única preciosidade, um pequeno feixe de lenha, cuidadosamente empilhado, em que Piwowa, o exigente caçador clandestino, costumava dormir alguns meses antes, quando as achas ainda representavam uma peça de mobília. Agora um relance atrás da parede divisória: mais destroços de estufa, tijolos e uma pá e um balde cheio de furos e um machado. E é só, estou sendo tão preciso não porque as coisas enumeradas sejam de alguma relevância, mas porque lá estive mais tarde, em busca de testemunhas e vestígios e árvores inexistentes. Tal como eu medi a distância entre o quartel e a esquina mais próxima com minha fita métrica, tal como eu entrei no quarto de Jakob, onde nesse meio-tempo passara a residir uma senhora idosa, sozinha, que nada sabia do destino de nenhum inquilino anterior, a Secretaria de Habitação a alojara em caráter provisório, assim também eu estive nesse porão. Porão que ainda pertencia ao mesmo quarto, a senhora Domnik me estendeu a chave sem muita pergunta, só disse que ainda não estivera lá embaixo, não possuía nada que precisasse ser guardado no porão, e por isso que eu não me surpreendesse com o pó e a possível bagunça, a culpa não era dela. Empoeirado ele estava mesmo, coberto de teias de aranha, isso é verdade, mas não notei bagunça nenhuma, achei tudo tal como Jakob me descrevera. A enxerga, os restos de estufa, machado e balde, até mesmo as achas de lenha ainda estavam ao lado da porta.

Jakob fecha por dentro, Jakob diz: "Para que ninguém nos incomode". Então ele diz: "E agora sente aqui", e aponta a enxerga de ferro.

Lina já deu uma olhada em torno, até agora em vão, apesar disso senta-se sem protesto, sob aquelas circunstâncias ele poderia exigir-lhe demonstrações de obediência muito maiores.

"Onde você guarda o rádio?"

"Espere só mais um minutinho."

Ele se agacha diante dela, toma na mão o queixo de Lina, vira seu rosto para si, para que ela o encare nos olhos, e começa com os indispensáveis preparativos: "Ouça com toda atenção o que eu vou te dizer. Para começo de conversa, você tem de me prometer que será boazinha e fará tudo que eu te pedir agora. Sagrada palavra de honra?".

A sagrada palavra de honra, empenhada apenas em ocasiões da maior importância, é dada com impaciência, os olhos dela exigem que ele não se estenda tanto nos prólogos.

"Você fica sentada aqui bem quietinha. O rádio está aí atrás dessa parede. Agora eu vou lá atrás, ligo, e nós dois vamos ouvi--lo. Mas se eu perceber você se levantando, desligo no mesmo instante."

"Eu não posso ver o rádio?"

"De jeito nenhum!", diz Jakob com firmeza. "Na verdade, gente tão pequena como você nem sequer poderia ouvi-lo, é terminantemente proibido. Mas para você eu abro uma exceção. Entendido?"

Que remédio, ela está sendo chantageada e tem de se submeter. Ouvir é melhor que nada, ainda que tivesse esperado vê-lo. Além do quê, quem sabe se ela não poderia, poderia sim, nunca se sabe.

"O que seu rádio vai tocar?"

"Não dá para saber antes. Eu preciso ligar o rádio."

Os preparativos estão encerrados, não há mais nada que se possa fazer para proteger a si próprio, Jakob se levanta. Vai até a parede, detém-se na passagem e torna a olhar para Lina, com uma expressão destinada, se possível, a acorrentá-la à enxerga, então desaparece de vez. Os olhos de Jakob têm primeiro de se acostumar com a nova luz, que mal alcança a parte de trás da parede divisória, com o pé ele esbarra no balde cheio de furos.

"Isso já foi o rádio?"

"Não, ainda não. Só mais um instante."

É preciso algo para sentar, pois a brincadeira pode ir longe uma vez iniciada, Jakob vira o balde de cabeça para baixo e se acomoda. Bem tarde é que ele se depara com a pergunta de qual tipo de programa o rádio tem a oferecer, Lina já tocara por alto nesse assunto, e chegou a hora de uma resposta. Ele deveria ter se ocupado disso antes, deveria ter feito o diabo, talvez até ensaiar um pouco, mas no pé em que estão as coisas o rádio tem de tocar o que vier à cabeça, seja música ou entrevista. Jakob se lembra de que, séculos atrás, seu pai era capaz de imitar uma banda inteira de sopros, com tuba, trompetes, trombones e um bumbo enorme, era de morrer de rir; depois do jantar, se o dia transcorrera sem grandes chateações, ele às vezes podia ser persuadido. Mas será que uma orquestra dessas podia vingar já da primeira vez, seu pai passava horas burilando o seu número, Lina espera quieta em roupas de inverno, e Jakob já está suando, embora a apresentação não tenha nem sequer começado.

"Lá vai", diz Jakob, pronto para o que lhe desse na telha.

Com a unha ele dá um piparote contra o balde, é assim que se ligam os rádios, então o ar se enche de zumbidos e sibilos. Ele pula o período de aquecimento, um pormenor para iniciados, o rádio de Jakob tem logo de cara a temperatura certa, e rápido também é escolhida a estação. Um locutor com voz estridente — como disse, o que lhe desse na telha — entra no ar: "Boa noite, senhoras e senhores, próximos e distantes, em seguida ouviremos uma entrevista com o primeiro-ministro britânico Sir Winston Churchill". O locutor sai do microfone, faz-se ouvir um homem com timbre de voz mediano, o repórter: "Boa noite, senhor Churchill".

Então Churchill em pessoa, com voz bem grave e um nítido sotaque estrangeiro: "Boa noite a todos".

Repórter: "Minhas efusivas saudações ao senhor aqui em nosso estúdio. E passemos logo à primeira pergunta: queira por favor dizer a nossos ouvintes como o senhor avalia a presente situação".

Churchill: "Isso não é muito difícil. Estou firmemente convencido de que essa encrenca toda logo termina, no máximo ainda algumas semanas".

Repórter: "E pode-se perguntar de onde o senhor retira tanta certeza?".

Churchill (*algo embaraçado*): "Ora, ora, em todos os fronts as coisas estão progredindo bem. Ao que tudo indica os alemães não vão suportar por muito mais tempo".

Repórter: "Formidável. E como está a situação nos arredores de Bezanika, para ser mais específico?".

Ocorre um pequeno incidente, ou é o suor e o ar frio do porão, ou alguma coisa entrou no nariz de Jakob, seja como for repórter, locutor e Churchill se veem todos forçados a espirrar ao mesmo tempo.

Repórter (*o primeiro a recompor-se*): "Saúde, senhor ministro!".

Churchill (*depois de se assoar*): "Obrigado. Mas voltemos à pergunta. Nos arredores de Bezanika as coisas estão pretas para os alemães. Os russos estão deitando e rolando, Bezanika há muito está nas mãos deles. Ontem mesmo eles venceram uma importante batalha no rio Rudna, se é que o senhor sabe onde fica isso".

Repórter: "Sim, o rio eu conheço".

Churchill: "Então o senhor sabe também onde já está agora o front. Estou certo de que não dura muito mais tempo".

Repórter (*esfuziante*): "Nossos ouvintes ficarão muito satisfeitos em sabê-lo, isso se não forem alemães, claro. Senhor Churchill, muitíssimo obrigado por essa elucidativa conversa".

Churchill: "Ora, ora".

Locutor (*após uma breve pausa*): "Essa, senhoras e senhores, foi a anunciada entrevista com o primeiro-ministro britânico Sir Winston Churchill. Até breve".

Com a unha ele dá um piparote contra o balde, é assim que se desligam os rádios, Jakob enxuga o suor da testa. Um pouco sem-sal, essa entrevista, ele pensa, e também um pouco acima da compreensão de Lina, mas infelizmente isso nunca mudará, ele não tem os dotes inventivos de um Scholem Aleichem, não exija demais de um homem agoniado, por hoje basta, tomara. Jakob reaparece, a situação se revela esplêndida não somente nos arredores de Bezanika, mas também ali no porão, Lina ouviu por fim um rádio com seus próprios ouvidos, terminantemente proibido para crianças, e está siderada. As coisas poderiam ter saído de outro modo, dissimular a voz foi um passo em terra virgem, quanto mais em três modulações, Lina poderia também ter exigido gelidamente que ele largasse de besteira e ligasse logo o rádio. Jakob haveria tido um ataque do coração, só de pensar, mas nem em sonho ela diria algo do tipo, tudo na mais perfeita ordem, é o que ele logo percebe.

"E então, gostou?"

"Gostei."

Satisfação de parte a parte, Jakob está diante dela e prestes a sugerir que fossem embora, nós todos nos divertimos, a cama está esperando, mas Lina diz: "Você não vai me dizer que acabou, vai?".

"E o que mais você quer?"

"Quero ouvir um pouco mais."

"Não, não, agora chega", ele diz, porém sem muita convicção. Uma breve escaramuça verbal, já é muito tarde, Lina quer ouvir um pouco mais, talvez da próxima vez, qualquer coisa, nunca está satisfeita, é só ele ligar o rádio outra vez, ela vai ficar feliz com qualquer coisa. Jakob espirra de novo, o mundo inteiro está espirrando, ao assoar o nariz ele estuda a expressão dela e não encontra nenhuma suspeita, é o quanto basta.

"O que você quer ouvir?"

Assim Jakob torna a sentar-se no balde, em completo silêncio, tomado aos poucos pela ambição. Ambição no tocante à banda de sopros, que não lhe sai da cabeça, embora esteja calada há bons quarenta anos e coberta de pó e os instrumentos todos enferrujados, Jakob quer arriscar, de tão determinado que está hoje.

No início o piparote, depois zumbidos e sibilos, da segunda vez já soa mais convincente, e então começa de chofre, a música, com tambor e pratos soando o primeiro compasso. Tambor e pratos são seguidos por um solitário trombone, que precisa de algumas notas até entrar nos eixos. A melodia é incerta, Jakob me diz, uma série de notas improvisadas, entremeada com diversos temas conhecidos, mas sem nenhum arranjo, o certo é só que se trata de uma marcha. Tímidos, os pés assumem a percussão, sustentados pelos dedos que se valem do balde, assim a boca fica livre para o instrumental restante. Pois um trombone isolado não faz uma banda de sopros, ele tem de alternar-se com o trompete, e este por sua vez com a clarineta em falsete, e, no meio disso tudo, a cadência da tuba vinda do fundo da garganta. Jakob perde, como se diz, toda a inibição, o único jugo a que se submete — apesar da pressa, seu ouvido não esqueceu uma certa regra, estritamente observada por seu pai —

é que vogais sejam usadas com parcimônia, se possível evitadas de todo, já que os instrumentos só se externam em consoantes ou, para ser mais exato, apenas em sons que podem ser descritos, caso necessário, em consoantes, sendo remotamente semelhantes a elas, mas não idênticos. Portanto, seus lábios não produzem um simples ta-ta-ra-ta ou um la-ri-ra, cumpre modelar sons que não se encontram em alfabeto algum, o porão reverbera com sons antes jamais ouvidos. Quem sabe esforço demais para uma criança como Lina, que se daria por satisfeita com menos polimento, mas torno a lembrar, a ambição está em jogo, um teste voluntário, e a maestria melhor viceja sem pressão. Logo a tonalidade é mantida sem apertos, trompetes e trombones atiram frases de um lado para outro, exercitam-se no contraponto e quase sempre conduzem a um desfecho feliz. A clarineta, muito afetada em seu registro agudo, é forçada a retroceder mais e mais para segundo plano, em compensação a tuba se faz ouvir com frequência cada vez maior, de quando em quando se aventura até a um pequeno floreio, uma incursão pelas regiões mais graves, e busca refúgio, quando o fôlego rareia, em dois, três compassos de batuques no balde.

Numa frase, um pedaço da história da música é escrito, Jakob é um sucesso de arromba, Lina não se aguenta mais na enxerga. Sem um ruído ela se levanta, esquecidas todas as sagradas palavras de honra, as pernas se esgueiram incontidas até a parede divisória. Ela tem de ver a coisa que soa tão parecida a Jakob e no entanto tão diferente, que é capaz de falar com vozes diversas, espirra como ele e faz esses ruídos tão estranhos. Só uma espiada, mesmo ao preço da descoberta de uma quebra de confiança, não há como resistir a suas pernas, que têm vontade própria. Porém não seria necessária tamanha cautela, a balbúrdia que a coisa faz abafa todo o resto, mesmo assim ela se esgueira, até a estreita passagem, justo quando o trombone termina um solo magistral e dá vez ao trompete. Lina cautelosamente mete a cabeça pelo canto, invisível para Jakob, que não só está sentado de perfil, que também está de olhos bem fechados, índice de extrema concentração física e mental, que executa sua ária, esquecido do mundo, consoante regras só dele conhecidas. Não, Jakob não percebe que, por uns instantes, está sentado ali totalmente exposto, mais tarde as alusões veladas de Lina levantarão sua suspeita, e só muito mais tarde ela lhe dirá na cara o que na realidade se passou ali, naquele porão. Por enquanto, um fugaz relance e alguns segundos de surpresa lhe bastam, Lina partiu rumo à Índia e descobriu a América, o propósito da expedição era divisar a aparência dessa coisa, e agora já se sabe, ela é o retrato escarrado de Jakob. Resta só uma pergunta, um dia ela indagará se, além daquele rádio, ele teria um outro, supostamente não, onde mais ele o manteria escondido senão aqui, Lina sabe o que ninguém sabe. Ela torna a sentar-se em silêncio no seu lugar, o prazer de ouvir não diminuiu, mesclado só com uns pensamentos, que não dizem respeito a mais ninguém.

Então a marcha chega ao fim, mas não a apresentação. Quando Jakob emerge, exausto e radiante e com a boca saburrosa, Lina clama arrebatada por um bis, todas as coisas boas vêm em três, sobretudo agora. Isso lhe prova que ela não suspeitou de nada, e essa era mesmo a intenção dela, se essa marcha se saiu bem, ele pensa, nada mais pode dar errado.

"Mas essa é a última, e acabou!", diz Jakob.

Ele retorna a seu posto, o próximo programa já na cabeça, dá o piparote. Lina está com uma sorte danada, Jakob logo sintoniza a estação em que contos de fadas são narrados por um tio bonachão que diz: "Para todas as crianças que nos ouvem, o tio das fábulas vai contar a história da princesa enferma".

Ele tem uma voz semelhante a de Sir Winston Churchill, grave por igual, só um pouco mais branda, e, claro, sem o sotaque estrangeiro.

"Você conhece esta?", pergunta Jakob como Jakob.

"Não. Mas que negócio é esse de ter um tio das fábulas no rádio?"

"Como assim, que negócio é esse? Tem, e pronto."

"Mas você disse que o rádio é proibido para as crianças. E contos de fadas não são para crianças?"

"É verdade. Mas eu quis dizer que é proibido para nós aqui no gueto. Onde não tem gueto as crianças podem ouvir. E existem rádios por toda parte. Entendeu?"

"Entendi."

O tio das fábulas, um pouco agastado com a interrupção mas justo o bastante para buscar as razões dentro de si mesmo, tira a jaqueta e a ajeita debaixo do corpo, pois o balde é duro e anguloso, e a fábula é uma das longas, se é que ele vai conseguir se lembrar da história toda. Meu Deus, quanto tempo não faz, ocorre-lhe justo agora, contos de fadas não eram incumbência do pai, eram problema da mãe, você se deitava na cama e esperava que esperava ela terminar as tarefas domésticas e ir te ver, quase sempre você adormecia esperando. Mas às vezes ela se sentava a teu lado, deslizava sua mão quente debaixo da coberta até sobre o teu peito e contava histórias. De Jaromir, o salteador com os três olhos, que sempre tinha de dormir no chão frio porque não havia cama grande o suficiente para ele; do gato Raschka, que não queria caçar ratos, mas só pássaros, até que um dia viu um morcego; do Lago Schapun, no qual a bruxa Dwoire fazia toda criança chorar tantas lágrimas que ele foi subindo, foi subindo e inundou suas margens, e nele Dwoire se afogou miseravelmente; e de vez em quando da princesa enferma.

"Começa ou não começa?", pergunta Lina.

"A fábula da princesa enferma", começa o tio das fábulas.

Sobre o bom e velho rei a quem pertenciam um vasto país e um palácio magnificamente belo e também uma filha, aquela velha história, e sobre como ele leva um susto dos diabos. É que seu amor por ela era tamanho, por sua princesa, que era só ela cair e lhe virem lágrimas aos olhos e ele próprio não continha o choro, de tanto que ele a amava. E o susto veio quando, um belo dia, ela não quis se levantar da cama e parecia doente de dar dó. Então chamaram o médico mais caro de toda a região para deixá-la boa rápido e novamente feliz, mas o médico a auscultou e apalpou dos pés à cabeça e depois disse, perplexo: "Sinto muito, senhor rei, não pude encontrar nada. Sua filha deve sofrer de uma doença com que eu nunca me deparei minha vida inteira". Agora o bom e velho rei ficou ainda mais assustado, ele próprio foi ver a princesa e lhe perguntou o que afinal estava havendo. E ela lhe disse que queria uma nuvem, uma vez que a tivesse ficaria boa na hora. "Mas uma de verdade!", ela disse ainda. Que choque deve ter sido, pois, como qualquer um pode imaginar, não é nada fácil arranjar uma nuvem, mesmo para um rei. O dia inteiro ele passou tão aflito que foi incapaz de reinar, e à noite fez enviar cartas a todos os homens inteligentes de seu país, nas quais vinha escrito que largassem tudo e seguissem sem demora para o palácio real. Na manhã seguinte já estavam todos reunidos, os doutores e ministros, astrólogos e meteorologistas, e o rei instalou-se em seu trono, para que todos no salão pudessem ouvi-lo direito, e bradou: "Silêncio!". No mesmo instante se podia ouvir uma pena cair, e o rei anunciou: "Àquele de vocês, sábios homens, que trouxer a minha filha uma nuvem do céu, eu darei tanto ouro e prata quanto caibam na maior carroça de todo o país!". Quando os sábios homens ouviram isso, começaram na hora a sondar e a ponderar e a maquinar e a calcular. Pois aquele tanto de ouro e prata todos queriam ter, e como não? Um particularmente esperto começou a construir uma torre que deveria chegar até as nuvens. Ele pensou com seus botões, quando a torre ficar pronta, você escala, apanha uma nuvem e embolsa a recompensa. Mas antes que a torre estivesse sequer na metade, ela desmoronou. E os outros também não tiveram sorte, nenhum dos sábios pôde providenciar uma nuvem à princesa, que tanto a desejava. Ela foi ficando cada vez mais magra e doente, cada vez mais magra porque, de tão agoniada, não tocava mais nenhum bocado, nem *matzot* com manteiga.

Um belo dia o filho do jardineiro, com quem a princesa às vezes costumava brincar ao ar livre antes de ficar doente, olhou para dentro do palácio a ver se faltavam flores em algum vaso. Nisso ele a viu deitada na cama, sob uma coberta de seda, pálida como a neve. Todos aqueles últimos dias ele quebrara a cabeça para saber por que ela não vinha mais ao jardim, mas a razão disso ele ignorava. E por isso ele perguntou a ela: "O que há com você, princesinha? Por que não sai mais para o sol?". E então ela disse, a ele também, que estava doente e não ficaria boa antes de alguém lhe trazer uma nuvem. O filho do jardineiro refletiu um pouco e então exclamou: "Mas isso é muito fácil, princesinha!". "Mesmo? Muito fácil?", perguntou a princesa admirada. "Todos os sábios do país espremem os miolos em vão, e você diz que é muito fácil?" "É", disse o filho do jardineiro, "você só precisa me dizer do que é feita uma nuvem." Se não estivesse tão fraca, isso quase teria feito a princesa rir, ela respondeu: "Cada pergunta boba que você faz! Toda criança sabe que nuvens são feitas de algodão". "Sei, e mais uma coisa, de que tamanho é uma nuvem?" "Nem isso você sabe?", ela diz surpresa. "Uma nuvem é do tamanho de meu travesseiro. Você mesmo pode ver, basta afastar a cortina de lado e olhar para o céu." Ao que o filho do jardineiro foi até a janela, olhou para o céu e exclamou: "É mesmo! Do tamanho do seu travesseiro!". Então foi embora e voltou em seguida, trazendo à princesa um chumaço de algodão, que tinha o mesmo tamanho do travesseiro dela.

O resto eu me poupo, qualquer um pode facilmente imaginar como os olhos da princesa tornaram a brilhar e seus lábios coraram e ela ficou boa de novo, como o bom e velho rei exultou, como o filho do jardineiro abriu mão da recompensa e preferiu casar com a princesa, e como eles viveram felizes para sempre, essa é a história de Jakob.

Poderia ser a mesma noite, no máximo uma antes ou uma depois, a bela, a meiga Rosa está deitada ao lado de Mischa ouvindo a batalha do Rudna. Mischa lhe conta em voz baixa, mas não sussurra, entre falar baixo e sussurrar vai uma grande diferença, e alguém perguntará com razão, por que ele não está sussurrando? E alguém perguntará, por que o armário não está mais no centro do quarto, mas encostado com toda a naturalidade à parede, e por que a cortina está cobrindo outra vez a janela, em vez de dividir o quarto ao meio? Que fim levou o biombo, alguém atentará, e, sobretudo, por que Rosa de repente está ali nua, embora a luz ainda esteja acesa, como é que ela não se envergonha mais? Queira então ter a bondade de relancear a vista para a outra cama, você a encontrará vazia, e todas essas perguntas se resumem a uma: onde está Isaak Faingold, o surdo-mudo de ouvidos aguçados?

Eu sei tão pouco quanto Mischa, que dirá Rosa, uma semana atrás ele saiu de manhã cedo para o trabalho como todos os dias, e desde então desapareceu. Na primeira noite não levaram o fato para o lado trágico, Mischa pensou, talvez ele tenha ido visitar um amigo, esqueceu da hora batendo papo, depois notou que já passara das oito e era tarde demais para voltar para casa, então simplesmente se deitou no chão e lá pernoitou. "Como assim, esqueceu da hora batendo papo?", perguntou Rosa desconfiada. "Ele não é surdo-mudo?" "E o que te faz pensar que surdos-mudos não conversam?", respondeu Mischa num lampejo. "O que te faz pensar que eles são condenados a guardar para si tudo o que lhes passa pela cabeça? Eles podem se entender tão bem quanto eu e você, só que na linguagem dos sinais, é isso."

Mas na segunda noite Faingold também não voltou para casa, nem na terceira, daí Mischa ter ido ver no quarto dia o único conhecido de Faingold de quem tinha notícia, Hersch Praschker. Que trabalhava com Faingold na brigada de limpeza, varrendo das ruas o lixo e os corpos de quem morria de fome, mas Praschker não fazia ideia. Ele disse: "Eu estava pensando em dar uma passada na casa dele amanhã para saber por que ele não aparece no trabalho. Eles ainda vão vir buscá-lo, anotado o nome dele já está". "Quando foi a última vez que ele apareceu?" "Terça-feira." "E quarta-feira de manhã ele saiu de casa como sempre."

Ele nunca chegou, nunca voltou para casa, quem sabe fugiu ou morreu ou se acidentou ou foi preso em plena rua. Contra morte ou acidente depõe o fato de ele não ter sido encontrado em parte alguma, as pessoas se informaram a respeito. Contra uma fuga premeditada depõe o fato de nenhuma de suas coisas estar faltando no armário, nem a fotografia de seu neto, dela não teria ele se separado, ele a guarda como a um tesouro. Só resta na verdade a prisão em plena rua, o porquê é um mistério, pois Faingold foi sempre uma pessoa dócil e cumpridora das leis, mas conhecemos todos o ditado, querer é poder. E tudo isso explica por que Mischa conta a batalha do Rudna em voz baixa, e não sussurra.

Pela segunda noite seguida Rosa está deitada a seu lado, e isso nunca aconteceu antes. O velho Frankfurter, que, como homem de teatro, nunca foi lá muito amigo de costumes rígidos por demais, ponderou: "Muito bem, crianças, vocês se amam, isso é compreensível. Mas não passem da conta logo de cara". Por isso, e também por causa da reserva de Rosa, o número de noites que eles passavam juntos manteve-se dentro de limites modestos, Mischa tinha de persuadi-la a cada vez quase como se fosse a primeira, salvo raras exceções. E agora a segunda noite em sequência, Rosa imagina que seja mais ou menos assim quando se está casado, mas, para ser franca, ela não se sente tão à vontade. Isso não tem nada a ver com Mischa, como se de súbito ele estivesse agora diferente de antes, menos inibido, por exemplo, ou mais sem-vergonha, sua cotação não caiu um ponto sequer, ela não o enxerga com menos amor que no primeiro dia. Ou, digamos, no quinto. O motivo, por enigmático que pareça a alguns, é Isaak Faingold, de alguma estranha maneira ela se habituara a ele. Mas como é possível habituar-se a alguém que só perturba, por surdo-mudo que seja? Em tal situação, na qual a privacidade é subentendida, como é possível? É possível e não é, tentemos chegar à raiz disso, em primeiro lugar: nesse quarto Rosa fez amor pela primeira vez, na presença de Faingold, desde o primeiro instante ele esteve presente, mantê-lo na ignorância era um ingrediente invariável de todas as suas carícias. Em segundo lugar, a cama de Faingold agora não é simplesmente uma cama vazia, não, Faingold não se acha mais deitado nela, o que faz uma diferença considerável. Cada vez que ela passa os olhos por trás do biombo, agora supérfluo e por isso removido, lembra-se do sombrio destino de Faingold, incerto, é verdade, porém quanto mais quebra a cabeça a respeito, incerto apenas quanto à modalidade da morte. E em terceiro e último lugar, quando Mischa lhe disse que Faingold sumira, seu rosto estampou consternação, como era de esperar, mas depois de algum tempo o que restara de consternação era pouco, ela se flagrou pensando: até que enfim. Isso não era dirigido a Faingold, ela lhe desejava tudo de bom, tinha a ver somente com ela e Mischa e implicava: até que enfim a sós, até que enfim em paz, finalmente um recanto livre para nós dois. Nisso ela se flagrou pensando, o que a incomodou um bocado, ela se envergonhava de tais pensamentos, mas era inevitável que continuasse a pensar: até que enfim. Então pensou ainda, bom que Mischa não saiba que coisas tão egoístas urde esta minha cabeça. E pensou também, seja lá o que haja acontecido com Faingold, aconteceu e pronto, pensamentos que a pessoa guarda para si mesma não podem afetar a vida de ninguém.

Mas afetaram, não foi tão simples assim, por vários dias ela expôs a Mischa as razões por que não poderia acompanhá-lo a seu quarto, e ele ia embora desapontado. Até ontem, quando ela não pôde ou não quis encontrar mais razões, Mischa lhe perguntou: "E hoje, você não vem por quê?", ela respondeu: "Mas eu vou, sim", ao que ele desabafou: "Até que enfim!". Eles entraram no quarto. Mischa já o rearranjara, pois a ausência de Faingold podia ser considerada definitiva. O armário se achava, como disse, encostado na parede, a cortina pendia em frente da janela, Rosa estacou no meio do quarto e teve primeiro de se acostumar. Jamais o tinha visto assim. A cama feita de Faingold lhe saltou à vista, claro, logo ela pressentiu que aquilo seria um aborrecimento. "Que caixa é essa?", ela perguntou.

"As coisas dele. No caso de alguém vir buscar", disse Mischa. E isso de imediato criou o clima adequado.

Em dado momento eles se deitaram, mas por um bom tempo calados e imóveis e sem alegria, assim como todo o resto estava diferente essa noite, a luz ainda estava acesa. Mischa deitou-se de lado e ela de costas, porque a cama era estreita demais para os dois deitarem de costas. Com um relance de olhos para a cama feita de Faingold ele perguntou: "O que você acha, será que a gente não podia...".

"Ah, isso não!", ela o interrompeu nervosa.

"Tudo bem, tudo bem."

Ele apagou a luz, deslizou o braço sob a cabeça dela, assim é que costumava começar, e quis beijá-la, mas ela virou o rosto. Até que ele pergunta: "O que é que há com você?".

"Nada."

Ele refletiu um momento o que *nada* podia significar, então disse: "Mas você mal e mal o conhecia, e mesmo se o conhecesse, o que a gente pode fazer a respeito?".

De novo ele quis beijá-la, agora ela deixou, mas só isso, deixou. Logo ele notou que não adiantava insistir, então fechou os olhos, por hoje chega, e ferrou no sono. Isso foi a única coisa que não fugiu à regra, ele era sempre o primeiro a dormir.

No meio da noite ela o acordou, ele não se zangou, esperava que ela finalmente houvesse mudado de ideia, qualquer um gosta de ser acordado para isso.

"Preciso te dizer uma coisa, Mischa", ela sussurrou.

"Sim?"

Que ela então se calasse foi por ele interpretado de maneira totalmente equivocada, ele a puxou para si e, ao lhe acariciar o rosto com os lábios, notou que ele estava úmido e salgado, dos olhos para baixo. O susto que tomou foi de arrepiar, porque ele se acostumara a que ela raramente risse e jamais chorasse, nem quando a sua única amiga foi obrigada a embarcar naquele trem seis meses atrás ela conseguiu chorar, embora por dias a fio dela não se tenha ouvido palavra. E agora de repente o rosto úmido, isso é de assustar qualquer um, mas ela não soluçou nem gemeu, há de ter ocorrido em absoluto silêncio, ele nem sequer teria despertado se ela não o acordasse. E além do mais, parecia já estar quase terminado, a julgar pela sua voz.

"Eu tenho um pedido, com certeza você vai achar estranho."

"Diga."

"Eu gostaria que o quarto voltasse a ser como era antes."

"Como assim — como era antes?"

"Que o armário voltasse para o meio. E a cortina."

"Mas por quê? Faingold não está mais aqui."

"Eu gostaria, só isso", ela disse.

Realmente lhe pareceu estranho, primeiro estranho, depois infantil, depois besta, depois simplesmente ridículo. Então ele se lembrou de ter ouvido ou lido em algum lugar algo sobre os humores imperscrutáveis das mulheres, e que era aconselhável sufocá-los em germe. A mudança toda que ela queria não lhe teria custado mais de dez minutos, mas ele disse: "Somente se você puder me dar um motivo razoável".

"Eu gostaria, só isso", ela disse.

E isso não foi um motivo razoável, nem com a melhor boa vontade desse mundo, ele se recusou categoricamente. Disse que, embora louvável da parte dela tomar tão a peito o sumiço de Faingold, apesar de mal conhecê-lo, de conhecer só a respiração e o ronco dele, no gueto muitas pessoas igualmente pouco conhecidas desapareciam todos os dias, afinal de contas, e se ela fosse fazer um teatro daqueles por cada uma delas, seria insuportável. E ela o acusou de ser um bruto, um grosseirão insensível, surgira a primeira briga dos dois, e não houvesse o toque de recolher às oito, decerto ela teria se levantado, se vestido e adeus. Mas do jeito que as coisas eram, ela só lhe virou as costas, para que ele notasse como ela o desdenhava.

No dia seguinte, isto é, hoje, ele foi apanhá-la logo na porta da fábrica, pois na casa dela, na presença dos pais, uma reconciliação seria muito mais difícil. Por si sós elas já eram difíceis, as pazes, não porque faltasse boa vontade, mas por eles terem tão pouca experiência em encerrar desavenças. No fim os dois admitiram não ter se portado muito bem, um beijo no vão de uma porta, e cada qual pôde respirar aliviado outra vez. Eles deram um pulo na casa dela para avisar onde ela passaria a noite. Frankfurter não pareceu entusiasmado, ele não tinha como saber que a noite anterior fora praticamente por água abaixo, Mischa ouviu a senhora Frankfurter murmurar a seu marido: "Deixe, fazer o quê?".

Estamos assim de volta ao quarto dele, os dois fizeram toda força para ser gentis um com o outro, ostentaram seu melhor lado, mas dava para sentir que ainda levaria algum tempo até que as coisas voltassem ao normal.

Mischa lhe contou a batalha do Rudna, ou melhor, já que voltamos ao presente, Mischa lhe conta a batalha do Rudna em voz baixa, finalmente conclui, tal como a ouvira hoje de Jakob, a última do éter, por assim dizer. Rosa derrete-se de alegria, ela sabe onde corre o Rudna e que progresso em relação a Bezanika a batalha significa, até que não seria má ideia começar planos novos. Mas Mischa não está com cabeça para planos, não no momento, fugir eles não vão como essa segunda noite consecutiva. E apaga a luz para se devotar a Rosa, chega de falar em vitórias, a última noite foi praticamente por água abaixo. O Rudna e Faingold e palavras ditas sob raiva são coisa do passado, os dois se achegam do jeito familiar, na medida em que a vontade própria dá as ordens. Mas ela não tem autoridade absoluta, eles se apanham fazendo comparações, agora é assim, no fundo nada diferente de antes, por um instantezinho eles se encaram deitados ali, um ao lado do outro. E talvez até ouçam que, da outra metade do quarto, não vem a respiração de um terceiro para perturbá-los. Digamos abertamente, a tentativa de recuperar uma noite malsucedida se revela bem lamentável, ainda que eles nunca o admitam, ainda que se façam de felizes como jovens apaixonados.

É com ligeiro pesar que vamos deixá-los agora, na esperança de que voltem tempos mais desoprimidos, a esperança nos é facultada. Ouçamos ainda Mischa, levado pela onda da harmonia restabelecida, perguntar sorridente, coisa que preferiria não ter perguntado: "Você ainda quer que eu volte a dividir o quarto com armário e cortina?". Isso é o que ele diz, sobretudo sorridente, sem a menor dúvida de que Rosa agora vê as coisas de modo diverso, que em resposta dirá algo sobre humores absurdos, ela própria não sabia o que lhe dera no dia anterior, e que melhor seria passar uma esponja no deplorável incidente.

E, antes de partir, escutemos ainda Rosa dizer: "Quero, por favor".

Jakob tem de ouvir com seus próprios ouvidos como são distorcidas suas informações ao serem passadas adiante.

Jakob está a caminho do sótão para ver Lina, ainda não é hora de dormir, mas com ela se tem mais a fazer do que só cuidar para que se lave direito, escove os dentes e vá para a cama na hora certa. Na estação eles nos liberaram duas horas mais cedo, simplesmente não havia mais nada para descarregar, e as sentinelas não estavam a fim de vigiar vagabundos, nos disseram para desaparecer. Alguns teóricos particularmente arrojados especulam que há muito mais que simples preguiça por trás dessa ordem, talvez as sentinelas estejam querendo cair em nossas graças, é o que eles lucubram, afinal elas podiam nos ter feito esperar mais duas horas, parados em fila. Mas elas nos mandaram para casa, talvez seja esse um sutil indício de que novos tempos batem à porta. De todo modo, as duas horas serão bem gastas com Lina, pensa Jakob. Quando ele põe a mão na maçaneta, percebe que ela não está sozinha. Ele ouve a voz de Rafael perguntando: "Mas é sobre o quê, afinal?".

"Sobre uma princesa", diz Lina.

"É raptada, ela?"

"De onde você tirou isso?"

"Claro que é raptada. Sei direitinho. E raptada por um salteador. Ele quer um montão de dinheiro de resgate, mas o príncipe mata ele e solta ela. E no final eles se casam."

"Quanta besteira você fala", diz Lina irritada. "Essa é uma história bem diferente. Você acha que só tem uma história em que aparece uma princesa?"

"Então conta logo!"

"A gente não vai esperar o Siegfried?"

"Ele não vem mais."

Jakob os ouve esperar, a janela do sótão é aberta, Rafael berra: "Siegfried!".

Então ele diz que, de Siegfried, nem sinal, e logo em seguida Lina exige aos berros que Rafael pare de besteira. A qual besteira ela se refere não fica claro, mas parece que ele não para de imediato, então ele pergunta: "Quem te contou a história, afinal?".

"O tio Jakob."

Isso dá o que pensar a quem bisbilhota atrás da porta. Jakob nunca lhe contou história alguma sobre uma princesa, senão com certeza ele se lembraria, isso foi o tio das fábulas, e sem um tremor na voz ela faz de duas pessoas diferentes uma só. Isso dá o que pensar, quem sabe foi também Jakob que tocou a marcha e fez as perguntas e deu as respostas. Das duas, uma, ou Lina cometeu um lapso, ou, o que seria melhor, lançou mão de uma mentira inofensiva para não trair a existência do rádio. O assunto fica em suspenso, mais tarde eles terão uma conversinha a respeito.

"Ele não vem mais. Pode começar", diz Rafael.

E é o que acontece, Lina pigarreia, Jakob aguça os ouvidos, ele ainda nunca tinha ouvido como suas informações são passadas adiante.

"Era uma vez um rei, um bom e velho rei, e ele tinha uma filha, essa era a tal princesa", começa Lina.

"Como se chamava o rei?"

Lina parece puxar pela memória, será que algum nome foi mencionado, Rafael se enche: "Pelo menos como ele se chamava você tem que saber!".

"O nome dele era Benjamin", lembra-se Lina. "E a princesa se chamava Magdalena."

"Se chamava como? Benjamin? Sabe quem se chama Benjamin? O meu tio de Tarnopol, ele é que se chama Benjamin. Mas um rei?!"

"Você pode acreditar ou não, o rei da história se chamava Benjamin, ponto final."

"Por mim...", diz Rafi magnânimo, sem querer estragar as coisas por causa de um nome, Jakob tem quase certeza de que ele está de braços cruzados, ar condescendente.

Lina continua, porém mais precipitada que no início, como se houvesse perdido o fio da meada, como se na expectativa de novas objeções: "Um dia a princesa ficou doente. O médico não conseguiu encontrar nada porque não sabia qual era a doença, mas ela não queria mais comer pão, e também não queria mais beber. Então o rei em pessoa foi ver como ela ia, ele gostava dela pra chuchu, sabe, eu tinha esquecido essa parte. E ele perguntou para ela o que estava havendo. Então ela disse que não ia ficar boa de novo enquanto alguém não trouxesse para ela um chumaço de algodão, que tinha de ser do tamanho do seu travesseiro. E então o velho rei...".

Porém disso ela não passa, já basta para Rafael, ele bem que tentou e ouviu com calma, mas paciência tem limite, sua credulidade era dilatada, mas não infinita.

"Que tipo de doença era essa que tinha a sua Magdalena?"

"Eu acabei de dizer."

"E eu te digo que uma doença dessas não existe! Nem aqui nem na China!"

"E como é que você sabe?"

"Se ela pelo menos tivesse sarampo, ou coqueluche, ou tifo", diz Rafael exaltado. "Sabe o que a princesa tinha de verdade? Um pum na cabeça!"

Ele ri, muito mais alto que Jakob, mas Lina não consegue achar graça nenhuma em sua explicação. Ela pergunta: "Você quer continuar ouvindo a história ou não?".

"Eu não", diz Rafael sem perder o humor, as melhores piadas são as próprias. "Porque o que ela tinha mesmo era um pum na cabeça. Porque a história toda é uma besteirada só. Primeiro esse negócio do rei, em nenhum lugar do mundo você vai encontrar um rei chamado Benjamin. E depois, onde já se viu uma princesa comer pão, elas só comem bolo. E a maior bobagem de todas é essa doença. Ou é sério que você já ouviu alguma vez que alguém pode ficar doente se não tiver algodão?"

Lina parece impressionada pela argumentação de Rafael, pelo menos ela se cala, tomara que sem lágrimas, pensa Jakob.

E sua opinião não muda, ela é uma garota inteligente, qualquer um está sujeito a erros, o rebuliço no porão pode ter sido responsável pelo mal-entendido, ou tais voos de raciocínio são simplesmente exagerados para a idade de Lina. A mão de Jakob torna a pousar na maçaneta, é hora de intervir, consolar e explicar, senão eles ainda chegam, Deus me livre, às vias de fato. Você poderia entrar como quem não quer nada, oi Lina, oi Rafael, bacana você ter vindo visitá-la, como vai sua mãe? Então a conversa recairá automaticamente na polêmica, que será relatada pelas duas partes, calma, crianças, um de cada vez. Então sem dúvida você irá encontrar palavras conciliadoras que derramarão nova luz no que está pouco claro, não tem o menor cabimento, crianças, vocês ficarem zangadas uma com a outra, na realidade as coisas são assim e assado, e no final tudo se acerta e volta para os eixos. Assim, ele está prestes a precipitar-se no arranca-rabo quando ouve a voz de Rafael: "Se o seu tio algum dia te contar outra história, diga para ele inventar coisa melhor que essa besteirada. A princesa tinha é um pum do tamanho de um bonde na cabeça".

Intervir não dá mais, a porta se abre, a velha sorte de Jakob com portas, ela abre para fora e lhe propicia um esconderijo. Rafael sai à cata de um passatempo mais gratificante, com certeza vai procurar Siegfried para informar. Pode-se ouvi-lo descer a escada correndo e assobiando, ele assobia "Laranjas e limões", e continua a assobiar quando Lina lhe berra o minguado restante da história: "E ela tinha essa doença, sim, senhor! E o filho do jardineiro arranjou para ela o algodão! E com isso ela ficou boa de novo, e eles se casaram!".

Tudo foi dito, se bem que para ouvidos moucos, lá embaixo esvai-se a melodiazinha, a porta da frente bate o trinco, lá em cima uma língua comprida, desapontada, é posta de fora, e a porta do sótão se fecha com estrondo. Jakob diante da porta como no início, surgem dúvidas se as duas horas de bônus com Lina serão bem gastas, a essa altura. Ele me diz ter sido bem divertido, aqueles dois, mas de repente ele perdeu toda a vontade de entrar, de repente se sentiu exausto. O melhor seria guardar as duas horas para si mesmo. E ele me pergunta se estava me amolando com todos aqueles detalhes, era só eu lhe dizer.

Eu lhe digo: "Não".

Jakob sai para passear com suas duas horas, há mais lugares para se relaxar que não só quartos apertados e crianças a quem se tomou afeição, o gosto por bater perna ainda lhe restou, apesar de holofote e quartel militar. Bater perna numa cidadezinha da qual em toda a sua vida você nunca se afastou mais que uma semana, o sol brilha amigo no caminho, tão amigo como as lembranças por amor das quais, afinal, você saiu de casa e para as quais uma rua sim, outra não, constroem uma ponte, como todos sabem. Dobrar uma esquina, mais outra, e aí está você diante do prédio em que tantas vezes foi decidido quão bom seria o seu inverno seguinte. Ali morava ninguém menos senão Aaron Ehrlicher, o comerciante de batatas. Dos preços que ele fazia dependia muita coisa, o preço das panquecas e com isso o volume dos negócios. Com ele nunca se podia regatear, é tanto e nem um centavo a menos, se lhe parece caro demais, senhor Heym, sinta-se à vontade para procurar ao redor e ver se consegue batatas mais baratas noutro lugar. E caso encontre, faça o obséquio de me dizer onde, eu vou lá correndo comprar. Nem uma única vez ele consentiu regatear, Jakob lhe disse um dia: "Senhor Ehrlicher, o senhor não é um negociante de batatas, o senhor é um vendedor de batatas". Só de brincadeira, é claro, mas Ehrlicher não deu nenhuma gargalhada. E também nunca ficou claro se ele era um pobre-diabo, um humilde comerciante, como você próprio, ou um homem de negócios de categoria superior. Sua mulher costumava usar um belo casaco de pele marrom, e as crianças eram gorduchas e roliças e metidas, enquanto o seu escritório cheirava a mofo, era minúsculo e surrado, só uma mesa e uma cadeira e paredes nuas, ele acenava para tudo isso com um suspiro e perguntava: "Como é que eu posso diminuir os meus preços?".

Nele agora mora gente desconhecida, você vira a página de Aaron Ehrlicher e segue adiante, duas horas livres são tempo de sobra, vá até a Libauer-Gasse e pare bem defronte do número

38. Não há prédio a que você vá com tanta frequência como esse, quando está passeando, nenhum defronte do qual fique parado tanto tempo, e há boas razões para tanto. Que você entre até mesmo no sombreado pátio interno, para tudo há razões, olhos desconfiados te perscrutam pelas janelas, o que um estranho estará fazendo no pátio deles, mas tão estranho aqui você não é.

No terceiro andar, atrás da última porta do corredor à esquerda, lá você, para dizer de forma patética, botou a perder ou ganhou a felicidade de sua vida, na hora H você não conseguiu se decidir, e até hoje não sabe o quanto isso foi bom ou ruim. Josefa Litwin te perguntou na cara quais eram tuas intenções, e não te ocorreu nada mais inteligente que abaixar a cabeça e balbuciar que precisava ainda de algum tempo para pensar.

Uma joia de mulher, se é que olhos são juízes confiáveis, você a viu pela primeira vez no trem e logo pensou: Rapaz! Ela usava um vestido de veludo verde com gola de renda branca, mais um chapéu não menor que um guarda-chuva aberto. E tinha no máximo seus trinta e cinco anos, o tanto exato para os seus quarenta anos de então, exatos no que tange à idade. Mas ali na cabine você nunca sonharia que, sentada a sua frente, estava aquela que seria seu maior problema dos próximos anos. Você apenas a ficou olhando embasbacado, assim você me disse, feito um jovem idiota, ela talvez nem sequer tenha notado. Coincidência ou não, quando vocês desceram juntos do trem, nenhum carregador nas proximidades, ela te perguntou se você não poderia carregar aquela mala pesada para ela, a sua casa era a poucas ruas dali, na Libauer-Gasse, número 38. Mas ela não te perguntou como se você fosse um homem de condição inferior, embora mesmo nesse caso você não teria recusado, ela estava desamparada e sorria e te pedia um favor na sua condição de mulher frágil. Na tua condição de cavalheiro. Encantado, você disse: “Mas que pergunta!”. Arrebatou sua mala como se tivesse medo que um carregador ainda pudesse aparecer e abalou atrás dela, até o número 38, até a porta de seu prédio. Lá você depôs a mala no chão, por segundos vocês trocaram sorrisos encabulados, então ela te agradeceu sinceramente e disse "até logo". E você ficou ali plantado e pensou: que pena.

Algumas semanas depois, e isso com certeza foi uma coincidência, ela apareceu em teu café numa tarde, acompanhada de um homem. Você logo a reconheceu, sem direito nenhum incomodou-se com o homem, mas depois ficou contente, porque ela te reconheceu. Vocês não trocaram palavra, e os dois beberam limonada e tomaram sorvete de framboesa, você os observou e foi incapaz de decifrar a relação entre eles, e também para quê?

Mas quando ela retornou justo no dia seguinte, dessa vez sozinha, você soube que não era coincidência. Pela primeira vez você ficou satisfeito que seu café estivesse vazio, além dela nenhum cliente à vista, e logo no dia seguinte. Você se sentou ao lado dela, vocês papearam e se apresentaram um ao outro, havia quatro anos ela era viúva de um relojoeiro. Obviamente você não a deixou pagar o sorvete que ela tomara, ela podia se considerar tua convidada, hoje e sempre que ela quisesse. O homem da véspera foi mencionado como um conhecido, razão nenhuma para que não se encontrassem mais vezes, outras razões também não havia. No dia seguinte, portanto, no teu café, mais uma vez no café; então num restaurante, num local neutro, por assim dizer, uma dancinha inocente. Então dali a pouco em teu apartamento, nesse meio-tempo você tomou ciência da situação financeira dela, modesta mas de maneira alguma apertada, e que ela não tinha filhos, finalmente no número 38 também. Uma xicarazinha de chá e umas tortinhas feitas por ela mesma, no ar um toque de perfume doce e suave, o assunto, desde o primeiro instante, realmente, foi simpatia mútua, e mais uma xicarazinha, e lá na cozinha tinha mais bolo.

Essa foi uma noite como nenhum poeta jamais descreveu, meu Deus, e que noite, ai, ai. O que se pode dizer, a história não é sobre Jakob e Josefa, em breve também essa página terá de ser virada. Só isso, quatro anos completos resultaram daí, quatro anos de convivência como marido e mulher, ainda que nunca tenham morado junto, ainda que um assunto sempre tenha sido evitado: rabino ou cartório. Mais metodicamente por Jakob, é provável. Houve ocasião de sobra para um sondar o outro, o lustre de Josefa nem sempre era ouro, alguns metais menos preciosos foram nela incrustados. Às vezes Jakob a achava mandona, às vezes tagarela, às vezes uma dona de casa distante, e ela também descobriu nele uma falha aqui e outra ali, sem que nada disso levasse a um pronto rompimento. Antes pelo contrário, apesar de tudo eles se davam muito bem juntos, e Jakob já pensava que tão cedo não acabaria. Mas quando ela sugeriu de repente, que estou dizendo, de repente, que talvez fosse melhor eles se mudarem para um apartamento só, que ela poderia ajudar na loja, ele receou se tornar seu próprio empregado e disse: "A gente fala disso mais tarde".

Mais tarde, que fosse, Josefa não tinha pressa, pelo menos era o que parecia. Até, como foi dito, chegar a vez daquela precisa noite, esta na Libauer, número 38, na qual Jakob botou a perder ou ganhou a felicidade de sua vida, quem vai saber? Ele chegou como sempre e, como sempre, tirou os sapatos e pôs os pés no sofá, Josefa estava defronte da janela, de costas para ele.

"O que é que há com você hoje?", perguntou Jakob. "Não tem chá?"

Josefa não se virou de imediato, mas dali a pouco. Fez cara de poucos amigos e sentou-se, não ao lado dele no sofá, mas na poltrona oposta.

"Jakob Heym, preciso falar com você."

"Pois não", ele disse, preparado para tudo, menos para o que estava por vir.

"Você conhece Avrom Minsch?"

"Devia conhecê-lo?"

"Avrom Minsch é o homem com quem eu fui ao seu café naquele primeiro dia, se é que você se lembra."

"Lembro direitinho, sim. Você disse então que ele era um conhecido."

"Hoje cedo Avrom Minsch me perguntou se eu não queria me casar com ele."

"E o que você lhe disse?"

"Jakob, estou falando sério! Está mais que na hora de você se decidir!"

"Quem, eu?"

"Pare de gracinhas, Jakob. Eu estou agora com trinta e oito anos. Não posso continuar vivendo assim para sempre. Ele quer ir para a casa do irmão na América, e me perguntou se eu não queria ir junto como sua mulher."

O que Jakob deveria responder, não lhe agradava a pistola contra o peito, e menos ainda que Avrom Minsch lhe houvesse sido mantido em segredo até aquele instante. Ninguém faz um pedido de casamento a uma conhecida, para tal propósito a pessoa havia de ser um pouco mais do que conhecida para ela, e por quatro anos ele imaginara que Josefa e ele se conheciam até debaixo d'água. O fato de Josefa lhe conceder agora o direito de preferência, por assim dizer, não pôde aplacar a decepção de Jakob, longe disso. Em silêncio ele calçou outra vez os sapatos, evitou com cuidado encontrar os olhos dela até chegar à porta, e com a porta aberta disse constrangido: "Eu preciso de um tempo para pensar no assunto".

A pessoa pensa e pensa no assunto, e até hoje ainda não acabou de pensar, duas horas de bônus não são longas o bastante, uma pessoa compassiva abre sua janela e chama em voz abafada do outro lado do pátio: "Ei, você!".

Jakob se sobressalta e vê a lua despontar sobre o telhado, Jakob pergunta: "Que foi?".

"Você não mora nesse prédio, mora?"

"Não."

"Há muito já passam das sete."

"Obrigado."

Jakob se recompõe, o caminho de volta é sem paradas, ao largo passam ignorados outros prédios repletos de lembranças, há muito já passam das sete.

Lina já está na cama, é preciso lhe explicar por que está chegando tão tarde do trabalho, porque hoje havia muito mais a carregar que o habitual. Em respeito a isso ela não fala de suas preocupações pessoais, tais como contos de fadas ou filhos de vizinhos desconfiados em excesso, e Jakob mal é capaz de perguntar. Ela sabe como são extenuantes os dias na estação, e agora esse trabalho extra, ele que não se demore muito, rápido lhe dê um beijo e volte a seu quarto, o amor é inteiramente recíproco.

Jakob a deixa com uma consciência que podia estar mais limpa, na escada ele se dispõe a ressarcir Lina, amanhã ou em breve. À sua mesa, nesse meio-tempo, diante de seu jantar de pão e café maltado, ele não está descontente com o dia que acabou de passar, visto em seu conjunto: na estação os judeus haviam sido modestos e reservados, a batalha do Rudna ainda surtia efeitos, depois duas sonhadas horas de presente, um divertido conto de fadas junto à porta do sótão, o menos divertido Aaron Ehrlicher, mas então Josefa. Josefa ainda ali, entre os poucos bocados, entre os goles, você simplesmente não consegue se livrar da mulher, o que teria sido de nós dois, pombinhos, se naquele dia, no número 38, eu tivesse...? Impossível dizer, e no entanto a pergunta formulada milhares de vezes quase se responde por si só, uma vida a meio caminho entre paraíso e inferno, ou seja, uma vida perfeitamente comum. Como poderia então ser diferente, e em que sentido, daqueles quatro conhecidos anos? Anos plenos de diversidade, brigas e mal-entendidos, de capricho, diversão e uma ponta de contentamento. E de um segredo de que só se teve notícia no derradeiro dia. Você simplesmente não consegue tirar essa mulher da cabeça, até que alguém bate.

Alguém bate, Jakob tem vontade de ir logo gritando: "Entre, Kowalski!". Quer dizer, não é bem vontade, ele só presume, mas depois nem presume mais, porque havia mais de uma hora já passara das sete, agora devendo ser muito mais de oito, e nem Kowalski é tão doido assim. Jakob grita: "Entre!".

Professor Kirschbaum dá a honra de sua presença no jantar, se acaso incomodava, não, claro que não, que ele tivesse a bondade de se sentar, a que devemos esse raro prazer?

Kirschbaum senta-se, difere o início da conversa com diversos olhares, logra atrair para si desvelada atenção, Jakob só não sabe para quê.

"Você não pode imaginar por que o procuro, Heym?"

O primeiro pensamento: "É por causa de Lina? Ela recaiu, foi?".

"Não venho por causa de Lina. Eu venho, para ir direto ao ponto, porque queria lhe falar sobre seu aparelho de rádio."

Que decepção, que choque, por algumas horas o monstro fora ditosamente esquecido, em breve a batalha do Rudna vai ter de ser desencavada outra vez. Para seus pares você não é mais uma pessoa, é o proprietário de um rádio, sendo os dois mutuamente excludentes, como vem sendo atestado já faz algum tempo, e agora de novo, você foi privado do direito às conversas normais do passado. Sobre o tempo, ou sobre as dores na coluna, para o que Kirschbaum seria um parceiro ideal de conversa, fofocas sobre conhecidos comuns, quando você está por perto não se falam de coisinhas à toa, você com seu tesouro seriam um desperdício.

"Você também quer ouvir as notícias", diz Jakob, mais como uma constatação, agora Kirschbaum também no seu pé, deixa pra lá, um a mais, um a menos.

"Não quero ouvir notícia nenhuma", diz porém Kirschbaum. "Estou aqui para expressar minhas censuras. Há tempos eu devia ter feito isso."

"Censuras?"

"Eu não sei, meu caro senhor Heym, quais motivos o levaram a espalhar as informações em questão. Mas é difícil imaginar que o senhor tenha considerado devidamente a quais perigos está nos expondo."

Nada de notícias, mas censuras, cada ideia que essa gente tem, sobre isso não há dúvida, Kirschbaum é uma pessoa esquisita à beça. Será que você, professor, precisa azedar minha noite, meu tempo livre obtido com tanto suor, será que precisa vir justo com essa conversa santarrona sobre coisas que eu já estava careca de saber quando para você meu rádio ainda era um objeto escondido a sete chaves, dizer isso a mim, você? Em vez de me dar um tapinha nas costas e dizer, bravo, senhor Heym, continue assim, não há remédio de que as pessoas precisem tanto quanto de esperança, ou, se não isso, em vez de pelo menos não ter vindo aqui, pois há tempos aprendemos a prescindir dos tapinhas nas costas, eis que você me bate à porta, que o diabo te carregue, e mete seu bedelho e quer me ensinar a sobreviver. E para o cúmulo de tudo, eu tenho de fazer uma cara interessada, porque suas inquietações são perfeitamente respeitáveis, porque algum dia eu talvez ainda precise de você para Lina, e mais, tenho de muni-lo de boas razões para meus atos, embora não me ocorra nada que seja menos da sua conta. Só para que, depois de longas explicações, seus eruditos lábios estejam capacitados a dizer: "Ah, sim, claro, claro, eu compreendo".

"Não preciso lhe dizer onde vivemos, meu caro Heym", diz Kirschbaum.

"Não, não precisa", diz Jakob.

"E no entanto isso me parece indispensável. O que aconteceria, por exemplo, se essas informações fossem parar nos ouvidos da Gestapo alemã? Você já pensou nisso?"

"Já."

"Acho impossível acreditar. Porque do contrário você teria agido diferente."

"Pois é", diz Jakob. "Eu teria."

Jakob se levanta para dar uma volta, hoje já deu *n* voltas, passando pela mesa e pela cama e pelo armário e por Kirschbaum, a raiva, já que não pode ser verbalizada, desce para as pernas. Mas não toda a raiva, para tal o quarto é pequeno demais, sobra para a voz um resíduo inequívoco que, no primeiro momento, alfineta Kirschbaum. Quando Jakob diz: "Alguma única vez você viu com que olhos eles me imploram novidades? Não? E sabe com que sofreguidão eles precisam de uma boa notícia? Você sabe disso?".

"Bem que posso imaginar. E tampouco duvido que o senhor seja movido pelas melhores intenções. Todavia, tenho de..."

"Estou por aqui com seus 'todavia'! Não basta para você que a gente quase não tenha o que pôr no bucho, que um em cada cinco de nós morra de frio, que todo dia metade de uma rua seja levada embora nos comboios? Isso tudo ainda não basta? E quando eu tento fazer uso da última das últimas possibilidades que as impeça de arriarem de vez e baterem as botas, com palavras, o senhor está entendendo, com palavras é que eu tento isso! Porque outra coisa eu não tenho! Então me vem o senhor e diz que é proibido."

De maneira um tanto estranha Jakob pensa agora, justo agora, num cigarro, assim ele me conta, no Juno sem filtro, o que pensa Kirschbaum é uma incógnita. Seja o que for, ele alcança o bolso de seu casaco trespassado, puído, e, ninguém vai acreditar, retira um maço, justo agora. E fósforos, e pergunta a Jakob, com descabida cortesia, considerando a invectiva que mal acabara de ouvir: "Aceita?".

Uma pergunta, é assim que as pessoas civilizadas agem, um exemplo de tato talvez, um dos bons, talvez também um sinal de ligeiras dúvidas que surgem, ou nenhum dos dois. Calados eles fumam e desanuviam os cenhos franzidos, seja qual for a explicação.

A fumaça inalada com ânsia não apenas cria uma sensação de bem-estar, torna também a pessoa mais maleável, ouçam esta, enquanto fuma Jakob passa por uma mudança de humor, ou algo parecido. Porque um nobre doador está sentado a sua frente, intimidado, Kirschbaum gira o cigarro entre seus dedos finos, mal se atreve a erguer um olhar furtivo, menos ainda a abrir a boca para outra coisa senão a próxima tragada. Porque arroubos descontrolados bem podem se seguir, estou por aqui com seus "todavia". Ou: isso não basta para o senhor? E ele viera apenas para ter uma conversa com seu vizinho, afinal de contas um rádio como este não é propriedade privada nessa cidade, como uma cadeira ou uma camisa, não viera para acusar, senão para discutir um assunto importante em calmo debate, e agora isso. Então me vem o senhor e diz que é proibido. Kirschbaum não foi embora, um índice de boa vontade ou medo exagerado, ele ficou, alcançou o bolso como um mágico e realizou desejos secretos, já por isso merece duas palavrinhas de boa vizinhança.

"Claro, eu sei que os russos não vão chegar mais rápido por isso", diz Jakob na metade do cigarro. "E ainda que eu conte mil vezes às pessoas, o trajeto deles continuará o mesmo. Mas eu gostaria de chamar a sua atenção para um outro detalhe. Desde que as notícias começaram a correr no gueto, não tive notícia de nenhum caso de suicídio. Você?"

Ao que Kirschbaum olha atônito e diz: "É mesmo".

"E antes eram muitos, ninguém sabe disso melhor que o senhor. Posso me lembrar que o senhor muitas vezes era chamado, quase sempre tarde demais."

"Como não fui perceber isso?", pergunta Kirschbaum.

Um dos dias seguintes reserva uma sensação, um carro passa pela nossa cidadezinha, o único carro de passeio de nossa longa história. Uma sensação, é verdade, mas nada que traga esperanças, nem para o mais fantasioso entre aqueles arrojados teóricos. Estou inclinado a dizer, muito pelo contrário. Ele avança com resolução, sem desvios, a rota exata deve ter sido estudada de antemão num mapa da cidade, um carro preto, as ruas se esvaziam à medida que ele acelera. No banco de trás estão sentados dois homens à paisana, ao volante um uniforme engomado, de importância são somente os dois de trás. Quer dizer, de grande importância eles também não são, no fundo o carro inteiro não tem importância, apesar da bandeirola da SS, e nem de onde ele vem, nem para onde vai, nem quem ele transporta. Ou só um pouquinho importante, digamos, ou não de todo desimportante, no que toca às consequências.

Os dois homens chamam-se Preuss e Meyer, sei o que eles falam, não sei o que pensam, embora isso não seja um enigma insolúvel, conheço suas patentes, se preciso até seus currículos resumidos, e portanto também seus nomes. Mais tarde, quando se tratar de explicar, infelizmente eu serei obrigado a intervir de modo canhestro e direto na ação, para me certificar de que não há lacunas. A explicação será um tapa-buraco, mas só mais tarde, primeiro a lacuna tem de ser vista em toda a sua plenitude.

O carro para em frente de Siegfried e Rafael, que, como sempre, batem pernas pela rua, no meio-fio, os únicos heróis à vista que não se escondem. Todos os outros judeus, nem cegos nem aleijados, estão atrás de suas janelas ou na proteção dos corredores, tremendo por duas crianças malucas e pelo estrago ainda incerto que o carro alemão há de causar aqui. Mas muitos dos iniciados pensarão que o estrago não é tão incerto assim, afinal o carro não para em frente de uma casa qualquer, para em frente da casa de Jakob Heym.

Preuss e Meyer saltam em missão especial, Preuss um homem bastante alto, cabelos castanhos, esbelto, bem-apessoado, talvez algo efeminado, Meyer, como me foi descrito, uma cabeça mais baixo, atarracado, à primeira vista porfiadamente resoluto. Uma combinação escolhida a dedo, supõe-se, o que falta a um, o outro tem, e vice-versa, um feliz complemento mútuo, portanto. Eles entram no prédio.

"Sabe qual o apartamento?", pergunta Preuss.

"Primeiro andar", diz Meyer. "Os nomes devem estar nas portas."

Primeiro andar, Jakob mora no segundo, apesar disso eles sobem ao primeiro, até a porta de Kirschbaum. Bate-se nela com educação, diante dela espera-se com paciência, até que uma voz de mulher, cujo tom revela que visitas são altamente indesejadas, pergunta: "Quem é?".

"Abra, por favor", diz Preuss.

Embora isso não seja lá uma razão muito plausível para abrir, uma chave é enfiada aos atropelos na fechadura, é girada, a porta se abre, primeiro só uma fresta, então sem mais reservas, de maneira todo desnecessária Meyer interpõe seu pé na soleira. Lá está Elisa Kirschbaum, velha e severa, com medo bem disfarçado. Seu avental tantas vezes remendado não engana, não é uma qualquer que nos examina, só pelo jeito de ela perfilar a cabeça, é uma senhora que nos examina, Preuss e Meyer. O medo é bem disfarçado, o desdém não, um olhar indiferente para os rostos das duas visitas inoportunas, outro olhar para o pé de Meyer, que de maneira tão cruamente supérflua faz estardalhaço na soleira, Meyer refreia-se o quanto pode. "Os senhores desejam?"

"Bom dia", diz Preuss educadamente, talvez ele não tenha escolha sob tais olhares. "Nós queremos falar com o professor Kirschbaum."

"Ele não está."

"Então nós esperamos", diz Preuss, determinado. Ele passa por ela através da porta, por fim Meyer pode livrar o irredutível pé de sua posição, ele o segue. Eles olham ao redor do quarto, que tanto eles choramingam, eles até que não vão tão mal aqui, aparador com bibelôs, sofá e duas poltronas, um pouquinho surrados, lá isso é, mas ainda assim, estante abarrotada de livros, como nos filmes, no teto uma luminária de três braços, quase um lustre, essa gente vive aqui é no bem-bom. Mas talvez somente esse tal de Kirschbaum, parece que antes ele foi alguém, ração especial e essa coisa toda, espertinhos eles são, esses marranos, estão sempre se insinuando de fininho e logo se sentem em casa em toda parte.

Meyer solta o corpo sobre o sofá, Preuss ainda não, pois Elisa Kirschbaum ainda está de pé junto à porta e com um ar de quem espera uma explicação.

"A senhora é a esposa do professor Kirschbaum?", pergunta Preuss.

"Sou a irmã dele."

"Se me dá licença." Preuss também se senta, numa poltrona, cruza as pernas, tempo de sobra, Elisa Kirschbaum permanece de pé. Não adianta nada, é inevitável que ela pergunte: "Do que se trata, por favor".

"Você não tem merda nenhuma a ver com isso", diz Meyer. Ele não consegue mais ficar calado, o que se passa ali já lhe parece absurdo o bastante, farsa, uma pura farsa, mas com ele é que não. Em resposta a uma pergunta insolente ele quer dar mais que uma réplica, quer endireitar um pouco o mundo, senão onde é que a gente vai parar?

Deixe estar, Elisa Kirschbaum não está exatamente em condições de chamar a criada para que mostre àquele grosseirão ali o caminho da porta, o seu arsenal está a zero, mas pelo menos pode punir Meyer ignorando-o, voltando-se para Preuss e exigindo friamente: "O senhor queira por favor dizer a este senhor que ele não está na casa dele e que eu não estou acostumada com um tal comportamento?".

Meyer quase sobe pelas paredes, está prestes a se levantar num pulo, a explodir, a gritar, mas Preuss lança-lhe um olhar de ofício, missão especial, depois diz: "A senhora tem toda razão. Queira desculpar".

"Os senhores querem me informar por que estão aqui?"

"Acho que prefiro explicar isso ao senhor professor pessoalmente. A senhora sabe a que horas ele chega?"

"Não. No mais tardar às oito."

Ela se senta na poltrona vaga, bem aprumada, pousa as mãos no colo, agora é só esperar. Digo com segurança que Kirschbaum chega dali cerca de meia hora, o tempo se passa com trivialidades. Por exemplo, Meyer acende um cigarro, joga o fósforo no chão, Elisa Kirschbaum o apanha, lhe traz um cinzeiro e abre a janela. Meyer não sabe o que fazer.

Ou: Preuss se levanta depois de tamborilar alguns compassos na mesa, está interessado no armário de livros. Ele abre a folha de vidro, inclina a cabeça sobre um ombro, lê os títulos nas lombadas, então retira um livro, folheia, mais outro, folheia, tudo isso por bons minutos, a seguir os recoloca nos devidos lugares.

"São todos livros de medicina, sem exceção", diz Elisa Kirschbaum.

"Estou vendo."

"Temos uma permissão para eles", ela diz. E, porque Preuss continue a observar outros e mais outros: "O senhor talvez queira vê-la?".

"Não, obrigado."

Ele encontra um que lhe agrada em especial, senta-se, e tem com que se ocupar. *Medicina legal.*

Ou: de repente Meyer se levanta num pulo, atira-se na direção de uma porta, escancara-a, olha para uma cozinha vazia, torna a se acalmar, senta-se.

"Nunca se sabe", ele explica a Preuss, que continua a ler.

Ou: Meyer se levanta de novo, desta vez sem pressa, vai até a janela, olha para baixo. Vê duas mulheres arrastando duas crianças para longe do carro em direção ao prédio fronteiro, nesse prédio vê atrás de quase toda janela um rosto, o uniforme está de pé ao lado do carro, enfastiado.

"Ainda pode demorar", grita Meyer para baixo. Então torna a sentar-se, como disse, meia hora.

Ou: Elisa Kirschbaum vai até a cozinha, ouve-se ela mexer aqui e ali, e retorna com uma bandeja. Dois pratos, duas xícaras, facas, garfos, colheres de chá, dois guardanapos de pano. Ela põe a mesa, Preuss mal ergue os olhos do livro, enquanto Meyer acha que aquilo já está passando dos limites. Preuss mal ergue os olhos do livro, diz: "Deixa pra lá".

Após cerca de meia hora chega o professor. Pode-se ouvir sua tentativa de inserir a chave na fechadura, mas há outra chave por dentro, Meyer apaga o cigarro no cinzeiro. Preuss coloca o livro sobre a mesa, entre os pratos. Elisa Kirschbaum abre.

Assustado, o professor detém-se no umbral, não adianta dissimular, se bem que ele não foi pego totalmente desprevenido, o carro lá embaixo diante do prédio. Ele havia esperado, claro, que tivesse algo a ver com Heym, ou por outra, esperado não, suspeitado, esperado havia apenas que não tivesse algo a ver consigo, em vão. Preuss se levanta.

"Temos visitas", diz Elisa Kirschbaum. Ela apanha o *Medicina legal* da mesa, coloca-o de volta na estante, fecha o vidro. Com um pano tirado do bolso do avental ela esfrega possíveis nódoas deixadas pelos dedos.

"Professor Kirschbaum?", pergunta Preuss finalmente.

"Sim?"

"Meu nome é Preuss." E então olha para Meyer.

"Meyer", grunhe Meyer.

Eles se abstêm do aperto de mãos, Preuss pergunta: "O senhor conhece Hardtloff?".

"O senhor se refere ao chefe da Gestapo?"

"Me refiro ao Sturmbannführer Hardtloff. Ele solicita sua presença."

"Solicita minha presença?"

Agora até mesmo Elisa Kirschbaum tem de lutar para manter o sangue-frio, e por sinal Meyer também, solicita sua presença, todo esse tom aqui, mas que farsa. Preuss diz: "Exato. Ele teve um enfarte hoje pela manhã".

O professor senta-se, olha estupefato para sua irmã, que agora está tão inteiriçada como uma pedra, Hardtloff teve um enfarte hoje pela manhã.

"Não sei se entendi direito."

"Ele quer que o senhor o examine", diz Preuss. "Embora eu possa imaginar que o senhor não sinta particular compaixão pelos sofrimentos do Sturmbannführer. Não há motivo para que o senhor se alarme."

"Mas..."

"Mas o quê?", pergunta Meyer.

Ainda outros olhares para a irmã, a vida inteira ela dera um jeito em todas as situações desagradáveis, com seu sangue-frio, com sua clarividência, com sua perspicácia implacável, ela o mantivera longe de todo e qualquer estorvo, daí um último olhar para ela.

"Dis-leurs que tu n'en as plus l'habitude", ela diz.

"O que é que ela disse?", Meyer pergunta a Preuss e também se põe de pé, em toda a sua altura.

"Por favor, ouçam", diz o professor. "O que vocês exigem de mim está fora de cogitação. Em hipótese alguma eu poderia me responsabilizar como médico, depois de tanto tempo, por... E afinal de contas, faz mais de quatro anos que eu não trato mais de paciente algum."

Preuss mantém admiravelmente a calma e pousa a mão confortadora no ombro de Meyer, missão especial, então se aproxima do professor, a uma distância incômoda. Seus olhos exprimem censura, mas não de jeito frio, muito menos irritado, senão compassivo, como se quisesse chamar uma pessoa estouvada à razão antes que seja tarde demais. "Quase receio que o senhor não tenha me entendido direito, professor", ele diz. "Não viemos aqui para lhe fazer um pedido. Por favor, não nos crie problemas."

"Mas eu acabei de lhe dizer..."

"Precisa levar algo consigo?", pergunta Preuss com firmeza.

Nisso o professor finalmente compreende que não precisa mais buscar desculpas, aqueles dois não estão motivados a testar suas artes de persuasão. A relativa gentileza desse tal de Preuss é sua marca pessoal e não dá direito a nada. Que ele então esqueça todo subterfúgio, que imite sua irmã. Ser tão sobranceiro e digno quanto ela, pelo menos isso, pelo menos agora, a vida inteira ele a admirou por isso, mais admirou que temeu, alguns a diziam excêntrica. Ele não vai oferecer às duas criaturas alemãs um espetáculo de colapso, se ele precisava levar algo consigo, essa fora a pergunta, ele não vai cair de joelhos diante deles, olhe como Elisa está lá de pé! Logo de primeira não há como imitá-la, mas gestos normais, corriqueiros, é possível achar, uma cara impassível, como se nada fora do comum estivesse ocorrendo, um dignitário adoeceu, pediram que ele fosse dar uma olhada, o rame-rame de sempre.

"Será que estamos bem entendidos?", pergunta Preuss.

O professor se levanta, debaixo da estante de livros há portas, ele abre uma delas, procura sua pasta de couro marrom, sua roliça maleta de médico.

"Está no armário", diz Elisa Kirschbaum.

Ele retira a maleta do armário, abre-a, examina seu conteúdo, em seguida a estende a Preuss, que dispensa verificá-la.

"Utensílios médicos."

"Está bem."

Elisa Kirschbaum abre o armário pela segunda vez, um cachecol, ela o estica ao irmão.

"Não preciso. Está quente lá fora", ele diz.

"Vai precisar", diz Elisa Kirschbaum. "Você não sabe como faz frio depois das oito."

Ele enfia o cachecol na maleta, Meyer abre a porta, a despedida é iminente.

"Até logo, Elisa."
"Até logo."
Assim é uma despedida.

Então, diante do prédio, eles entram no carro, sem dúvida segundo um plano de assentos previamente determinado, Preuss e o professor atrás, Meyer na frente ao lado do uniforme. Elisa Kirschbaum está defronte da janela, a rua inteira está defronte das janelas, mas somente uma está aberta. O carro dá meia--volta passando por cima do meio-fio, uma pálida nuvem azul paira no ar por alguns segundos. No final da rua ele vira à esquerda, na direção de Hardtloff.

Preuss abre com um estalo uma cigarreira prateada e pergunta: "Aceita?".
"Não, obrigado", diz Kirschbaum.
Meyer abana a cabeça sem se virar, olha o uniforme de esguelha para ver o que ele acha dessa farsa, o uniforme apenas arreganha os dentes com os olhos no percurso. Preuss espreita os dois no retrovisor, Kirschbaum não, ele está sentado ali como quem relutasse a desperdiçar cada movimento.
"Por que o senhor não põe sua maleta no chão?", pergunta Preuss. "Ainda falta um bom pedaço."
"Quanto tempo, mais ou menos?"
"Ah, uns trinta minutos."
Kirschbaum conserva a maleta no colo.
Eles chegam ao portão do gueto, param, Meyer abaixa o vidro. Uma sentinela enfia seu capacete dentro do carro e pergunta: "Que velho gagá é esse que vocês têm aí?".
"Vai me dizer que você não o conhece!", grita Meyer. "Ora, esse é o aclamado professor Kirschbaum!"
Preuss estende uma autorização à sentinela e diz com toda formalidade: "Abra o portão. Estamos com pressa".
"Claro, claro, não leve a mal", diz a sentinela, dando um

sinal de mão a outra sentinela, que destrava a barreira e empurra o portão.

Eles seguem viagem, agora na parte livre da cidade, a paisagem das ruas muda. Pedestres sem as estrelas amarelas vão saltar à vista de Kirschbaum, lojas com vitrines, não propriamente apinhadas, mas fregueses entram e saem, e sobretudo árvores nas calçadas, imagino. O Imperial, na praça do mercado novo, está passando um filme alemão. De vez em quando um carro vindo na direção contrária, um bonde, soldados em fardas de passeio com uma garota em cada braço. Kirschbaum contempla com moderado interesse, as imagens não podem lhe dizer muito, não podem evocar reminiscências, como fariam a Jakob, por exemplo, pois esta não é a sua cidade.

"Ou muito me engano, ou no fundo o senhor deve estar feliz por finalmente voltar a pôr as mãos num novo paciente", diz Preuss.

"Posso saber como os senhores chegaram até mim?"

"Não foi difícil. O médico particular de Hardtloff fez tudo o que pôde e exigiu que fosse trazido um especialista. Mas vá encontrar um especialista nesses tempos! Nós consultamos a lista dos habitantes e topamos com seu nome. O médico de Hardtloff o conhece."

"Ele me conhece?"

"Não pessoalmente, claro. Só de nome."

Eles chegam aos bairros residenciais nobres, os prédios ficam mais baixos, guardam maior distância um do outro, com mais verde, mais árvores também. Kirschbaum abre sua maleta de couro, retira um tubinho de vidro, desatarraxa a tampa, sacode dois comprimidos na palma da mão. Olhar interrogativo de Preuss.

"Contra azia", explica Kirschbaum. "Aceita também?"

"Não."

Kirschbaum engole os comprimidos, torna a atarraxar a tampa, enfia o tubinho de volta na maleta, reassume a antiga postura.

"Se sente melhor, agora?", pergunta Preuss após um breve intervalo.

"O efeito não é tão rápido assim."

Eles saem da cidade, outra barreira, e seguem de certa maneira campo adentro, Hardtloff escolheu um lugarzinho afastado. Bosques de bétulas de ambos os lados, Preuss diz: "O senhor naturalmente será levado de volta, quando tudo estiver terminado".

Agora, sim, Kirschbaum coloca a maleta no chão, a viagem inteira ela ficou no colo, tão perto do destino ela vai para o chão, respirando fundo ele se recosta.

"Se o senhor me desse agora um cigarro?"

Preuss lhe dá um cigarro, e o acende, mencionemos outra vez a perplexidade exagerada de Meyer. Kirschbaum sofre um ligeiro acesso de tosse, logo se recupera, atira o cigarro fumado até a metade pela janela.

"Por outro lado, eu posso compreender parte de seus receios", diz Preuss, reatando o que parece ser um fio de conversa perdido havia tempos.

"Eu não tenho mais receio nenhum", diz Kirschbaum.

"Tem, tem sim, só de olhar posso ver que tem. Sua situação não é exatamente invejável, eu entendo. Se o senhor conseguir salvar o Sturmbannführer, não vai ficar muito bem-visto entre sua própria gente. E se o senhor não conseguir..."

Preuss interrompe sua análise lapidar, o resto seria uma falta de tato, além de supérfluo, o que está dito basta para Kirschbaum compreender o valor atribuído à sobrevivência de Hardtloff. Pela primeira vez durante a viagem Meyer se volta para trás, seu rosto não esconde que também ele sabe como Preuss teria continuado, não esconde sobretudo o que acha dessa continuação, com isso na cabeça, por assim dizer, ele se vira por um momento. Kirschbaum não lhe dá atenção, ele parece bastante ocupado consigo mesmo. Preuss ainda ensaia uma, duas frases corriqueiras, mas Kirschbaum já perdeu todo o interesse.

Então eles chegam à vila de Hardtloff. Um acesso através de um parque verdejante, uma rotunda de flores com um tanque para peixes ornamentais seco, tudo um pouco desleixado, mas magnificamente concebido, magnificamente.

"Chegamos", diz Preuss para o ainda absorto Kirschbaum, e salta do carro.

O médico particular de Hardtloff se precipita escada abaixo, um homem baixo e calvo, de botas lustrosas e casaco do uniforme desabotoado, de aparência tão desalinhada quanto o jardim. Sua pressa indica preocupação ou medo, supostamente medo, a responsabilidade ali é dele. Pela saúde de Hardtloff e, como ouvimos, pelo ousado experimento de hoje. Já dos degraus superiores ele braveja: "Ele piorou de novo! Onde é que vocês se meteram?".

"Tivemos de esperar, ele não estava em casa", diz Preuss.

"Rápido, rápido!"

Como não há movimento dentro do carro, Preuss abre a porta do lado de Kirschbaum e diz mais uma vez: "Chegamos. Queira descer, por favor".

Mas Kirschbaum permanece sentado, como se ainda estivesse longe de equacionar seus pensamentos, ele nem sequer vira a cabeça para Preuss. Insubordinação tardia ou a proverbial distração do sábio, o pior momento possível para ter escolhido o que quer que seja, a impaciência cresce, Meyer já teria sabido o que fazer.

Preuss agarra o professor pelo braço, diz em voz baixa: "Não crie dificuldades", íntegro até o fim, e o puxa para fora com suave força.

O desembarque de Kirschbaum efetua-se de maneira surpreendente, escorregando com vagar na direção de Preuss, que está por demais surpreso para segurá-lo, Kirschbaum resvala do carro para o chão desleixado.

"Que diabos está havendo?"

O médico de Hardtloff abre caminho entre os dois, debruça-se sobre o paciente judeu, e sem esforço chega a um diagnóstico inequívoco.

"O homem está é morto!"

Isso não é novidade para Preuss, não desta vez, Preuss apanha a pasta de couro de dentro do carro. Roliça e marrom, a usual maleta de médico. "Precisa levar algo consigo?" "Utensílios médicos." "Está bem." Talvez ele próprio é quem tenha lhe dado a ideia.

Preuss abre a maleta, entre a parafernália encontra o tubinho. Entrega-o ao médico.

"Contra azia", diz Preuss.

"Idiota", diz o médico.

Agora a explicação prometida.

Supérflua, realmente, mas imagino que muitos perguntarão desconfiados de que modo eu posso explicar o que aconteceu dentro daquele carro. Dificilmente por intermédio de Kirschbaum, então onde estava sentado o meu informante, uma pergunta de todo legítima, do ponto de vista de quem pergunta.

Poderia responder, claro, que não cabe a mim explicar, estou contando uma história que eu próprio não entendo. Poderia dizer, eu sei por testemunhas que Kirschbaum entrou no carro, eu fiquei sabendo que ao final da viagem ele estava morto, esse intervalo só pode ter se dado assim ou de forma parecida, é inconcebível que tenha sido de outro modo. Mas isso seria uma mentira, pois esse intervalo pode muito bem ter se dado de outro modo, diria até que de modo totalmente outro. E essa circunstância, suponho, é o verdadeiro motivo de minha explicação.

Então: algum tempo depois da guerra eu viajei até nosso gueto, durante minhas primeiras férias. Meus poucos conhecidos me desaconselharam, a viagem só iria estragar meu ano seguinte inteiro, lembranças são uma coisa, viver é outra. Eu lhes disse que estavam certos, e fui. O quarto de Jakob, o quartel militar, a Kurländischer Damm, o quarto de Mischa, o porão, com calma olhei tudo, medi, examinei, ou simplesmente olhei. Também estive no café de Jakob, um sapateiro ali se instalara provisoriamente, ele me disse: "Até eu encontrar algo melhor".

Pareceu-me que, mesclado ao odor de couro, havia também um cheiro de queimado, mas o sapateiro achou que não. No penúltimo dia de minhas férias, ao fazer as malas, ponderei se não havia esquecido algo, provavelmente eu nunca mais voltaria àquela cidade, e agora era a última ocasião para algo que eu houvesse esquecido. A única coisa que me ocorreu foi a viagem de carro de Kirschbaum, mas me parecia difícil averiguá-la, além disso não a achava tão significativa para a história em virtude da qual me encontrava ali. Ainda assim fui naquela tarde à chefatura militar russa, provavelmente por tédio, ou talvez porque não pude achar nenhum restaurante aberto.

O oficial de serviço era uma mulher na casa dos quarenta, com a patente de tenente. Eu lhe contei que vivera no gueto, que meu pai e Kirschbaum haviam sido amigos próximos antes da guerra, que portanto o destino de Kirschbaum me interessava. Fiz disso uma autêntica ação da Cruz Vermelha. Então expliquei o nexo entre Kirschbaum e Hardtloff, só sabia que Kirschbaum havia subido no carro, mais nada, o que era verdade. Os dois homens que o teriam ido buscar se chamavam Preuss e Meyer, ou algo parecido. E se ela, mesmo que não soubesse do paradeiro do professor, poderia ao menos dizer algo sobre esses dois, talvez isso fosse um ponto de partida. Ela anotou os nomes e me pediu que voltasse dali a duas horas.

Após duas horas fiquei sabendo que, poucos dias antes da entrada do Exército Vermelho, Meyer fora morto a tiros, por guerrilheiros, durante uma surtida noturna.

"E o outro?", perguntei.

"Estou aqui com seu endereço na Alemanha", ela disse.

Já estava prestes a esticar a mão para a folha de papel quando ela me olhou apreensiva e disse: "O senhor não pretende fazer nenhuma bobagem?".

"Não, não, imagine só", eu disse.

Ela me deu a folha, eu olhei o endereço e disse: "Uma coincidência e tanto, essa. Agora eu também moro em Berlim".

"O senhor ficou na Alemanha?", ela perguntou admirada. "Mas por quê?"

"Eu mesmo não sei", respondi sinceramente. "Aconteceu, só isso."

Preuss morava em Schöneberg, que fica em Berlim Ocidental. Mulher simpática e dois filhos, a mulher tinha somente um braço, fui até lá numa tarde de domingo. Quando toquei a campainha, a porta foi aberta por um homem alto, de cabelos castanhos, bem-apessoado, algo efeminado, pouco mais velho do que eu.

"O senhor deseja?", ele perguntou.

"Senhor Preuss?"

"Sim?"

Eu disse: "Desculpe pelo incômodo. Posso falar com o senhor por uns minutos?".

"Tenha a bondade", ele disse, conduziu-me à sala de estar e mandou as crianças para fora depois de alguma dificuldade. Na parede estava pendurada uma reprodução das *Mãos* de Dürer e a fotografia de uma garota com um crepe. Ele me convidou a sentar.

Eu lhe disse primeiro meu nome, o que prendeu sua atenção, embora este obviamente não dissesse nada de concreto para ele. Já mais concreta lhe foi a pergunta se eu estava corretamente informado de que ele trabalhara para Hardtloff. Pude notá-lo empalidecendo, antes de ele perguntar em voz baixa: "Por que o senhor veio?".

"Vim por causa de uma história", eu disse. "Para ser mais exato, por causa de uma lacuna nessa história, que o senhor talvez possa preencher."

Ele se levantou, pôs-se a remexer num armário, logo encontrou o que buscava e colocou um pedaço de papel sobre a mesa, na minha frente. Era o seu certificado de desnazificação, com carimbo e assinatura.

"O senhor não precisa me mostrar isso", eu disse.

Mesmo assim ele deixou o papel na minha frente até que eu terminasse de ler, depois o apanhou, dobrou-o e tornou a trancá-lo.

"Posso lhe oferecer algo?", ele perguntou.

"Não, obrigado."

"Talvez uma xícara de chá?"

"Não, obrigado."

Ele chamou: "Ingrid!". Sua mulher apareceu, via-se claramente que ainda não se habituara com a falta de um braço. Ele disse: "Esta é a minha mulher".

Eu me levantei, e nós apertamos as mãos.

"Você faria a gentileza de dar um pulo lá embaixo e pegar o sifão de cerveja? Sebald me prometeu dois litros para o fim de semana", ele disse a ela.

Depois de ela sair, eu disse: "O senhor se lembra de um professor Kirschbaum?".

"Ah, sim", ele disse de imediato. "Como se fosse hoje."

"O senhor foi apanhá-lo, não foi, para que ele examinasse Hardtloff? Junto com um tal de Meyer?"

"Isso mesmo. Meyer foi pego algum tempo depois."

"Eu sei. Mas que fim levou Kirschbaum? Foi executado depois que Hardtloff morreu?"

"De onde o senhor tirou isso? Os dois nunca se encontraram." Olhei surpreso para Preuss e perguntei: "Ele se recusou a examiná-lo?".

"Pode-se dizer que sim", ele disse. "Ele tomou veneno dentro do carro. Durante a viagem, nas nossas barbas."

"Veneno?", eu perguntei, e ele percebeu minha expressão de descrédito.

"Eu posso lhe provar", ele disse. "Basta que o senhor procure Letzerich, ele irá confirmar cada palavra minha."

"Quem é Letzerich?"

"Ele era o motorista. Esteve presente o tempo inteiro. Infelizmente não tenho o endereço dele, só sei que era de Colônia. Mas o endereço se consegue, de uma forma ou de outra."

Eu lhe pedi para descrever essa viagem em mais detalhes, o

resultado é conhecido. Levou um bom tempo, a certa altura a sua mulher nos trouxe cerveja, eu bebi um copo, o gosto era horrível. Eu pouco o interrompia, porque ele descia a minúcias espontaneamente. Particular valor ele deu ao fato de Kirschbaum também lhe ter oferecido seus comprimidos. "E olhe que às vezes eu tenho mesmo azia, não é tão raro assim. Imagine só se eu tivesse aceitado um!"

"Foi uma tentativa de homicídio em massa", eu disse.

Ele seguiu contando, a saída da cidade, o último trecho da viagem, o último cigarro, os olhares inequívocos de Meyer, até chegarem à vila, até vir o médico de Hardtloff, até Kirschbaum cair morto no chão a sua frente. Como ele subitamente se dera conta do que acontecera, como ele apanhara do carro a maleta, o tubinho, estendendo-o ao médico, como o médico dissera: "Idiota".

Ficamos calados um bom tempo, ele deve ter presumido que eu estivesse profundamente abalado, mas eu pensava no que mais podia lhe perguntar. Ele contara muito bem a história, sem omitir nada e com plasticidade, e eu senti que havia razões bastante convincentes para que ele se lembrasse tão bem dessa viagem.

Por fim ele ainda quis sem falta me confiar o que pensava hoje daqueles tempos nefastos, lavar da alma toda essa mácula conversando com uma pessoa sensata, mas realmente eu não fora até lá para aquilo. Eu disse que de todo modo já me demorara muito, ainda tinha o que fazer, com certeza ele também, levantei-me e agradeci-lhe a cooperação.

"E tome nota do nome, caso queira se certificar", ele disse. "Egon Letzerich. Colônia."

No corredor encontramos sua mulher, que levava as crianças ao banheiro. Elas já estavam em calças de pijama, nuas da cintura para cima.

"E então, como se diz?", Preuss perguntou a elas.

Ambas me deram a mão simultaneamente, fizeram mesuras e reverências, disseram: "Boa noite, tio".

"Boa noite", eu disse.

As três desapareceram no banheiro, Preuss insistiu em me acompanhar até lá fora. Caso a porta da frente já estivesse trancada.

A porta da frente ainda estava aberta. Preuss me tomou a dianteira ao sair à rua, respirou fundo, abriu os braços e disse: "É quase maio outra vez".

Tive a sensação de que ele estava um pouco alto, afinal ele tomara dois litros de cerveja morna, menos um copo.

"Ah, sim", eu disse, "e o que foi feito da irmã dele?"

"A irmã de Kirschbaum? Com ela nunca tivemos nada a ver. Eu só a vi daquela vez. Há mais alguma coisa para contar?"

Quando quis finalmente me despedir, ele disse: "O senhor também me responderia uma pergunta?".

"Claro", respondi.

Ele hesitou um instante antes de perguntar: "Como soube do meu endereço?".

"Pelo serviço secreto inglês", eu disse. Então realmente me fui.

Hardtloff está morto, morreu de um coração fraco, a notícia chegou até nós na estação. Deve ter acontecido na noite passada, quando saímos da estação ontem à tarde a bandeira pendia languemente na posição de costume sobre a casa de pedra, quando hoje de manhã aparecemos para o trabalho ela tremulava alegremente a meio pau, portanto em algum momento nesse intervalo. A bandeira, claro, é em si mesma apenas um vago indício, ela não trai mais senão que alguém do alto escalão faleceu, sem dizer nomes. O nome quem disse foi uma sentinela, quando falava com outra sentinela, no correr do dia Roman Schtamm ouviu por acaso a elucidativa conversa. Ele chegou a uma pilha de caixotes, sem nenhuma intenção reprovável, os dois estavam atrás dela conversando sobre a morte de Hardtloff, foi um feliz acaso. Roman se demorou um pouco mais que de hábito para erguer o caixote, só conseguiu quando as duas sentinelas mudaram de assunto.

A essa altura cada um de nós sabe por quem a bandeira adeja a meio mastro, Roman não viu motivo para guardar segredo. Pode-se dizer que recebemos a novidade com circunspecção, dificilmente algo mudará para nós. Se jamais algo mudar, não será devido à morte de Hardtloff, ainda assim se podem imaginar coisas piores. Só Jakob lamenta que Roman Schtamm, e não ele, tenha ouvido a conversa das sentinelas, a desdita do Sturmbannführer teria rendido um estupendo comunicado radiofônico. Não só por causa do conteúdo. Teria sido o primeiro comunicado que não precisaria ser aceito de boa-fé, qualquer um haveria tido a possibilidade de comprovar sua exatidão, com seus próprios olhos e sem esforço, a confirmação pendia do mastro desde a manhã. Contar-lhes agora que a morte de Hardtloff fora ouvida no noticiário matutino não teria o menor sentido, o que passou, passou, um rádio tem seu orgulho, não sai manquitolando atrás dos fatos.

Quando o apito estridula pontualmente para o almoço, Jakob abandona em definitivo essa agradável linha de pensamento. O carrinho com os pratos de lata é trazido, formamos a impecável fila de costume.

Alguém atrás de Jakob pergunta em voz baixa: “Você estava com o rádio ligado ontem à noite?”.

“Estava”, diz Jakob.

“Eles falaram alguma coisa sobre Hardtloff?”

“Não seja besta! Você pensa que eles se importam com essas bobagens?”

Alguém na frente de Jakob pergunta: “Que estação você ouve, afinal?”.

“A que aparecer”, diz Jakob. “Moscou, Londres, Suíça, depende também do tempo.”

“Estações alemãs, nunca?”

“Para quê?”

“Às vezes você também houve música?”

“Raramente”, diz Jakob. “Só enquanto espero o noticiário. Afinal não tenho o rádio para diversão.”

“O que eu mais gostaria na vida era ouvir música de novo.

Qualquer música", diz alguém na frente de quem está em frente de Jakob.

Os caldeirões de sopa demoram a chegar, mas a fila está reta, retinha da silva, palavra de honra. As pessoas automaticamente continuam a corrigir as possíveis assimetrias, mesmo as mais imperceptíveis, mas isso não traz os caldeirões desta vez. Em vez disso, a janela na cumeeira da casa de pedras é aberta, uma mão ordena silêncio, uma voz bradeja de cima, como se fora o irado todo-poderoso em pessoa: "Dez minutos de descanso! Hoje não tem almoço!".

O carrinho com os pratos é levado embora de novo, a fila esfomeada perde sua ordem e dispersa-se pelo pátio. Colheres limpas são enfiadas de volta nos bolsos, esparsas imprecações, xingos e olhares furiosos, os russos vão mostrar uma coisa a vocês, cachorros.

Kowalski pergunta a meu lado: "Não tem comida porque Hardtloff morreu?".

"Nada mais óbvio", eu digo.

"Querem saber de uma coisa", diz Kowalski, "para mim valeu a pena."

Ele não é recompensado propriamente com uma explosão de riso, nada de almoço, é um golpe certeiro, como que um soco no estômago. Mas Kowalski, com seu jeitão simpático, ensaia outra modesta piada: "Imaginem só se, cada vez que um de nós esticasse as canelas, os alemães não ganhassem nada para comer. Que bela de uma fome não seria!".

Neres de resposta.

A caminho de onde escolheu passar os dez minutos, Jakob é seguido por um pequeno enxame de judeus, Kowalski junta-se ao grupo antes que se comece a sentir sua falta. Jakob sabe que estão atrás dele, a comida foi cancelada, portanto uma palavra sua tem de lhe fazer as vezes. Ele vai até um vagão vazio, lá todos encontram espaço para se sentar, uma deferência que havia tempos se tornou um hábito. Jakob não se sente lá muito à vontade, ele tencionara fazer render um pouco os lauréis da véspera, a liberação da cidadezinha de Tobolin. Com nossa entusiástica anuência, o major Karthäuser apusera num rasgo de pena sua assinatura ao documento de capitulação, caíra a fortaleza, mas isso fora ontem. Ninguém poderia presumir a sequiosa carência do dia seguinte, Jakob senta-se despreparado em meio a seu rebanho.

De repente, assim ele me contou, enquanto eles estão lá sentados olhando para ele, pois a expectativa é de que ele logo dê início ao relato, passa-lhe pela cabeça um pensamento perverso, expulsando Tobolin e todas as vitórias. De repente lhe fica claro que duas notícias chegaram hoje à estação, ainda que somente uma delas haja sido compreendida de imediato, Hardtloff. A outra, a ruim, foi ignorada, embora pairasse límpida e inequívoca no ar, faltava apenas a coragem.

"A notícia infelizmente não é tão boa assim", diz Jakob com gravidade.

"De qual notícia você está falando?"

"Que Hardtloff está morto."

"Você era chegado nele?", diz um engraçadinho.

"Nele não", diz Jakob. "Mas em Kirschbaum."

É com relutância que eles têm de admitir, não é fácil, uma correlação forçosa, a maioria compreende sem maiores explicações. Do jeito que as coisas são, é pequena a chance de que um médico judeu possa sobreviver a seu paciente ariano, nesse caso em particular, nenhuma. "Quem é esse tal de Kirschbaum?", pergunta um outro, não se pode conhecer todo mundo. Explicam para ele, grande cabeça, antigamente uma celebridade em cardiologia, vizinho aqui do Jakob, vieram buscá-lo para curar Hardtloff. Depois, luto silente um tanto quanto atrasado pelo professor, os dez minutos escoam-se sem perguntas nem relatos de sucessos, Jakob teria desejado outra distração. Ele se sente movido a um consolo qualquer, não se pode deixá-los tão esfaimados assim, a velha história dos planos secretos alemães que caem nas mãos dos russos na fortaleza de Tobolin lhe relampeja no espírito. Mas o Apito o livra dessa asneira pondo fim de modo habitual ao almoço, que hoje foi tão insulso.

Apesar da morte de Hardtloff, portanto, o dia transcorre soturno, e teima em continuar assim. Em meio ao trabalho surge o carro-tanque tracionado por dois cavalos esquálidos, a visão nos é familiar, assim como a barulheira, de longe já se ouve. Em média ele aparece a cada três meses, no verão mais raramente, com frequência ligeiramente maior no inverno, quando a terra está congelada, mas sempre às segundas-feiras. Sua visita gira em torno da casinha alemã com o coração na porta, que dela pode prescindir por três meses, não mais, senão transborda.

Na boleia senta-se um camponês da vizinhança, ninguém sabe a que ele deveu esta honra. O homenzinho é de amargar. Quando ele apareceu aqui a primeira vez, os alemães o proibiram de falar com qualquer um de nós, e a isso ele se ateve à risca. A princípio, muito antes do rádio de Jakob, tentamos arrancar uma palavra dele, nós próprios não sabíamos qual, alguma miudeza lá de fora. Perigo não havia, mas ele permanecia sentado na boleia de cara amarrada, sem dizer chus nem bus e olhando de esguelha para a sentinela distante, provavelmente ele temia por sua cabeça ou por seu estrume. Ou é um antissemita, ou simplesmente um idiota.

Ele estaciona seu carro-tanque atrás da retrete. Um alemão sai da casa de pedra e mistura-se a nós, que fingimos todos estar terrivelmente ocupados, tão logo a barulheira se faça ouvir. Isso porque o trabalho para o qual quatro são agora escolhidos não é mais leve que o de carregar caixotes, depois a pessoa fede como o diabo e não pode se lavar até chegar em casa. "Você, você, você e você", diz o alemão.

Schmidt, Jakob e dois desconhecidos seguem rilhando os dentes para trás da casinha e dão início ao trabalho sujo. Eles apanham as duas pás e os dois baldes pendurados na lateral do vagão, Jakob e o advogado erguem a tampa da fossa. Depois com a pá entornam a porcaria nos baldes, que os outros dois despejam no tanque. O rosto enojado de Schmidt não facilita as coisas, levará umas três horas, na metade desse tempo eles revezam, pás com baldes.

"Já fez isso antes?", pergunta Schmidt.

"Duas vezes", diz Jakob.

"Eu nunca."

O camponês na boleia está sentado de costas para eles. Ele retira um pequeno pacote do bolso, papel-pergaminho, desembrulha, pão e toicinho. E de quebra o sol baixo, esquecido do mundo ele saboreia seu almoço ou lanche, os olhos de Jakob saltam das órbitas.

O mais velho dos dois carregadores de balde suplica um naco, explicação em voz baixa do que foi feito de seu almoço, um pedacinho de pão só, nem falemos do toicinho. O camponês parece indeciso, seus olhos simplórios, como observa Jakob enquanto maneja a pá, esquadrinham a estação à cata de guardas, nenhum dos quais se interessa pelos sucessos atrás da casinha.

"Não tenha medo", diz nosso homem, "você não precisa falar com a gente. É só deixar cair um pedaço de pão, está entendendo, sem querer. Ninguém vai te culpar por isso. Eu apanho sem que ninguém perceba... Tá ouvindo? Ninguém, nem mesmo você vai perceber!"

"Você consegue comer com esse fedor?"

"Consigo", diz Jakob.

O camponês enfia outra vez a mão no bolso, retira o papel-pergaminho, embrulha o resto do pão com toicinho, guarda-o. Ou está saciado ou de fato perdeu o apetite, só mais um farto gole de um cantil verde, e ele enxuga a boca na manga emporcalhada da camisa.

"Filho da puta", ele é chamado, mas nem sequer esse palavrão lhe empresta vida.

Pouco antes do revezamento Schmidt vai afrouxando a olhos vistos o trabalho com a pá, por fim susta inteiramente, afirma não poder mais. Que tudo está girando diante de seus olhos, manchas pretas, suando ele se reclina na parede dos fundos da retrete.

"É porque faltou o almoço", diz Jakob.

Isso não é de ajuda para Schmidt, gordas pérolas de suor lhe rolam face abaixo, ele tenta vomitar, mas não sai nada. Jakob enche um balde em seu lugar, os carregadores em compasso de espera, nenhuma solução de longo prazo.

"Você tem de continuar", diz Jakob.

"Falar é fácil", diz Schmidt arquejante, recostado e muito pálido.

"Ou você continua agora ou pode ir se deitando e morrer", diz Jakob.

Isso é ainda menos atraente para o advogado Schmidt, ele torna a apanhar sua pá e com as pernas bambas enche o balde, que outra vez já espera faz tempo. Ele geme, parece uma tentativa desesperada e, teme-se, condenada ao fracasso. A pá roça a superfície, não alcança fundo como deveria, é retirada da imundície cheia só pela metade, mais trabalho para Jakob.

"A propósito, andei ouvindo umas coisas do seu Sir Winston", diz Jakob, num tom baixo o bastante para que o camponês não consiga compreender nada, por mais que aguce os ouvidos.

"De Winston Churchill?", diz Schmidt, flébil, é verdade, mas com audível interesse.

"Ele está resfriado."

"Algo sério?"

"Não, não, só uma coriza à toa. Ele espirrou durante metade da entrevista."

"Uma entrevista inteira?"

"Curta."

"E o que ele disse?", pergunta Schmidt.

Jakob lhe dá a entender que o local é pouco adequado para um bate-papo descontraído, as sentinelas do outro lado, por enquanto elas estão ocupadas com outras coisas. Mas em três horas uma delas vem averiguar, com certeza, até lá a fossa tem de estar vazia. Relato, portanto, só se puder ser camuflado com trabalho. Schmidt há de ter compreendido, o manejo da pá se torna mais firme por necessidade, as gotas na testa continuam as mesmas, o que disse Churchill?

Jakob lhe conta, a conversa no porão entre o repórter e o primeiro-ministro inglês ainda está retida na memória, embora já não mais tão fresca. A situação no front oriental, sem citar cidades, em todo caso desesperadora para os alemães, essas foram as suas próprias palavras, um alentado buquê colorido de boas esperanças. E Churchill pode se dar ao luxo de uma opinião, você não acha, da perspectiva que ele tem. Claro que ainda existem dificuldades aqui e ali, mas eu lhe pergunto, em qual guerra tudo se resolve na maciota?

E existem também diferenças entre Schmidt e Lina, ponderáveis, que têm de ser levadas em conta. Você não se acha sentado com uma garota pequena num porão escuro, por diversão, digamos assim, ou por amor, você está sob a luz do sol, com o ilustrado Schmidt, cada palavra deve ser sopesada, em três horas a fossa tem de estar vazia de imundície.

Na manhã desse dia, destinado ao avanço sobre a cabeça de distrito Pry — os russos não vão exatamente atingi-la, mas dela se aproximarão um bom pedaço, assim quer Jakob —, na manhã desse dia promissor, Mischa, a caminho do trabalho, vê um pequeno grupo em polvorosa. Eles apontam numa e noutra direção, dois deles falam precipitadamente, os demais ouvem atarantados, Mischa não quer passar sem saber de maiores detalhes. Então ele ouve o nome de uma rua, a Franziskaner, Mischa agarra o mais próximo pelo braço, arranca-o do rebuliço, que pelo amor de Deus ele lhe diga o que está havendo na Franziskaner. Rápido lhe contam, uma tragédia se abateu sobre ela, as pessoas daquela rua estão sendo alinhadas em fileiras de três. Eles estão varejando casa por casa, há pouco passaram pelo número 10, em poucas horas não vai sobrar vivalma morando ali, terão ido para o campo de concentração ou sabe-se lá para onde mais.

“E dizem que os russos já tomaram Tobolin”, diz o homem.

Mischa sai em disparada, o destino da Franziskaner não lhe toca somente no geral, pois a Franziskaner é uma rua de todo peculiar, nela mora Rosa. O homem diz, há pouco passaram pelo número 10, ou seja, poucos minutos atrás, a essa hora Rosa normalmente já estaria fazia tempo na fábrica. Mischa recrimina a si próprio por não haver simplesmente exigido que ela ficasse todas as noites com ele, sobretudo a última. Ele irá até a fábrica dela, permitir sua entrada a sentinela do portão não vai, mas ele pode aguardar nas imediações. Até o fim do expediente, Mischa será ele próprio sentinela, pois Rosa deve ser impedida de ir para casa. Deus o livrasse de vigiar só uma fábrica vazia, se Rosa saiu de casa pontualmente, ela deve estar lá, essa é a sua única esperança. Mischa corre, por que tanta pressa, nem mesmo ele sabe, falta muito para o fim do expediente de Rosa, ele corre.

Em frente da fábrica dela, uma tecelagem de tijolos castanhos, o mundo parece estar nos eixos, Mischa se posta do outro lado da rua, ninguém senão ele. Ele se prepara para um longo dia, mas este se revela bem mais breve do que o esperado. Da fábrica sai uma garota judia, Mischa se pergunta por que ela está saindo durante o expediente, ela vagueia ao léu pela calçada, passa por ele. Mischa hesita, até ela quase alcançar a próxima esquina, então parte atrás dela. Ela logo nota, vira a cabeça fazendo charme, uma, duas vezes, afinal um jovem de olhos azuis e ombros largos como esse é uma raridade no gueto, e ainda por cima em plena luz do dia. De pronto ela encurta o passo, não tem nada contra ser alcançada, e é o que ocorre afinal, logo depois da esquina ele está a seu lado.

"Queira desculpar", diz Mischa. "Você trabalha naquela tecelagem?"

"Trabalho", ela diz sorridente.

"Você sabe por acaso se Rosa Frankfurter ainda está lá dentro?"

Ela reflete alguns segundos antes de dizer: "Você é Mischa, não é verdade?".

"Sou", diz ele. "Ela está lá dentro?"

"Ela foi embora faz alguns minutos. Disseram que ela podia voltar para casa hoje."

"Quanto é isso, alguns minutos?", ele pergunta com a voz já esganiçada. "Quanto tempo, exatamente?"

"Dez, talvez", ela responde, surpresa com sua repentina agitação.

De novo ele sai em disparada, calculando febrilmente que daria para conseguir se fossem mesmo dez minutos. Dali até a Franziskaner Rosa levaria quase meia hora, mais se não estivesse com pressa, e com pressa ela não estaria. Disseram-lhe que ela podia voltar para casa, sem darem justificativa alguma, os canalhas, então não é preciso ter pressa. De estalo Mischa dá meia-volta, dispara em sentido contrário, um lapso tem de ser corrigido, um lapso imperdoável. A garota vem lentamente em sua direção e sorri outra vez.

"Eles também te mandaram para casa?", ele grita já de longe.

"Mandaram."

"Não vá para casa! Se esconda em algum lugar!"

Ele ainda a ouve perguntar: "Mas por quê?".

"Porque a Franziskaner está sendo deportada!"

"Mas eu não moro na Franziskaner. Moro na Sagorsker."

A circunstanciada conversa lhe custa tempo demais, então a Sagorsker também, ele disse a ela tudo o que sabe. Ela que tire as conclusões, salve a própria pele ou não, se for esperta ela ficará na frente da fábrica e dirá a cada uma que eles mandarem para casa: "Não vá para casa, se esconda, seja lá onde você more!". Tudo isso lhe passa pela cabeça muito depois que ele tornou a correr de novo, atrás de Rosa. E que a Franziskaner e a Sagorsker nem sequer se cruzam, entre elas há a Blumenbinder-Gasse, que tem poucas casas, a maior parte armazéns hoje desativados, exceto alguns. E a cada nova esquina ele procura por Rosa, talvez ela nem sequer haja tomado o caminho mais curto, talvez tenha saído para passear nesse tempo bom e queira aproveitar o dia livre. Se ela estiver realmente passeando, com certeza ele chegará antes dela na Franziskaner, ele poderia ocupar uma extremidade e interceptá-la. Mas só uma extremidade, a Franziskaner tem duas delas, qual dessas extremidades você pretende ocupar, e a essa hora do dia você não achará quem o ajude, por nenhum preço. Por um instante faísca uma nova centelha de esperança, Mischa aposta no instinto de autoconservação de Rosa. Não importa em que extremidade aparecer, Rosa verá o que se passa com sua rua. Talvez ela dê então meia-volta, corra até a casa dele, permaneça escondida no pátio e espere até que ele chegue à noite com a chave. Mas Mischa não conta muito com isso, ele a conhece como a palma da mão, a maluca da Rosa não vai conseguir tirar da cabeça seu amor pelo pai e pela mãe, essa coisa inútil de menina-moça. Terá no máximo uma hesitação diante do espetáculo, então romperá em choro e correrá direto para sua ruína, para onde seus pais estão, que podem muito bem passar sem ela, e isso tudo não ajudará um ser vivo.

Todos os cálculos têm fim quando ele finalmente a encontra numa rua comprida e reta. Na Argentinische-Allee, cujas tílias foram podadas com esmero, rente ao solo, resultando num amplo campo de visão. A rua praticamente deserta, ele a reconhece pelo vestido marrom-avermelhado, quando ela ainda é somente um ponto, depois seu lenço azul, seu jeito de andar, lento, como fora previsto, Mischa pensa: que sorte.

A poucos metros de distância ele para de correr e a segue em silêncio por alguns passos, Rosa contempla os belos frontões antigos, antigamente uma região de comerciantes, Rosa passeia. Os últimos pensamentos antes de ele se fazer notar, seu comportamento tem de aparentar perfeita naturalidade, por acaso ele estava a caminho da casa dela porque ficara sabendo que a fábrica lhe dera folga hoje. Nada de grande ansiedade, nem um pio sobre a sina da Franziskaner, senão aquele amor paternal ainda lhe tornava ao espírito.

Ele planeja lhe tapar os olhos por trás com as mãos e lhe perguntar com voz disfarçada se adivinha quem é, esse seria um começo bem singelo. Ele nota que suas mãos estão grudentas de suor, o rosto também, ele os enxuga com a manga e diz com forçado desembaraço: “Surpresa te encontrar aqui!”.

Rosa se vira num átimo, primeiro espantada, depois sorri, as garotas mais bonitas sorriem para Mischa. Rosa pergunta: “O que você está fazendo aqui?”.

"E o que você está fazendo aqui?"

"Estou indo para casa", ela diz. "Imagine só, não fazia nem bem uma hora que eu estava na fábrica e me deram permissão para sair."

"E por quê?"

"Sei lá. Disseram só que podia ir para casa. Algumas outras também, mas não todas."

"O mesmo aconteceu comigo", diz Mischa.

"Você também está de folga hoje? O dia inteiro?"

"Estou."

"Bacana", diz Rosa.

Ela lhe dá o braço, um passante solitário admira a felicidade do jovem casal.

"Vamos até minha casa", diz Mischa.

"Mas como é que você veio parar justo aqui?"

"Eu pretendia te pegar na fábrica. Quando eles me deram a folga, eu pensei, talvez eles te liberem hoje também."

"Rapaz esperto."

"Mas você havia acabado de sair. Foi uma garota que me disse, uma bonitinha de cabelos ruivos."

"Foi a Larissa", ela diz.

Eles vão à casa dele, a passo cadenciado, pois a direção não lhes importa, a Franziskaner está à esquerda. Rosa conta de Larissa, que ela às vezes conversava com Larissa sobre Mischa, ele que não ficasse zangado com ela por isso, elas costuravam na mesma mesa, e o dia era longo. Larissa é uma água parada das mais fundas, que ninguém se engane pelos seus olhos sonhadores. Por exemplo, ela tem também um namorado, Naidorf é o nome dele, Josef Naidorf, ela o chama Jossele, trabalha na fábrica de ferramentas, Mischa não há de conhecê-lo. Eles moram no mesmo prédio, Larissa ainda tem a mãe e dois irmãos adultos, uma vez aconteceu uma história engraçada com esses dois irmãos. Eles deram uma surra em Josef Naidorf quando o pegaram com a irmã no sótão, e fazendo o quê, você acha? Aos agarras e beijos, claro, mas Larissa os levou no bico. De lá para cá eles se acalmaram, perceberam que ela não era mais uma criança, Jossele às vezes tem até permissão para visitá-la no quarto, para uma conversa, entenda-se bem. E de inopino, no meio de seu discurso, ela estaca e pergunta: "Mas por que cargas-d'água eles nos deram um dia inteiro livre?".

"Como é que eu vou saber?", diz Mischa.

"Mas um motivo deve ter, não?"

Ele encolhe os ombros, sua esperança era que ela não tocasse nesse assunto, a resposta ele terá de lhe ficar devendo, mas razão ela tem, que é estranho, é.

"Será que tem algo a ver com os russos?", ela pergunta.

"Com os russos?"

"Quem sabe. Se sentirem que estão com a corda no pescoço e quiserem rápido se fazer de queridos enquanto ainda há tempo?", diz Rosa. "Você entende? Já pensando no futuro."

"Talvez", diz Mischa, ele também não tinha uma explicação melhor à mão.

À casa dele, portanto, em passo de bamboleio, Rosa tão palradeira como nunca, de pura despreocupação. Mischa deixa fluir sua loquacidade sem obstáculos, ela estava longe de ter gasto com Larissa toda a sua munição, Klara e Annette e sobretudo Nina também têm casos, e que casos, além disso seu pai começou finalmente a dirigir tímidos pensamentos para o futuro. Anteontem à noite ele depositou sobre a mesa uma curiosa papeleta, diz Rosa. Nela, repartidos em três grupos, estavam papéis teatrais correspondentes às ideias do que um dia ele pretende interpretar, se Deus quiser, a direção do teatro o privara deles por tempo suficiente. Detalhes Rosa não sabe, para isso entende muito pouco de teatro, mas eram no mínimo uns vinte.

Diante da porta de casa ocorre a Mischa um pensamento desagradável, nada de trabalho significa nada de almoço hoje, ele pergunta a Rosa se por acaso ela não tinha consigo os cupons de ração. Pena, ficaram em casa, e essa ainda por cima, ele pensa. Será que ela não devia ir buscá-los num pulo, não, não devia, ele lhe dá as chaves, logo estará de volta, ele vai com os próprios cupons.

Na loja Mischa é o único freguês, em geral depois do trabalho nunca há menos de meia hora de espera.

"A essa hora?", pergunta Rosenek, o bem nutrido. Sua balança é suspeita de imprecisão, sempre para o mesmo lado, somente ela pode tê-lo ajudado a criar tal pança. Ele tenta, é verdade, dissimular o monstrengo com um macacão bem folgado, mas macacão e Rosenek não enganam, não há macacão que chegue para essas bochechas rechonchudas.

"Nos deram folga hoje", diz Mischa.

"Folga? Como assim?"

"Folga."

Mischa coloca os cupons de ração sobre o balcão diante de Rosenek, todos eles.

"Ainda é só terça-feira", diz Rosenek surpreso, a título de aviso.

"Não esquenta."

"Você é quem sabe."

De uma gaveta farinhenta atrás de si Rosenek apanha um pão redondo que não cheira a pão como nos velhos tempos, coloca-o sobre o balcão, corta-o gemendo com uma faca serrilhada, então o deposita sobre a famigerada balança, os pesos intrujões feito os tubos de um órgão.

"Pese bem, por favor", diz Mischa.

"Que quer dizer com isso? Eu sempre peso bem."

Mischa não está disposto a descer a minúcias vocabulares, que não levam a nada, ele diz: "Pese particularmente bem. Tenho visita".

"Visita? Como assim?"

"Visita."

Rosenek descobre seu coração e dá a Mischa a outra metade do pão, a suposta metade, sem colocá-la na balança. Dois bolsos cheios de batatas vêm em seguida, pois Mischa não possui nada para carregá-los, um pequeno saco de farinha de grão-de-bico, linguiça, mais na aparência do que na essência, e um pacotinho de café maltado.

"Os cupons também dizem algo sobre gordura", diz Mischa.

"Ah, é mesmo?! Dizem também como eu faço para arranjá-la?"

"Senhor Rosenek", diz Mischa.

Rosenek olha para ele como se estivesse diante da decisão mais difícil de sua vida, você ainda acaba me matando, meu jovem, Rosenek pergunta: "Você precisa do café?".

"Nem tanto."

Rosenek persiste mais um pouco em sua pose de infeliz, por fim pega o pacotinho de café do balcão, dirige-se a um quarto adjacente. Retorna carregando um pedaço de papel-pergaminho, à primeira vista não parece mais que um pedaço de papel-pergaminho dobrado, mas depois se vê que existe algo embrulhado nele. Gordura, Rosenek cortou-a da própria barriga, a julgar pela sua expressão.

"Só porque é você", diz Rosenek. "Mas pelo amor de Deus não conte para ninguém."

"Que ideia", diz Mischa.

Mischa chega fartamente carregado lá em cima, Rosa maravilha-se com o que ele traz, ela escancarou a janela.

"Senão o sol pensa que não tem ninguém em casa e vai embora, diz minha mãe", ela diz.

Mischa arruma as dádivas de Rosenek no armário e esvazia do bolso a terra das batatas. Rosa o chama à janela, não lhe agrada o tom de sua voz. Ele se debruça ao lado dela, um cortejo cinzento se aproxima, ainda distante para se perceber detalhes. Por ora ouve-se apenas o latido dos cães, de maneira intermitente e supérflua, pois ninguém se arrisca fora da fila.

"Que rua hoje?", pergunta Rosa.

"Não sei."

Afastando-a, ele fecha a janela, mas não pode impedir que ela permaneça atrás do vidro e aguarde o cortejo passar. Rosa diz: "Me deixe. Talvez haja conhecidos entre eles".

"Está com fome?", ele pergunta. "Vamos fazer alguma coisa?"

"Agora não."

Ele se poupa a mais ofertas. Sabe que sua resposta a tudo o que ele pudesse propor a seguir seria: "Agora não". Somente a força poderá afastá-la da janela, realmente uma bobagem, pois ela não sabe quem verá no cortejo, mas ela julga que nessas ocasiões não se deve enterrar a cabeça na areia. Uma espécie de regra do jogo para Rosa, é assim que ela é. O mais simples seria agarrá-la, jogá-la na cama e começar a beijá-la, como se obedecendo a um impulso repentino. Mischa dá o primeiro passo nessa direção, no segundo lhe falece a coragem, pois Rosa o conhece bem demais, na hora desvendaria a mentira. Não há alternativa senão deixá-la plantada ali até a terrível cena, não há como poupá-la disso.

Ele se senta na cama, tenta parecer sereno, uma total perda de tempo, porque Rosa olha fixamente para fora. Sua testa apoia-se no vidro, de modo a obter a primeira visão do comboio, o hálito forma uma pequena mancha no vidro, ela respira de boca aberta, como fazem os excitados.

"Venha cá", ele diz.

Os idiotas tinham de escolher bem a sua rua, como se não houvesse outras o suficiente, Mischa tem vontade de se levantar e ir até o corredor, ou pelo menos até a metade do quarto de Faingold, que, nem precisa dizer, readquiriu sua velha cara um dia após a intervenção de Rosa, o que diabo ela fará? O latido dos cães fica mais alto, quando por um momento abrandam ouvem-se passos, até mesmo uma voz esparsa gritando: "Força, força!".

"Mischa!", diz Rosa em surdina.

"Mischa!", ela berra segundos depois. "Mischa, Mischa, Mischa, é a nossa rua!"

Agora ele está atrás dela, o pensamento de que era inevitável seus pais estarem naquele cortejo parece ainda não ter ocorrido a ela. Num sussurro ela enumera nomes de vizinhos a quem reconhece, cada qual traz algo nas mãos, uma bolsa, uma mala, uma trouxa cheia de pertences de valor. Mischa encontra tempo para procurar os Frankfurter, ele os descobre antes dela, Felix Frankfurter com seu indefectível cachecol em volta do pescoço. Seu jeito de andar expressa de algum modo confiança, sua mulher, uma cabeça mais baixa, caminha a seu lado, ela ergue a vista para a janela, Mischa nunca fora um segredo.

Rosa continua a enumerar nomes, os olhares de sua mãe são a gota d'água para Mischa. Ele abraça Rosa estreitamente e a afasta da janela, quer colocá-la sobre a cama e ali mantê-la à força, mas nada disso acontece, eles caem durante o trajeto, porque Rosa esperneia. Ele se deixa esmurrar e arranhar e puxar os cabelos, só mantém os braços cingidos ao redor do corpo dela, eles permanecem deitados no chão uma eternidade. Ela grita para que ele a solte, talvez vinte vezes ela não grita outra coisa, só: "Me solte!". Até que não se ouça mais nenhum latido, nenhum passo, os golpes dela se tornam mais fracos e finalmente cessam. Cautelosamente ele a solta, pronto para agarrá-la de novo no instante seguinte. Mas ela continua deitada sem se mexer, de olhos fechados e respiração pesada, como se após um grande esforço. Batem à porta, e uma mulher do prédio pergunta se pode ajudar, parecera-lhe ter ouvido alguém gritando.

"Não, não, está tudo em ordem", diz Mischa pela porta fechada. "Obrigado."

Ele se levanta e abre a janela, senão o sol pensa que não tem ninguém em casa e vai embora, assim me disseram, a rua está quieta e vazia. Ele fica um bom tempo olhando para fora, quando se vira, Rosa continua deitada no chão, sem ter mudado a postura.

"Venha, levante-se."

Ela se levanta, esta a impressão dele, não porque lhe disseram para fazê-lo. Ainda não caiu nenhuma lágrima, ela se senta na cama, ele não ousa lhe dirigir a palavra.

"Seu pescoço está sangrando", ela diz.

Ele vai até ela, agacha-se a sua frente, tenta fitá-la nos olhos, mas o olhar dela passa ao largo.

"Por isso você foi me buscar", ela diz. "Você sabia."

Ele estremece ao notar a recriminação de suas palavras. Ele gostaria de lhe explicar que não havia mais tempo para prevenir os pais dela, mas naquele momento ela não aceitará nenhuma justificativa.

"Chegou a vê-los?", ele pergunta.

"Você não me deixou", ela diz, e começa finalmente a chorar.

Ele diz que também não os viu, nem até o fim do cortejo, talvez eles tenham farejado o perigo a tempo e buscado refúgio. Ele sabe como isso é ridículo, após três palavras ele nota a inutilidade de mentir, mas termina a frase como um autômato.

"Você vai tornar a vê-los, com certeza", ele diz ainda. "Jakob disse..."

"Você está mentindo!", ela grita. "Vocês todos estão mentindo! Vocês falam e falam, e nada muda!"

Ela se levanta num pulo e quer sair correndo, Mischa só consegue agarrá-la quando ela já escancarou a porta. No corredor a mulher se empertiga, curvada ao nível do buraco da fechadura. Ela pergunta: "Não posso realmente ajudar?".

"Mas que diabo, não!", grita Mischa, agora ele também grita.

A mulher se retira melindrada, é de supor que sua solicitude se haja extinto para sempre, ao menos no que tange a esse esgoelado. Em todo caso, a presença de uma terceira pessoa traz Rosa de volta a si, assim parece, ela regressa para o quarto, sem que Mischa tenha de obrigá-la. Ele fecha a porta, seu medo é o silêncio. Por isso começa de imediato a retomar posse da metade improdutiva do quarto, a metade de Faingold, o armário contra a parede, cobrindo precisamente o grande quadrado de papel de parede ainda limpo, a cortina desce do teto e retorna para a janela. Porque Rosa agora vai morar ali, pelo menos isso está claro.

"Você tem ouvido nos últimos tempos algo sobre as deportações?", pergunta Mischa.

"Não", diz Jakob.

"Eles não evacuaram só a Franziskaner. Estão também na Sagorsker e..."

"Eu sei", diz Jakob.

Eles avançam alguns passos em silêncio, a caminho da estação, na última esquina já se livraram de Kowalski. Ele se abstivera de perguntas na presença de Mischa.

Desde aquele dia, cinco pessoas passam a faltar na estação, talvez até mais, dão pela falta de apenas cinco, a quem se conhece pessoalmente. Jakob pensara fossem seis, incluíra entre eles Mischa, porque ele não apareceu para trabalhar aquele dia, felizmente foi um engano.

"Como está Rosa?", pergunta Jakob.

"Como podia estar?"

"Estão se virando com a comida?"

"Esplendidamente!"

"Mas ela não pode mais receber cupons de ração, pode?"

"E eu não sei?"

"Será que alguém do prédio não pode ajudar? Comigo é parecido, com Lina. Kirschbaum sempre trazia alguma coisa para ela."

"Não acredito mais num final feliz", diz Mischa. "Agora eles estão vasculhando rua por rua."

Jakob parece ouvir uma recriminação velada em sua voz.

"Pode ser", diz Jakob. "Mas pense você mesmo. Os alemães estão em pânico! Os comboios são a melhor prova de que os russos já devem estar bem perto! Desse ponto de vista, eles são até um bom sinal."

"Que belo bom sinal. Vá explicar isso a Rosa."

Numa de suas tardes de tédio mortal e pranto copioso, Rosa deixa o apartamento, embora Mischa a tivesse proibido severamente a tanto. Ele teria preferido era trancá-la, por mais que ela protestasse, só não o fez porque o banheiro fica no pátio.

Ela não tem destino certo, só o que quer é esticar as pernas depois de uma semana inteira de prisão. Os perigos de que Mischa vive falando lhe parecem exagerados, no quarto dele ela não está mais segura que em outra parte, todo dia pode ser também a vez do prédio. E quem haveria de reconhecê-la, conhecidos quase não há, as patrulhas de rua só começam à noite, por volta do toque de recolher. No fundo tudo isso pouco lhe importa, além do mais Mischa não precisa ficar sabendo do passeio, ela não vai se demorar muito.

Não precisa ser necessariamente a verdade se mais tarde ela lhe disser, quando ele tiver chegado em casa muito antes dela, que por acaso ela tinha a chave de casa consigo. E que, sem se dar conta, de repente estava na Franziskaner, os pés tomaram esse caminho por força do hábito, ela diz.

A rua lhe parece prodigiosamente deserta, ela é evitada até como via de passagem, como se a peste a tivesse assolado. Rosa examina os quartos abandonados no rés do chão, os quartos de pessoas que poucos dias antes ela cumprimentara, por uma janela ela descobre um garoto. Ele tem cerca de catorze anos, está ajoelhado diante de um armário aberto e atocha com grande urgência numa mochila tudo quanto consegue agarrar, louças, roupa de cama, uma calça, um caixote de madeira, sem antes verificar a utilidade de seu conteúdo. Rosa o mira petrificada, o único ser vivo além dela. O armário parece perfeitamente vazio, mas a mochila ainda não está vazia, o garoto se apruma e investiga o quarto. Nisso ele vê os olhos arregalados atrás do vidro, no primeiro instante ele leva um susto, então vê também a estrela no peito de Rosa, e em seu rosto se abre um esgar de cumplicidade. É provável que a tome por uma inofensiva concorrente.

Rosa segue adiante apressada, imaginando se alguém como aquele — ela não encontra outra palavra, um saqueador — também esteve em sua casa nesse meio-tempo. Apesar de ela não sentir raiva, só compreensão não basta, o que lhe incomoda é que, atrás das paredes, exista uma segunda vida secreta, à primeira vista indiscernível, que lentamente apaga todos os vestígios.

Sem barulho ela abre a porta da frente e espreita com o coração aos pulos. Bom seria se Mischa estivesse aqui, talvez pudesse tê-lo persuadido, mas agora está ali sem ele. Nunca se pode ter certeza, mas depois de um longo silêncio ela presume que não haja mais ninguém no prédio além dela. Rápido ela sobe os dois lanços e olha pelo buraco da fechadura antes de abrir a porta. Então ela entra no quarto, que parece bem-arrumado. O pó ainda não tivera tempo de assentar, as quatro cadeiras estavam em ordem ao redor da mesa, coberta por uma toalha amarela, uma borla pendendo de cada extremidade. A torneira pinga. Até agora não esteve ali ninguém com mochila, Rosa nota isso de cara, e também que seus pais devem ter partido sem pressa.

A primeira coisa que procura é uma mensagem qualquer, a ideia só lhe ocorre agora, ela se lembra de que sua mãe não saía um segundo sem deixar uma mensagem. Mas dessa vez ela quebrou o velho hábito, é evidente, pois não se encontra nenhuma folha de papel escrita, na qual em todo caso só poderia constar: “Não sei para onde, não sei por quanto tempo”.

Então Rosa torna a procurar, agora não mais uma notícia, simplesmente procura. Mischa me conta, ela é uma pequena sentimental, ela queria ter uma noção daquilo que seus pais tinham levado. Provavelmente chora aos borbotões enquanto o faz, falta a sacola de couro quadriculada de marrom e branco e a mala preta de papel machê, em termos de recipientes nada mais. Como Rosa conhece de cor todo o inventário, ao final de sua busca ela estaria em condições de redigir uma lista do que foi levado. Incluindo o álbum com fotos e resenhas, o livro da verdadeira vida de Felix Frankfurter.

Suas próprias coisas estão intocadas, entre elas os cupons de ração, em parte já vencidos. Rosa os embolsa, de resto não há objetos a que ela se sinta particularmente ligada. Ela se obriga a pensar pragmaticamente, uma pasta foi deixada para trás, nela Rosa enfia seu segundo vestido. Roupas de baixo e meias, seu mantô por último. Enquanto isso se admira por ser capaz de pensar com tanta antecipação no próximo inverno. Com o mantô a pasta não se fecha mais. Rosa quer vesti-lo, mas para isso teria de arrancar as estrelas do vestido e costurá-las no mantô. Então ela o atulha como pode na pasta e a amarra com o cinto do mantô. Se ela topar com o garoto na rua, ele sentirá inveja de seu rico butim.

Rosa fecha firme a torneira, fatura liquidada. Ao sair ela deixa a chave na porta, para o garoto ou alguém mais, como uma espécie de ponto final.

"Te dou dez chances", me diz Mischa, "você nunca vai adivinhar aonde ela foi a seguir."

Rosa faz uma visita a Jakob, a quem não conhece, salvo pelos relatos de Mischa, mas deles até que muito bem. Desde Bezanika eles não passaram uma noite juntos sem que se falasse dele, de seu rádio, de sua coragem, do avanço dos russos no front. Naquela época, quando o primeiro júbilo com a novidade arrefecera, Rosa perguntou por que esse tal de Jakob só agora começara a propagar as notícias, afinal eles já viviam no gueto havia três anos, e se ele mantinha um rádio escondido, haveria de tê-lo desde o princípio.

"O provável é que os alemães tenham avançado todo esse tempo, até recentemente. Por acaso ele deveria contar que as coisas pioravam a cada dia?", perguntou-lhe Mischa, e isso soou convincente.

Portanto lá está ela diante da porta de Jakob, não por sede de vingança ou ressentimento pessoal, assim ela tenta se convencer. Não resta dúvida de que ele é simpático e amável e bem-intencionado, mas aquelas promessas, que soavam cada dia mais encorajadoras, e então o quarto vazio na Franziskaner, o quarteirão inteiro na verdade, ela vai lhe perguntar como uma coisa casa com a outra. Ela levantará a questão se era lícito despertar tais esperanças na situação em que eles se encontravam, não me venha com a história do rádio, este pode relatar o que quiser, bastava que ele, Jakob, desse uma olhada em volta.

Rosa bate várias vezes, sem resultado, por que não pensou antes que Jakob devia retornar para casa mais ou menos na mesma hora que Mischa? A espera lhe mina confiança, na hora que estiver frente a frente com ele sua cabeça vai parecer oca. Ainda é tempo de ela ir embora, talvez chegue em casa antes de Mischa e evite as dores de cabeça, que em caso contrário fatalmente haverá. Quanto mais ela espera, mais claramente tem de admitir a si mesma que viera com o mais nebuloso dos propósitos. Jakob insistirá em invocar seu rádio por mais que ela o recrimine, ela havia esperado que todos sobrevivessem ilesos a esses tempos, agora a coisa era diversa, e essa, a rigor, era toda a sua razão. "Ela joga mais rápido que pensa", lhe disse uma vez seu pai após uma partida de damas, seu pai. A Rosa vem a ideia de que Jakob talvez esteja espalhando notícias diversas das que ouve em seu rádio.

Lá está Lina no fim do corredor, recém-chegada da rua e de Rafael, ela vê uma moça com uma pasta abarrotada ante uma certa porta e se aproxima curiosa. As duas se observam um pouco, nenhuma delas ainda nutre nenhuma suspeita. Lina pergunta: "Está procurando o tio Jakob?".

"Estou."

"Já, já ele chega. Você não prefere esperar lá dentro?"

"Você mora aqui, então?", pergunta Rosa.

Em vez de uma resposta, Lina retira a chave de trás do batente, destranca a porta, faz um gesto convidativo com a mão, com certo orgulho. Rosa entra hesitante no quarto, de pronto uma cadeira lhe é estendida, ela caiu nas mãos de uma atenciosa anfitriã. Lina também se senta, e elas continuam a se examinar, com simpatia.

"Você é a Lina, estou certa?", diz Rosa.

"Como é que você sabe meu nome?"

"Pelo Mischa", diz Rosa. "Vocês são velhos conhecidos, eu soube."

"Claro. E agora eu também sei quem você é."

"Então me conte."

"Você é a Rosa. Acertei?"

Elas contam o que sabem uma da outra, Lina, por sinal, está brava com Mischa, porque o tempo inteiro que ela esteve de cama não recebeu uma única visita, sempre só beijos por meio de Jakob. Rosa lança olhares furtivos a seu redor, não que ela espere dar com o aparelho bem à vista, para gáudio de qualquer visita casual.

"O que você quer com o tio Jakob?", pergunta Lina, logo esgotados os assuntos de praxe.

"Vamos esperar até que ele chegue."

"Você trouxe uma mensagem do Mischa?"

"Não."

"Pode me dizer sem medo. Ele não tem segredos comigo."

Mas Rosa bate o pé, ela sorri e se cala, então Lina tenta um circunlóquio.

"Você já esteve aqui antes?", ela pergunta.

"Não, nunca."

"É que nos últimos tempos tem vindo todo tipo de gente. E sabe o que eles querem?", Lina faz uma pausa, para dar a Rosa a ocasião de apreciar essa especial prova de confiança, antes de revelar: "Eles querem ouvir notícias. Você também veio por isso?".

O sorriso de Rosa some do rosto, com certeza ela não veio por isso, antes pelo contrário. Ela já se arrepende sequer de ter vindo, arrepende-se cada vez mais desde o primeiro momento, sente-se deslocada com seu desespero, aqui tudo é feito de jeito honesto e de boa-fé. Ela imagina o que faria se Jakob aparecesse agora e lhe contasse que o comboio com seus pais, a caminho de tal e tal lugar, topara com seus redentores. E ela não ousa dar a resposta, nem à segunda pergunta: se ela até agora iludira a si própria quanto ao verdadeiro intuito de sua vinda, ela não exclui essa possibilidade.

"E então?", pergunta Lina. "Você também veio por isso?"

"Não", diz Rosa.

"Mas no assunto você já ouviu falar?"

"Qual assunto?"

"Que tudo vai mudar logo, logo?"

"Já", diz Rosa.

"Então por que você não fica contente?"

Rosa se retesa na cadeira, foi atingido o limiar em que ou se dá meia-volta ou se declara a verdade, mas o que é a verdade, à parte suas dúvidas? Ela diz: "Porque eu não acredito nisso".

"Você não acredita no que o tio Jakob conta?", pergunta Lina, num tom como quem não tivesse escutado direito.

"Não."

"Você acha que ele está blefando?"

Rosa gosta da palavra, não havia pensado nela nesse contexto, até que não seria má ideia discutir umas coisinhas com essa mocinha. De maneira alguma seguir na mesma direção tomada, como poderia fazer isso com uma criança? Sem razões conclusivas a oferecer, ela está subitamente convencida de que cometeu um erro, tomara que sem consequências. Ela não pode simplesmente se levantar sem mais nem menos e ir embora, Rosa está ali sentada ao desamparo e espera, agora não mais por Jakob, mas por uma oportunidade adequada para pôr fim à visita, reconhecida como um erro. Mas essa oportunidade está cada vez mais remota, após o primeiro choque Lina está tão exaltada que chega a dar medo. Pois seu tio é tudo menos um mentiroso, mas Rosa não disse isso, disse sim, ela disse exatamente isso, como é que alguém pode afirmar uma coisa dessas? Quando ela mesma ouviu no rádio que os russos logo estariam aqui, com seus próprios ouvidos, o que me diz agora? Um homem com uma voz bem grave contou para um outro homem, do seu nome ela não está mais lembrada, mas a voz ela lembra direitinho, palavra por palavra ele disse que toda a encrenca logo chegaria ao fim, no máximo ainda algumas semanas. Será que ele também talvez tivesse blefado, o que afinal dera em Rosa para supor seu tio um mentiroso, ela que esperasse só, dali a pouco ele lhe daria a resposta certa!

Antes que pusesse tudo para fora, numa torrente de indignação verbal, Lina se interrompe e crava os olhos, sobressaltada, além de Rosa, Rosa se vira para a porta. Lá está Jakob, semblante petrificado, ninguém percebeu a porta entreaberta.

Rosa se levanta, não importa o quanto ele tenha ouvido, muito ou pouco, desmascarada é o que ela se sente, tal a consternação dos olhos dele. Ela caminha cabisbaixa até a porta, foi-se a chance de uma saída airosa, ela metera os pés pelas mãos. Jakob dá meio passo de lado para ela, mas à cadeira ela torna de novo, a pasta ficou esquecida no chão. Durante a extensão inteira do comprido corredor Rosa não se atreve a virar para trás. Porém na escada ela o faz, Jakob ainda está imóvel e a segue com a vista, em breve a menina vai lhe contar o que ele decerto já sabe.

Fiquemos com Rosa, ela sai à rua, no início do crepúsculo, onde a próxima contrariedade a aguarda. Ao primeiro golpe de vista uma ardente agitação, os judeus buscam refúgio nos pátios dos prédios, a princípio mais uma vez Rosa não distingue por quê. Então ela avista um carro que se aproxima, um pequeno caminhão verde-escuro, sobre o estribo um uniformizado. Contagiada pelo pânico e sem pensar, Rosa corre os poucos metros de volta para o prédio de Jakob, recosta-se na parede e mantém os olhos fechados. Ela os abre quando ouve passos apressados, um velho se posta ofegante a seu lado, também vindo da rua.

"O que eles querem, moça?", ele pergunta.

Rosa encolhe os ombros, logo o carro segue adiante e será esquecido, a cena com Mischa já está à espera. O homem supõe tratar-se de assunto do mais alto escalão, do contrário eles viriam a pé, como parece acontecer a cada poucos dias. Para horror de ambos os freios guincham, o velho apavorado crispa a mão no braço de Rosa, de maneira tal que chega a doer.

Dois homens em uniforme entram precisamente no pátio em que eles estão, tiras de couro debaixo do queixo, o velho não larga porque não larga o braço de Rosa. Lá fora o motor continua ligado, a princípio os alemães julgam estar sozinhos na penumbra, quando estão quase na escada, um deles diz: "Olhe só!".

Eles se voltam para as duas figuras junto à parede, Rosa parece interessá-los mais que o homem, mas talvez seja só a imaginação dela. Eles se achegam uns passos, então um deles abana a cabeça e diz: "Nã, nã, nã".

"Sumam daqui", diz o outro.

Em seguida eles sobem a escada, o tropel de suas botas alvoroça todo o prédio. Ouve-se uma porta bater, vozes agitadas de todos os cantos, vozes entremescladas, quando muito mais oportuno seria a calma, uma criança chora.

"Venha!", sussurra o velho.

Rosa o segue correndo, na porta ele hesita, com medo do carro, mas por ele têm de passar se quiserem obedecer à ordem do alemão.

"Ande, vamos logo", diz Rosa.

Eles atravessam a rua pressurosos, na direção do prédio oposto, de dentro a porta já lhes é aberta. O velho senta-se exausto no degrau mais baixo da escada, geme como se houvesse corrido ao redor do quarteirão inteiro e massageia o peito sobre o coração. Rosa vê outros três homens e uma mulher no pátio, que está ainda mais escuro que o outro, não conhece ninguém. Ela olha para a porta, que é de chapa de ferro, um quarto homem, bem jovem, está junto ao buraco da fechadura e informa os demais.

"Nada ainda", ele diz.

"Quem diabo eles estão procurando lá dentro?", pergunta a mulher do velho.

"Sei lá", diz o velho, e não para de massagear o coração.

"Mora alguém especial ali?", pergunta um careca.

A princípio ele não recebe resposta, todos estão a caminho de casa vindos do trabalho e são estranhos nessa rua, até que Rosa diz em voz baixa: "Eles estão atrás de Jakob Heym".

Quem é Jakob Heym, que tal de Jakob Heym é esse, o espia junto ao buraco da fechadura se endireita e pergunta: "Jakob Heym? Aquele do rádio?".

"Esse."

"Bela enrascada", ele diz, sem muita compaixão, parece a Rosa. "Uma hora ou outra ia acabar vazando."

Nisso o velho nos degraus tem um rasgo de fúria, o que muito surpreende Rosa, ele parecia inteiramente ocupado com seu medo e seu coração, agora lhe saltam as veias. "Por que tinha de acabar vazando, ô pirralho? Hein, por quê? Eu te digo por que vazou. Porque um canalha qualquer dedurou a coisa! Por isso! Ou você pensa que aconteceu por milagre?"

O embaraçado pirralho submete-se à descompostura sem protesto, ele se curva outra vez até o buraco da fechadura e diz, após curta pausa: "Até agora nada".

O velho chama Rosa com um movimento de cabeça e, quando ela chega a sua frente, ele se afasta um pouco para o lado. Agora há espaço para ela sentar.

"Você o conhece?", ele pergunta.

"Quem?"

"Esse Jakob Heym."

"Não."

"Então como você sabe que ele mora ali?"

"Por conhecidos", diz Rosa.

"Eles continuam lá dentro", informa o pirralho.

O velho se cala por alguns segundos, pensativo, depois diz, olhando na direção da porta: "Quando eles o trouxerem, me avise. Quero saber qual é a aparência dele".

Naquele momento Rosa achou o pedido de mau gosto, mais tarde mudou de opinião.

"Ele se arriscou um bocado", diz o velho com admiração, agora de novo para Rosa, que aquiesce. E ela se pergunta o que dirá agora a Mischa, ele que a xingue quanto bem entender pela visita a sua antiga casa, nem se quisesse poderia mesmo omiti-la, a pasta e os cupons de ração a denunciariam sem nenhuma confissão de sua parte. Mas Jakob ela gostaria de não mencionar, ela não se atreve a encarar Mischa com isso, especialmente depois do que está acontecendo. E, por amargo que seja, ela não corre nenhum risco em omitir o encontro com Jakob, Jakob não estará na posição de dizer a Mischa que ela está mentindo.

"Talvez ele não esteja em casa", diz o velho.

"Ele está em casa", diz Rosa sem pensar.

O velho a contempla surpreso, a pergunta já no olhar, mas não chega a formulá-la, pois o pirralho grita da porta: "Vocês se enganaram. Eles estão trazendo uma mulher para fora!".

Permitamo-nos uma visão mais ampla, saiamos à rua, a mulher presa é Elisa Kirschbaum. Ela tem de pagar pela imperícia de seu irmão, pelo fato de que, ao contrário das expectativas, ele foi incapaz de curar o Sturmbannführer, tarde o bastante lhes ocorreu a ideia.

Tempos atrás as pessoas do prédio já haviam receado que as coisas tomassem esse curso, afinal todos sabem quanto é dois mais dois, alguém mencionara na conversa a expressão até agora desconhecida "responsabilidade por parentesco". Naquele mesmo final de tarde do dia em que a bandeira tremulou a meio pau, Jakob foi ter com Elisa Kirschbaum. Ele ponderou-lhe se não seria melhor ela ir se esconder na casa de amigos, que ela certamente teria, pelo menos por uns tempos, até que se pudesse prever se as represálias iminentes de fato sobreviriam. Pois, por mais doloroso que fosse, eles deveriam supor o pior para o irmão dela, e se acontecesse um milagre, se apesar de tudo ele voltasse são e salvo, Jakob se dispunha a lhe dar a notícia imediatamente. Mas de nada disso ela quis saber, ela disse a Jakob: "É muita gentileza de sua parte, caro senhor Heym. Mas permita que a preocupação seja minha". Como se ela ainda tivesse um trunfo na manga, do qual ninguém suspeitasse.

Agora ela vem andando à frente dos dois alemães, lépida, a fim de que não haja desculpa para empurrá-la ou tocá-la. E lépida também, como suspeita Jakob por trás da janela, para não oferecer nenhum grande espetáculo à rua, que, apesar de aparentemente deserta, está repleta de olhos escondidos. O aparato de força concentrada que é ostentado pelos dois atrás dela parece exagerado para tão delicada prisioneira, Elisa Kirschbaum para atrás do carro, sem voltar os olhos para seus acompanhantes. Um deles abre a portinhola da carroceria, dentro da qual há um pequeno estribo, ela quer subir. Bem nessa hora a caminhonete arranca, Elisa Kirschbaum pisa no vazio e estatela-se na rua. A caminhonete faz a manobra só para esperar do outro lado da rua, o motorista já põe a cabeça para fora. O ponto de observação de Jakob é tão distante que não logra discernir os rostos dos participantes, os moradores próximos contam mais tarde que os alemães haviam arreganhado sorrisos, como se aquilo fora uma brincadeira frequente. Elisa

Kirschbaum ergue-se de imediato, com uma agilidade que assombra, está outra vez de pé antes que o carro termine a manobra, para a qual tem de parar e dar a ré duas vezes. Então ela sobe, é um tanto alto para ela, apesar de todos os esforços ela recebe um empurrão. Os dois também montam atrás, a portinhola é alçada, Elisa Kirschbaum desapareceu de vez atrás da lona verde-escura. A caminhonete parte, depois de um intervalo de segurança muitas portas da frente se abrem. E aos poucos as estreitas calçadas vão se enchendo outra vez de pessoas, umas caladas, outras debatendo, a maioria das quais a caminho de casa vindas do trabalho, como já sabemos, e estranhas nessa rua.

O Exército Vermelho acha-se enquanto isso, segundo o rádio, nas adjacências da cabeça de distrito Pry. Pry não é comparável a Bezanika, qualquer um pode visualizar Pry, ninguém há de perguntar onde diabos fica Pry. Pry dista exatos cento e quarenta e seis quilômetros de nós, a maioria dos nativos conhece a cidadezinha de visitas ocasionais. Alguns poucos até viveram lá e foram transferidos para cá depois de deflagrada a guerra, pois Pry não possui um gueto próprio, devido a sua feliz composição demográfica.

A posição dos russos vira objeto de bate-boca, Kowalski tem uma briga com um dos seus três companheiros de quarto, cujos nomes me são desconhecidos. Ora, pelo que o pacífico Jakob e eu estamos cansados de saber, é a coisa mais fácil do mundo discordar de Kowalski, mas neste caso em particular estamos propensos a lhe dar razão. Não se trata de uma ninharia, trata-se de que este sujeito, vamos chamá-lo de Abraham para simplificar, de que este Abraham, portanto, afirma já terem os russos marchado sobre Pry a caminho de Mieloworno. Alguém em sua fábrica, suponhamos na olaria, dissera isso, Kowalski, por sua vez, jura de pés juntos que eles ainda nem chegaram a Pry. Mas Abraham não vê razão alguma para acreditar mais em Kowalski do que em seu colega.

"Quem trabalha na estação?", pergunta Kowalski exasperado. "Você ou eu? Quem ouve tudo de primeira mão? Você ou eu?"

Para Abraham isso não é prova válida, supostamente porque a sua versão soa muito mais agradável que a de Kowalski, qualquer um pode se enganar um dia, ele diz. Tampouco ele aceita a objeção lógica de que tudo quanto esse misterioso colega da olaria pretensamente diz saber tem de provir, de alguma forma, de Jakob. "Ou será que talvez existe um outro rádio?"

"Vai lá saber", diz Abraham.

Para Kowalski poderia ser indiferente, que Abraham pense o que bem quiser, que caia em boatos grosseiros feito uma criança ingênua, mas de algum modo ele se sente corresponsável pela verdade. Pois o rádio é de certa maneira também o seu rádio, a amizade de longa data com Jakob, hoje tão forte como nunca, por um triz ele não acolhera o rádio na própria casa durante a falta de energia. Assim, é com paciência que ele explica o longo caminho que toda notícia tem de percorrer desde a boca de Jakob até a fábrica, passando por tantas pessoas, a quais perigos ela está exposta nessa jornada, perigos de mutilação e de realce. Como cada um acrescenta o seu tanto, transforma algo bom em algo melhor, e a notícia finalmente chega, como se vê, numa roupagem tal que nem seu próprio criador a reconhece.

"Seja como for, os russos estão a caminho de Mieloworno", diz Abraham birrento. "Vai ver você entendeu errado, ou quem sabe foi ele. É melhor você perguntar de novo amanhã."

Kowalski não pergunta a Jakob no dia seguinte, os pretextos para uma pacata conversinha mole com Jakob são raros o bastante, Kowalski vai no mesmo instante até Jakob.

Ele o encontra na pior disposição possível, abatido, indiferente, taciturno, meia hora atrás eles vieram buscar Elisa Kirschbaum.

"Incomodo?", pergunta Kowalski, ostentando num passe de mágica um sorriso que, mal acaba de perscrutar o rosto de Jakob, sente ser inconveniente.

"Ah, é você", diz Jakob. Ele fecha a porta atrás de Kowalski e se deita vestido na cama, onde ao que tudo indica já estava deitado antes de baterem. Ele entrelaça as mãos atrás da cabeça e olha fito para o teto, Kowalski se pergunta o que de repente dera nele, antes, quando saíram da estação, ele parecia ainda bem satisfeito, se é que se possa falar de satisfação nos últimos anos.

"Aconteceu alguma coisa?", pergunta Kowalski.

Aconteceu ou não aconteceu, Jakob sente uma fraqueza até então desconhecida, de modo assustadoramente repentino, antes, ao descer do sótão, aonde acompanhara Lina, ele tivera de se apoiar no corrimão. Ele tentou explicar o novo estado pela fome infinda, mas isso só esclarecia o tremor dos joelhos, dificilmente a origem das outras fraquezas, igualmente aflitivas, do desalento. Agora ele a investiga, olhando fito para o teto, tentando assim dissuadir-se de torná-la menor do que seja na realidade, ela é maciça e pesada demais para tanto. O incidente com Elisa Kirschbaum foi decerto só um pequeno componente, sem dúvida ele abalara Jakob, porém seria um exagero identificá-lo à experiência que, de um minuto para o outro, roubou Jakob de sua coragem. Maior peso teve a visita de Rosa, ser obrigado a ouvir Lina defendê-lo com mentiras, com as próprias armas dele, embora tampouco essa visita possa ser tida como a principal responsável pelas forças minguantes de Jakob. É uma quantidade de coisas que concorre para isso, especialmente, talvez, quando apenas se contempla a situação em volta. Com frequência cada vez maior alguém te puxa de lado e diz, Jakob, Jakob, eu não acredito mais que isso vá acabar bem, e quando você termina de consolar parcamente esse alguém com comunicados ainda frescos, seis outros já esperam para te dizer a mesma coisa. Os russos, segundo o rádio, assediam Pry, só Deus sabe quem na verdade eles assediam ou por quem são assediados. Segundo o rádio, as pessoas em breve já deveriam ser capazes de avistar ao longe os primeiros clarões da artilharia, mas dia após dia só o que se vê é o mesmo quadro, essa repulsiva desolação. Aos poucos você tem de considerar batidas em retirada, pois no seu entusiasmo você fez o avanço progredir numa rapidez que infelizmente não resiste à realidade.

E Kowalski fica por ali à toa e espera em vão um olhar convidativo.

"Você prefere que eu vá embora?", ele pergunta depois de um intervalo apropriado, e senta-se.

Jakob lembra que tem visita, deixa o teto em paz e diz: "Desculpe, não me sinto lá muito bem".

"Houve alguma coisa?"

"Sim e não", diz Jakob. "Eles acabaram de levar a irmã de Kirschbaum. Mas fora isso, a idade começa a me pesar."

"A irmã de Kirschbaum? Depois de todo esse tempo?"

"Pois é."

Jakob se levanta, em seus ouvidos zumbem sinais suspeitos, combinados com vertigem e náuseas, agora só falta ele ficar seriamente doente. De muito longe ele ouve Kowalski dizer: "Você está bem?".

Ele se senta rápido à mesa, por sorte começa a passar o mal-estar, Lina lhe vem à cabeça, e o que será dela, e que é melhor continuar saudável. E uma tabuleta, quando finalmente encara Kowalski lhe vem ao espírito uma tabuleta branca com letreiro verde: "Fechado temporariamente por motivo de doença". Ele a adquiriu de Laib Pachman, quando comprou deste o seu café, fazia parte do inventário junto com muitas outras coisas. Uma única vez ele a utilizara, durante todos aqueles vinte anos debruçado sobre panquecas, sorvetes e cuidados comparativamente menores, a tabuleta só ficara pendurada uma única vez na porta da loja. E nem era uma doença de verdade, Jakob tinha a constituição de um touro, ao consertar a persiana emperrada ele caíra da escada e quebrara a perna, nem a melhor saúde do mundo ajuda nesse caso. Isso fora muito antes do tempo de Josefa Litwin, ela poderia ter sido bem útil na enfermagem, quem cuidou dele foi uma bruxa velha e encarquilhada da casa dos fundos. Por dinheiro, bem entendido, já que ele não tinha mais ninguém. Mas que estou dizendo, cuidou, ela não fazia mais que empurrar a mesa com a comida, de maneira que ele pudesse se alimentar, de tempos em tempos esvaziava o cinzeiro e arejava o quarto, e de manhã fazia a cama, fora isso dizia: "E se precisar de mais alguma coisa, Reb Heym, é só me chamar, vou deixar minha janela aberta". Jakob bem que tentou algumas vezes, mas ou ela fechara sua janela ou era surda feito uma mula velha. E a cada duas ou três noites aparecia Kowalski, com uma pequena garrafinha, e lamentava o outro estar ali deitado com a perna numa tala, sem poder se mexer. Ficava lá sentado até a garrafa estar vazia, bons papos os dois não eram, Jakob agradeceu a Deus que a fratura houvesse se consolidado sem complicações. Mais uns dias e ele teria morrido de tédio. E pouco depois disso ele atirou a inocente tabuleta na estufa, com cruel prazer assistiu às chamas consumirem-na sem deixar traços, a ameaça surtiu efeito tão duradouro que nunca mais teve achaque algum que o confinasse à cama.

"Será mesmo que não é melhor eu ir embora?", pergunta Kowalski no limite de sua paciência, interrompendo as lembranças de Jakob.

"Fique", diz Jakob.

Kowalski olha para ele com ar interrogativo, parece-lhe que Jakob tem a intenção de lhe anunciar algo, e dificilmente algo de bom, a julgar pelos últimos minutos de arrastada introdução. E no entanto tudo o que ele tinha em vista era uma visita absolutamente inocente, pois a caminho dali decidira não fazer caso de certificar-se quanto a Pry, um erro estava fora de cogitação, esse Abraham deve ter caído nas malhas de um abelhudo. Ele queria simplesmente dar uma passada e dizer boa-noite e falar um pouquinho sobre os velhos tempos e os tempos futuros, com quem mais senão com seu único e velho amigo, se ele não vem até você, você vai até ele.

"O que você acha, Kowalski, quanto um ser humano pode suportar?", pergunta Jakob por fim.

Então ele quer filosofar, há de pensar Kowalski, ele aguarda uma elucidação da pergunta, uma particularização num sentido ou noutro, mas Jakob parece haver perguntado em termos bem amplos. Ele diz: "E então, o que você acha?".

"Se você quer mesmo saber", diz Kowalski, "muito. Absurdamente muito."

"Mas há limites."

"Claro..."

"Me desculpe", diz Jakob, "mas agora eu atingi meu limite. Talvez um outro tivesse ido mais longe, eu não posso mais."

"O que você não pode mais?"

"Eu não posso mais", diz Jakob.

Kowalski lhe dá um tempo, ele não sabe que Jakob prepara a capitulação incondicional, a pior de todas as confissões. Ele vê apenas seu rosto ossudo, apoiado nas mãos, talvez algo mais pálido que de costume, porventura algo mais cansado, porém é ainda o rosto do mesmo Jakob que ele conhece melhor que ninguém. Ele está apreensivo, pois tais ataques de melancolia são de todo incomuns em Jakob, rabugento e turrão ele é de vez em quando, mas isso é diferente. Nunca foi visto se queixando, todos os outros se queixam, Jakob era como um consolador espiritual. Não raro, conscientemente ou não, Kowalski ia até ele para exorcizar suas próprias fraquezas. Já antes da época do rádio, na verdade mesmo antes da época do gueto. Ao fim de um dia particularmente torpe, após ficar de sol a sol atrás da vitrine, espreitando clientes em vão, ou quando alguma conta gigantesca chegava e nem em sonho lhe ocorria de qual bolso iria pagá-la, aonde ele ia então essa noite? Ao café de Jakob, mas não porque a sua aguardente tivesse um gosto todo particular. Era a mesma de outros lugares, e ainda por cima proibida, porque servida sem licença. Ele ia porque o mundo parecia um pouquinho mais cor-de-rosa após tais visitas, porque Jakob era capaz de dizer "cabeça erguida" ou "logo passa" ou algo do tipo com um tiquinho a mais de convicção do que os outros. Talvez também porque, do seu minguado círculo de amizades, ele era o único que se dava ao trabalho de dizer tais coisas. Kowalski lhe dá um tempo.

Agora Jakob começa a falar, a julgar pelas aparências para Kowalski, pois ninguém mais se acha no quarto, a julgar pelas palavras para um auditório maior, simplesmente pensa alto, com pesar em sua voz baixa e essa resignação inaudita, o último de uma quantidade extravagante de comunicados a todos. Que eles, se assim lhes permitir sua força evanescente, não fiquem bravos com ele, ele não tem um rádio, ele nunca possuiu um. Ele também não sabe onde estão os russos, talvez eles cheguem amanhã, talvez não cheguem nunca, eles estão em Pry ou em Tobolin ou em Kiev ou em Poltawa ou ainda mais longe, talvez a essa altura tenham sido esmagados, nem isso ele sabe. A única coisa que pode dizer com certeza é que, certo tempo atrás, eles estavam lutando em Bezanika, de onde ele tirou essa certeza é uma história à parte, que hoje não interessa a mais ninguém, de todo modo essa é a verdade. E que ele bem pode imaginar como essa confissão deve soar consternadora a seus ouvidos, daí mais uma vez o rogo de clemência, ele só queria o melhor, mas seus planos falharam.

Então há um prolongado silêncio no quarto, de certa maneira um rei abdicou. Jakob tenta em vão descobrir algum movimento no rosto de Kowalski, cujo olhar o perpassa, sentado ali feito uma coluna de sal. Inútil dizer, mal soa a última palavra Jakob é assaltado por remorsos, não por causa da mensagem em si, esta já estava com prazo expirado e não tolerava mais adiamento. Mas será que ele não poderia tê-la transmitido com mais brandura, eventualmente de permeio a uma retirada russa, sem despejar de uma vez todo o peso nos ombros alheios, ombros que aliás não são mais largos que os próprios? Será que Kowalski era mesmo o homem certo, em cuja presença se tinha de pôr tudo em pratos limpos, justo Kowalski? Se ele tivesse ouvido isso de um estranho, de uma pessoa não tão próxima a Jakob, decerto ele o haveria tomado por um erro ou uma execrável difamação, depois de uma noite plena de dúvidas ele lhe teria dito: "Sabe o que esses idiotas estão dizendo? Que você não tem rádio!". "Mas é verdade", haveria sido então a resposta, ela também o teria abalado, mas talvez não tanto, porque na noite anterior ele haveria pelo menos aventado essa possibilidade. E de um modo ou de outro poderia ter sido arranjado assim, exatamente assim, azar de Kowalski que tenha aparecido justo naquela noite.

"Você não diz nada?", diz Jakob.

"O que eu posso dizer?"

De profundezas insondáveis Kowalski traz à tona um sorriso, sem tal sorriso ele não seria Kowalski, ele torna a encarar Jakob, com olhos, porém, que sorriem menos que a boca, mas ainda assim não proclamam o fim de toda a esperança, eles têm antes um ar finório, como se desta vez, como sempre, também enxergassem por trás das aparências.

"O que eu posso dizer, Jakob? Eu te entendo, te entendo muito bem. Sabe, eu sou o que se pode chamar o contrário de um herói, você me conhece faz bastante tempo. Se eu tivesse um rádio aqui, é provável que ninguém ouvisse uma palavra de mim. Ou mais provável ainda, o medo me teria feito simplesmente jogá-lo no fogo, não me iludo com isso. Fornecer notícias a um gueto inteiro! Eu nunca teria chegado a esse ponto, nunca se sabe quem está ouvindo. Se alguma vez na minha vida eu entendi alguém, eu posso dizer que te entendo agora."

Jakob não podia esperar esse voo da imaginação, essa raposa do Kowalski excedeu a si próprio, fizera seus cálculos até onde não havia nada a calcular. Como é que você vai convencê-lo de que ao menos agora está dizendo a verdade, o máximo que pode fazer é sugerir que ele reviste cada recanto do quarto e do porão. Porém protestar com as palmas das mãos viradas para cima, "Quando foi que eu menti para você?", isso você não pode mais. E se você de fato insistir para que ele procure, todos os rádios que você encontrar na minha casa, Kowalski, serão seus, ele te dará uma piscadela sabichona e retrucará algo parecido com: "Vamos deixar de brincadeira, Jakob, a gente não se conhece há quarenta anos?". Ele te dará a entender que qualquer esconde-esconde é perda de tempo, o impossível jamais pode ser provado, Jakob diz pasmo: "Você não acredita em mim?".

"Acreditar, não acreditar, qual a diferença?", diz Kowalski, em voz baixa e mais ausente que o esperado, num tom similar ao de Jakob em seu pequeno discurso a todos. Mais ele não diz, por enquanto, ele tamborila na mesa um tema cadenciado, a cabeça bem jogada para trás, absorto em pensamentos íntimos.

Jakob pondera outras justificativas, é importante que seja julgado com leniência, para isso as razões de seus atos têm de ser conhecidas, como também as razões da súbita ruptura. Mas elas ainda não são claras nem para ele próprio, e por isso, e por compreender que não é somente a sua reputação, mas também a de Kowalski, que está em jogo nisso tudo, ele se cala e guarda o pedido de circunstâncias atenuantes para uma data posterior.

Então se segue o sóbrio pensamento de que não é sua reputação que está em jogo, em absoluto, ninguém no gueto é menos importante que ele, sem rádio. As únicas pessoas que importam são seus fregueses, Kowalski entre muitos outros. E eles estão se lixando para justificativas, por mais plausíveis que elas soem, eles têm outras preocupações, e não propriamente menores, eles querem saber, por exemplo, o que vai acontecer agora depois de Pry.

Kowalski para de tamborilar e matutar, levanta-se, pousa a mão amistosa no ombro de Jakob. Ele diz: "Não se preocupe, meu velho, comigo você está seguro. Eu não vou mais te fazer perguntas".

Ele se dirige à porta, o sorriso redivivo, antes de abri-la ele se volta mais uma vez, pisca de fato com os dois olhos.

"E eu não estou bravo com você."

E se vai.

Na manhã seguinte, após a noite mais insone dos últimos tempos, Jakob está a caminho do trabalho. Antes de sair à rua, ele pressionou furtivamente a maçaneta da porta de Kirschbaum, sabe-se lá por quê, mas a porta estava fechada. Horowitz, o vizinho, flagrou-o no insignificante buraco da fechadura e perguntou: "Procura alguma coisa de especial?".

Claro que Jakob não procurava nada de especial, só estava olhando, curiosidade humana, explicou de passagem a Horowitz, e foi embora. Então lá estava a mancha iridescente diante do prédio, no calçamento, onde ontem estacionara a caminhonete alemã. Algumas gotas de óleo haviam vazado e agora cintilavam em finas riscas nos vestígios minguantes de uma represa que Siegfried e Rafael ergueram juntos ali, primeiro pela braguilha dos calções, depois, quando suas fontes secaram, com a ajuda de um balde de água. Logo após a partida de Elisa eles tinham posto mãos à obra, pois tal oportunidade não se acha todo dia, com esse tráfego de carros. Jakob ainda os observara da janela com Lina, indignada com a porcaria.

Mas voltemos a Jakob a caminho do trabalho, já de longe ele vê um razoável ajuntamento de pessoas, numa esquina, bem diante do prédio em que mora Kowalski. O primeiro pensamento de Jakob é que Kowalski esteja no centro da multidão, seu melhor amigo com certeza saiu à rua e, fiel a sua natureza, foi incapaz de calar a boca. Ou ele se convenceu mesmo, depois de uma noite de reflexões, que lhe contaram a verdade, ou, o que é mais provável em se tratando de Kowalski, continua a não acreditar, mas faz como se acreditasse, pois verdadeira amizade significa manter-se unido. Ele saiu do prédio e não perdeu tempo para dar um susto dos diabos nos judeus com a má nova, porque ele precisa ser a todo custo o primeiro, seja a caminho do inferno ou do paraíso, Kowalski sempre na vanguarda. Com isso cortou todas as vias de retirada, não que, após maturada reflexão, Jakob quisesse trilhar uma dessas vias, mas isso lá era da conta de Kowalski?

Jakob tem vontade de dar meia-volta, ele me conta, e tomar um pequeno desvio, de todo modo será fogo, na estação ainda vão lhe tornar a vida um inferno. Kowalski que aguente sozinho aquilo lá, é problema dele, é uma boa oportunidade de não se intrometer. Agora Jakob nota, ainda de alguma distância, que as pessoas mal conversam, e no entanto deviam estar agitadas depois da suposta notícia, a maioria está calada e perplexa, como se evidencia mais de perto, alguns olham para cima. Para uma janela aberta, na qual à primeira vista não há nada de extraordinário, ela está simplesmente aberta e vazia. Jakob não sabe ao certo se é a janela de Kowalski ou a vizinha. A um exame mais minucioso ele vê algo incomum, um curto pedaço de corda amarrado ao dintel da janela, não maior que um dedo, daí até agora ter passado despercebido.

Jakob força caminho pela multidão e dispara rumo ao prédio, ele tenta subir dois degraus de uma vez, mas só consegue os dois primeiros, por sorte Kowalski mora no primeiro andar. A porta está aberta como a janela, portanto há uma corrente de ar, os três companheiros de quarto de Kowalski, um dos quais batizamos arbitrariamente com o nome de Abraham, não estão mais em casa. Só Kowalski está em casa, e no quarto dois perfeitos estranhos, os primeiros passantes a vê-lo enforcado. Eles cortaram a corda e o deitaram na cama, agora estão ali indecisos, sem saber o que fazer em seguida. Um deles pergunta a Jakob: "Você o conhecia?".

"O quê?", pergunta Jakob ao pé da cama.

"Se você o conhecia."

"Sim", diz Jakob.

Quando depois de algum tempo ele se vira, está sozinho, a porta eles fecharam. Jakob vai até a janela e olha para a rua, nada restou do ajuntamento, só transeuntes. Ele quer fechar a janela, mas ela emperra, tem antes de remover do dintel a corda com nó duplo. Então ele fecha a cortina, à meia-luz o rosto de Kowalski parece mais suportável. Ele puxa uma cadeira, na cama não quer se sentar, e toma assento por um tempo indefinido. Digo indefinido porque mais tarde ele não foi capaz de me dar elementos sobre quanto tempo passou ali.

A imagem de defuntos é tudo menos insólita para Jakob, não é raro ter de passar por cima de um qualquer, vítima da fome, estendido na calçada e ainda não removido pela brigada de limpeza. Mas Kowalski não é um qualquer, Deus meu, isso ele não é, Kowalski é Kowalski. Uma confissão resultou na sua morte, uma confissão, ainda por cima, em que ele fingiu não acreditar, seu cabeça de vento, por que você não ficou ontem à noite? A gente teria discutido tudo com calma e garimpado aquele tiquinho de coragem para seguir vivendo. O que a gente não garimpou juntos, para o bem e para o mal, se funciona ninguém pergunta depois como foi feito, por que você teve de bancar o jogador de pôquer na sua última noite? A gente teria podido ajudar um ao outro, mas só você sabia o que se passava dentro de nós dois, você se escondeu de seu amigo Jakob Heym, você me mostrou um rosto falso, e no entanto a gente teria podido seguir vivendo, Kowalski, um jeito a gente dava.

Barbeiro de profissão, tinha algum dinheiro escondido, como se sabe, com o propósito de mais tarde mudar de vida, mas provavelmente seguiria sendo barbeiro, era dotado deste ou daquele atributo questionável, era desconfiado, cheio dos truques, canhestro, tagarela, espertalhão, mas feitas as contas, em retrospectiva, subitamente cativante, certa vez resgatara Jakob de uma situação escabrosa, de uma retrete alemã, assinava o *Völkischer Landbote* pelos classificados, às vezes era capaz de comer sete imensas panquecas de batata de uma só sentada, mas não suportava sorvete, preferia tomar emprestado a devolver, queria parecer calculista mas não era de jeito nenhum, à exceção de uma vez.

Como era de esperar, as autorrecriminações se atropelam na cabeça de Jakob, Kowalski lhe pesava na consciência, ele e seu cansaço sórdido eram os culpados por Kowalski lançar mão da corda, uma vez começada alguma coisa, você tem de levá-la até o fim, tem de estimar as suas forças de antemão. Aqui eu interrompi Jakob e lhe disse: "Você está dizendo bobagem. Você não superestimou suas forças, já que não tinha como saber que duraria tanto". E disse ainda: "Não é você o culpado pela morte de Kowalski, ele é quem tinha de te agradecer por ter continuado vivo até aquele dia". "Sei, sei", Jakob me respondeu, "mas isso não ajuda em nada."

Finalmente Jakob se levanta. Ele torna a afastar a cortina para o lado e, ao sair, também deixa a porta escancarada, para que um dos vizinhos, chegando do trabalho, perceba o acontecido e tome as devidas providências. É tarde demais para a estação, dificilmente pode dizer à sentinela do portão que se retardara a caminho, o almoço de hoje está irrevogavelmente fora de cogitação. Jakob vai para casa, com a única esperança de que Kowalski tenha guardado suas razões para si, que por uma única vez tenha se mantido calado. Porque Jakob reencontrou o seu rádio.

Mil vezes que Jakob reencontre, relate, invente batalhas e as ponha em circulação, uma coisa ele não pode impedir, inexoravelmente a história se aproxima de seu infame desfecho. Quer dizer, ela tem dois desfechos, no fundo somente um, claro, o vivido por Jakob e pelo resto de nós, mas para mim ela tem ainda outro desfecho. Com toda a modéstia, sei de um desfecho que faria as pessoas empalidecerem de inveja, não propriamente feliz, um pouco às custas de Jakob, porém incomparavelmente mais satisfatório que o desfecho real, eu o arquitetei no curso dos anos. Eu disse comigo, baita de uma pena que uma história tão bela não dê em nada, invente um desfecho com que se possa ficar razoavelmente satisfeito, um que faça sentido, um desfecho conveniente faz muita fraqueza ser esquecida. Além disso, eles todos mereciam um desfecho melhor, não só Jakob, essa será sua justificativa, caso precise de uma, eu disse comigo, e assim não economizei esforços, com sucesso, se querem saber a minha opinião. Mas depois me surgiram graves dúvidas quanto à veracidade, ele soava em comparação simplesmente bom demais, e eu me perguntei se assentar uma magnificente cauda de pavão a um animal miserável, por puro amor, tem alguma esperança de êxito. Se não seria apenas criar um monstro, mas então achei a comparação capenga, embora nunca tenha chegado a um acordo. E agora cá estou com os dois desfechos e não sei qual dos dois contar, o meu ou o vil. Até que me ocorre livrar-me de ambos, não por me faltar decisão, acho apenas que dessa maneira faremos jus aos dois. De um lado a história que independe de mim e, de outro, eu e meu esforço, que espero não ter sido em vão.

Assim, primeiro o desfecho que nunca ocorreu.

* * *

A Kowalski é dado celebrar sua ressurreição, dintel e corda passam em brancas nuvens, pois Jakob abstém-se da confissão. Na noite em apreço eles conversam sobre coisas irrelevantes, embora Jakob esteja com a cabeça noutra parte, mas Kowalski não precisa se dar conta disso. Só mais tarde, quando está sozinho outra vez, Jakob constata que está além de suas rarefeitas forças levar adiante as mentiras do rádio, ainda mais sem um termo à vista. No entanto, o verdadeiro estado das coisas não deve vir a lume, Jakob imagina as consequências que isso teria, ele poderia temer, por exemplo, que a série de suicídios, felizmente interrompida por algum tempo, de novo se avivasse e batesse cifras vertiginosas.

As noites seguintes, agora livres, claro, porque suprimidas todas as autorrecriminações com a morte de Kowalski, essas noites Jakob passa à procura de uma última mentira crível. Seu propósito é explicar por que o rádio parou de funcionar, ele tem de se livrar desse pior de todos os flagelos, mas a mentira insiste em não lhe ocorrer, ela é mais difícil de atinar que todas até então.

Eu imagino por um momento que Jakob desse com a ideia óbvia de anunciar que o rádio lhe fora roubado. Roubam-se muitas coisas no gueto, por que não também um rádio, já se deu pela falta de objetos de menor valor e utilidade. Imagino um gueto inteiro à cata do inescrupuloso ladrão, as pessoas só se encaram nos olhos com suspeita, visitas agora só servem para camuflar inspeções. À noite cada qual espreita junto à porta de seu vizinho, talvez ele tenha acabado de sintonizar a BBC, talvez ele seja esse ser abjeto, sempre houve algo de estranho no olhar dele, contra o que advertia sua voz interna. Só uma coisa é um mistério, qual vantagem aufere o ladrão de seu crime, nenhuma, agora ele não vai ficar sabendo nada diverso daquilo que em todo caso teria ouvido de Jakob ou de um dos intermediários, apenas que o resto de nós ficaria tateando às escuras, qual o sentido disso? De que outro modo se pode explicar seus motivos exceto por uma índole mesquinha? Imagino mais, a procura do ladrão assume proporções alarmantes, de tal sorte que se forma uma espécie de comitê ilegal, responsável por passar o pente-fino em casa por casa após o expediente. E suponhamos que, entre os vários milhares de habitantes, haja outra pessoa igual a Felix Frankfurter, só uma única, que também guarda um rádio escondido e, ao contrário de Frankfurter, não o tenha destruído.

Tenho plena consciência de que essa pessoa seria bastante problemática para a história toda, pois ou ele, como Frankfurter, de tanto medo nunca ouviu, ou ouviu e portanto deve saber que os informes diários de Jakob não passavam de mentiras, salvo a batalha de Bezanika. E todo esse tempo ficou calado. Por mais improvável que seja cada uma dessas possibilidades, vamos aceitar uma delas pelas próximas três frases, já que essa pessoa é de certo modo só uma quimera, uma fantasia fugaz. Durante a revista o rádio é encontrado, ele é morto pelo esquadrão em fúria, que imaginação fértil, pode-se dizer, ou não é morto, isso não vem ao caso. O rádio é devolvido a Jakob, o proprietário de direito, só de pensar em sua cara vale a ideia toda. Então as coisas voltam a seu curso normal, Jakob ouve e informa, por dias as pessoas continuam a falar do escandaloso incidente, como uma pessoa pode agir de forma tão ignóbil, sem quê nem para quê.

Mas basta disso, Jakob não atina com a ideia do roubo, nem no desfecho real, o que me admira, nem no meu. No meu ele se esfalfa em vão, por mais que faça não consegue se livrar do rádio, então decide se livrar dos judeus. Não recebe mais visitas, simplesmente não abre a porta, na estação ele se aparta, a sopa do almoço ele toma nas proximidades da casa de pedra alemã, lá onde não lhe podem perguntar nada. E assim que termina o trabalho ele some feito um fantasma, toma o caminho mais longo para evitar aqueles que estão a sua espreita. Mas vez por outra ele é abordado, apesar de toda precaução, então lhe perguntam o que de súbito dera nele, por que não lhes contava mais nada.

"Não há nada de novo", ele diz então. "Se houver alguma novidade eu digo a vocês."

Ou, para efeito tanto maior, ele diz: "Está ficando perigoso demais para mim, não quero correr nenhum risco tão perto do final. Me façam este favor, não me perguntem mais".

Com isso ele não se torna propriamente benquisto, só poucos compreendem sua situação, o grande homem da véspera declina rapidamente em prestígio. Ele é chamado de covarde, de bundão, também porque se recusa obstinadamente a ceder o rádio a um outro, a alguém que não trema feito vara verde. Em breve passam a fitá-lo com olhos que metem medo, são sussurradas palavras às suas costas que é melhor não serem ouvidas, porém Jakob não volta atrás em seu desígnio. Eles que o tomem pelo malvado, no lugar deles ele pensaria exatamente o mesmo, eles que aproveitem cada ocasião para fazê-lo saber o gosto do desprezo, tudo é melhor que lhes dizer a verdade.

Não que ele tenha sido inteiramente desertado por simpatizantes, imagino que Kowalski e Mischa permaneçam fiéis. Mischa continua a carregar caixotes com ele, Kowalski diz vez por outra, se bem que mais raramente que antes: "E então, como é, meu velho? Pelo menos para mim você não pode dar uma dica? Ninguém precisa ficar sabendo de nada".

Jakob sempre recusa, mesmo sob risco de perder seu mais velho amigo. Ele não o perde, Kowalski se revela um amigo tenaz.

Um dia Mischa diz: "Jakob, eu sei que é chato dizer, mas estão falando em tomar o rádio de você".

"Tomar o rádio?"

"É", diz Mischa sério. "À força."

Jakob desvia a vista para os outros, então fulano e beltrano estão dispostos à intimidação, Jakob não quer saber quem seja.

"Você não pode conter essas pessoas?", ele pergunta.

"Mas como?", pergunta Mischa. "Eu bem que teria vontade. Mas me diz só, como?"

"Diga a eles que eu escondi o rádio tão bem escondido que eles nunca vão achar", diz Jakob.

"Pode deixar", diz Mischa.

Em casa Jakob proíbe Lina terminantemente de ficar no quarto dele enquanto estiver fora, por precaução ele não deixa mais a chave no buraco da parede atrás do batente, nem para Lina nem para ninguém. Na medida do possível ela deve permanecer em seu sótão e não sair do lugar, contra o tédio ele a deixa levar lá para cima o livro sobre a África, ela pode usá-lo para aprender a ler, com isso ela ganha mais que ficar à toa e de papo para o ar.

Os dias seguintes se revelam um extenuante teste para os abalados nervos de Jakob, girando os polegares ele tem de sentar e esperar, por redentores ou invasores, em ambos os casos sem saber se virão ou não. Mischa diz não ter ideia se a oposição mudara de planos, pois desde que foi notada sua simpatia por Jakob, a despeito de tudo o que aconteceu, desde que ele pôs seus serviços à disposição de Jakob como leva e traz, ele fora excluído das deliberações. E mais, as migalhas do desprezo geral também caíram sobre ele, o mesmo valia para Kowalski.

Não parei para pensar qual seria minha própria atitude nesse assunto, de que lado eu fico, se sou amigo de Jakob ou inimigo. Mas conhecendo a mim mesmo, e considerando o quanto o fluxo constante de informações significava para mim, diria que sou seu inimigo, e um dos piores, aliás. Suponhamos que eu defenda resoluto não nos deixar mais engabelar pela conversa fiada, o quanto antes lhe tomássemos o rádio, melhor. Muitos partilham de meu parecer, mas há também judeus que pensam o contrário e pedem a palavra, aqueles, por exemplo, que desde o princípio tomaram o rádio como um perigo. Estes, no fundo, estão satisfeitos com a mudança de opinião de Jakob, eles dizem: "Para que toda essa gritaria? Se os russos vierem mesmo, virão e ponto final". E outros ainda dizem: "Vamos esperar mais um pouco, talvez Heym volte a si. Nós temos de dar um tempinho a mais para ele".

Seja como for, a invasão não ocorre, não em meu desfecho.

Esses dias ruins são um teste de nervos para Jakob também num outro sentido, em algum momento ele tem de verificar que continuou fiel ao que nessa altura já se tornou quase um hábito, que mais uma vez superestimou suas forças. Ele estava convencido de que a onda de hostilidade, com a qual obviamente contara, só o afetaria pouco, que sobreviveria incólume, ele cobrou ânimo ao pensar que era calejado nesses assuntos, afinal todos aqueles anos no seu café foram pouco mais que uma luta de um contra todos. Este fora um sofisma leviano. O que Jakob não levou em consideração foi o período desde Bezanika, durante o qual ele fora coberto de benevolência, afeto e respeito, com alusões a que ele era indispensável, algo a que as pessoas se acostumaram com absurda rapidez. E agora o extremo oposto, depois de dez dias a dita onda de hostilidade ameaça lhe rebentar sobre a cabeça, o menosprezo se torna insuportável.

Lina percebe mudanças em Jakob com que ela não acerta, ela segue com obediência suas instruções, permanece no sótão e portanto não ouve nada. Ela só vê que Jakob, sempre que está a seu lado, mergulha em pensamentos lúgubres, mal troca duas palavras, nem sequer demonstra a devida surpresa quando ela lê uma frase inteira do livro sobre a África, sem ajuda. Ao sentar em seu colo, é como se ela estivesse sentada numa cadeira, ainda pouco tempo atrás ele lhe oferecia com prazer o lugar nos joelhos, agora ele nem parece notá-la. Se ela lhe pede uma história, ele diz não estar lembrado de nenhuma, e a deixa esperando por um tempo indeterminado, até que uma lhe ocorra. Lina pergunta: "Você está bravo com alguma coisa?".

"Bravo? Como assim, bravo?"

"Porque você está tão esquisito."

"Esquisito, eu?", diz Jakob, sem ter forças para evitar a imerecida rispidez na voz. "Cuide das suas coisas e me deixe em paz."

Lina continua sozinha e tem muito pouco do que possa cuidar, exceto Jakob, a quem deve ter acontecido algo de incompreensível para ela.

Num importante final de tarde de meu desfecho, pouco após o primeiro do mês, porque é nele que são sempre distribuídos os cupons de ração, Jakob bate à porta de Mischa. Leva um bom tempo até que ela seja aberta cautelosamente, Mischa diz surpreso: "Jakob?".

Jakob entra no quarto, a primeira coisa que diz: "Se você quiser mesmo escondê-la, não pode deixar duas xícaras em cima da mesa, seu orelhudo".

"É verdade", diz Mischa.

Ele vai até o guarda-roupa e deixa Rosa sair. Rosa e Jakob ficam frente a frente, calados, até que a situação se torna embaraçosa para Mischa.

"Vocês se conhecem?", ele pergunta.

"Nós nos vimos uma vez, de passagem", diz Jakob.

"Não quer sentar?", diz Rosa rápido, em tom amigável, antes que Mischa pergunte sobre essa vez. Jakob se senta e procura uma forma de começar, pois ele não estava ali só de visita, sua solicitação é de considerável abrangência.

"A razão pela qual eu estou aqui", ele diz. "Quero te pedir um favor, e se você disser que não, vou compreender perfeitamente. É só que não me ocorreu mais ninguém a quem pudesse recorrer."

"Estou escutando", diz Mischa.

"O negócio é que, nos últimos dias, tenho me sentido um caco. Fisicamente, quero dizer. Eu não sou mais tão jovem, o coração começa a fazer das suas, as costas também, e o tempo todo essa dor de cabeça, a coisa vem bem de repente e tudo de uma vez só."

Mischa ainda não consegue imaginar que tipo de favor possa ser e diz: "Isso é ruim".

"Tão ruim também não é, logo passa. Mas até que passe, Mischa, eu queria te perguntar se enquanto isso você não podia ficar com Lina."

O constrangimento geral redunda numa pausa, durante a qual Jakob não ergue os olhos, provavelmente isso seja exigir um pouquinho demais do jovem. Duas mulheres ilegais em casa, mas ele já fora logo dizendo que não ficaria bravo com uma recusa a seu pedido.

"Bem, sabe como é", diz Mischa devagar, com propósito inequívoco.

"Claro que você pode trazer Lina para cá", diz Rosa, lançando um olhar de censura para Mischa.

"Eu nunca teria vindo aqui se você estivesse sozinho", diz Jakob ao infeliz Mischa. "Mas como a senhorita Frankfurter está aqui o dia inteiro, e Lina também está sempre sozinha..."

"Já estou ansiosa para que ela venha", diz Rosa.

"E você, o que me diz?"

"Ele também está."

Mischa ainda espera até ter posto em ordem sua fisionomia, todos sabem que ele não está exatamente feliz. "Tudo bem", ele diz, "traga Lina para cá."

Aliviado, Jakob deposita os cupons de ração sobre a mesa, estão intactos, à exceção de um, assim Mischa não precisa mais temer que ele exija ainda pensão completa, refeições inclusas.

"Quando é que eu posso trazer a menina?"

"Quando você tem em mente?"

"Amanhã de tarde?", pergunta Jakob.

Embora Jakob lhe assegure que é absolutamente desnecessário, Mischa o acompanha por alguns passos na rua. Quando Jakob lhe estende a mão para dizer boa-noite, Mischa a segura por um instante a mais que o necessário, e Jakob descobre em seus olhos azuis uma questão crucial. Mischa tem todo o direito, Jakob conclui, um favor de amizade merece outro, ainda mais quando solicitado com tamanha modéstia.

"Você quer saber como anda a coisa?", ele pergunta.

"Se você não se importa", diz Mischa.

Jakob lhe confia que Pry foi conquistada nesse intervalo, porém que a meio caminho de Mieloworno os alemães ergueram uma linha fortificada, pela qual se lutará por um bom tempo, ao que parece, mas na qual já foram abertas as primeiras brechas, o que por sua vez dá espaço a novas esperanças. E ele pede a Mischa que mantenha a notícia em segredo, senão seria aquela enxurrada de perguntas na estação, por que fulano é informado e todos os outros não? Mischa promete, sem dúvida na esperança de mais novidades periódicas, assim imagino a sua tática.

Na tarde seguinte Lina se muda. Jakob lhe deu a mesma razão que dera a Mischa, uma separação só por alguns dias, e Lina aceita com calma. Afinal ela gosta de Mischa, é quase uma paixão secreta, e ele presumivelmente também gosta dela, só essa tal de Rosa lhe está parada na garganta por causa da visita e das recriminações passadas, com ela talvez surgissem desavenças. Mas Jakob lhe assegura de novo, durante o trajeto à casa de Mischa, que Rosa é alguém muito fácil de se dar, solícita e amiga, que ela lhe dissera ainda no dia anterior estar ansiosa para receber Lina. O melhor seria não dizer uma palavra sobre essa malfadada visita de outro dia.

"Você já está bem grandinha, não vá me fazer passar vergonha."

Depois de entregar Lina, Jakob vai direto para casa, supostamente para se deitar. Por um bom tempo ele fica sentado no quarto escuro, refletindo se sua decisão, por causa da qual Lina teve de partir, é justificável. Mais tarde, caso ainda houvesse ocasião para tanto, ele não quer ter de se recriminar, nos últimos tempos ele tomara decisões equivocadas o bastante. Fazer os russos chegarem quase ao alcance da vista foi um erro, suspender as transmissões de rádio foi um erro, o próprio rádio foi o primeiro e o maior erro, é o que lhe parece, erros demais para um homem só. Claro que ele podia reparar alguns, retornar a sua velha rotina. Em três, quatro dias ele poderia se sentir melhor, moléstias desse tipo saram fácil, então poderia trazer Lina de volta, poderia bancar o convertido na estação e fornecer notícias, boas e más, aos curiosos, mas aonde isso levaria, é o que Jakob se pergunta.

Após cerca de duas horas, imagino, Jakob está decidido. Ele pendura o cobertor diante da janela, acende a luz, então pega uma faca, tira a jaqueta e remove as estrelas amarelas do peito e das costas. Ele faz isso com todo o cuidado, desalinhavando até os fiozinhos brancos para que não denunciem mais tarde os infamantes lugares. Feito isso, Jakob veste a jaqueta, que agora parece insolitamente desnuda. Seus olhos vasculham o quarto em busca de objetos que talvez fossem precisos para o empreendimento, o alicate, claro, que ele enfia no bolso. Nada mais lhe ocorre, ele torna a apagar a luz e olha uma última vez pela janela. Para a rua negra e deserta, há muito já passou das oito e do toque de recolher, provavelmente já seja meia-noite, na distância ele poderia reconhecer, se quiserem, seu holofote vagando diligente e a esmo sobre os telhados.

Já que não há limites a meu arbítrio, faço que esta seja uma noite fria e estrelada, isso não apenas soa agradável como também vem a calhar para meu desfecho, como se verá. Assim, Jakob caminha sem suas estrelas amarelas e muito depois das oito pela rua, quer dizer, ele se esgueira junto às paredes dos prédios, tentando parecer uma sombra, afinal ele não pretende deixar que lhe tirem a vida. Uma rua e depois outra e mais outra, o que todas têm em comum é serem o caminho mais curto para a divisa do gueto.

Depois a divisa, escolhi para Jakob o ponto mais favorável possível, o antigo mercado de verduras, uma pequena praça calçada com arame farpado de ponta a ponta, as reais tentativas de fuga quase sempre têm êxito ou fracassam nesse ponto. Na margem direita da praça está a torre da sentinela, esta sem holofote, a sentinela lá em cima não se mexe enquanto Jakob a observa de um vão à extrema esquerda. A distância talvez monte a cento e cinquenta metros, ao longo de todo o arame farpado, que circunda todo o gueto sem brechas, não há outro ponto tão distante de uma torre de vigia. Somente aqui eles deixaram tanto espaço, por economia ou por causa da visão desimpedida.

Na torre tudo está tão quieto quanto um monumento, de modo que Jakob já começa a ter esperanças de que a sentinela haja adormecido. Jakob olha para o céu, aguardando com prudência que uma das poucas nuvens se anteponha à inconveniente lua. Quando finalmente a nuvem lhe faz este favor, Jakob retira seu alicate do bolso e sai em disparada.

Façamos uma breve pausa nesse instante altamente dramático de meu desfecho, para me dar a chance de confessar que não posso fornecer o motivo da repentina fuga de Jakob. Ou por outra, eu não tomo a saída fácil e afirmo: "No meu desfecho ele simplesmente quer fugir e ponto final", claro que tenho condições de citar vários motivos, todos os quais considero plausíveis. Só não sei por qual me decidir. Por exemplo, Jakob abandonou todas as esperanças de que o gueto seja libertado enquanto ainda houver judeus lá dentro, e decide assim salvar sua própria pele. Ou: ele foge de sua própria gente, de sua perseguição e hostilidade, de sua curiosidade também, uma tentativa de buscar refúgio de seu rádio e de suas consequências. Ou um terceiro motivo, o mais digno para Jakob, ele tem o audaz projeto de retornar ao gueto durante a noite seguinte, tudo o que ele quer é sair para obter informações úteis que possam alimentar seu rádio.

Esses seriam os principais motivos, nenhum deles a ser desconsiderado, devemos admitir, mas não consigo tomar coragem para comprometer Jakob com algum deles. Assim, ofereço-os a título de amostra, que cada um escolha aquele que, segundo sua própria experiência, tome como o mais plausível, talvez a um ou outro leitor ocorra algo ainda mais óbvio. Só faço questão de lhes lembrar que a maioria das coisas de importância que jamais aconteceram tiveram mais que apenas um motivo.

Sob a proteção da nuvem, Jakob consegue chegar despercebido ao arame farpado. Ele se deita de bruços no chão, seu simples plano é rastejar por entre a barreira. O que, naturalmente, é mais fácil planejar que fazer, o mais baixo dos vários arames se acha a apenas dez centímetros do solo, mas não se esperava coisa diversa, daí o providencial alicate. Este é posto agora a funcionar, talhando ligeiro o arame fino, que não lhe pode resistir por muito tempo, que se parte mais rápido que o esperado. Mas há o diabo desse barulho, pois o arame está bem teso, esse estalido horrendo que Jakob julga capaz de arrancar do sono toda uma cidade. Ele prende o fôlego e escuta transido de medo, mas tudo segue tranquilo como antes, só que pouco a pouco vai ficando mais claro, pois nuvem alguma dura para sempre. O arame seguinte está dez centímetros mais alto, portanto vinte centímetros acima do chão. Jakob calcula que rastejar por baixo dele envolveria algum risco para corpo e roupa, comparado com antes ele emagreceu terrivelmente, é verdade, mas ainda assim é um homem feito. Por outro lado, ele prefere não arriscar de novo quebrar o silêncio tangendo o segundo arame, que não será nem um tico mais silencioso que o primeiro, e de uma terceira saída não há nem sinal.

Jakob ainda está deitado, indeciso, puxando com cautela o tal do arame para ver se não consegue afrouxá-lo e suavizar assim o ruído quando o alicate der o talho, e eis que a decisão lhe é tomada das mãos por instâncias superiores. Eu disse no início que esse meu desfecho corre um pouco às custas de Jakob, uma rumorosa rajada de metralhadora perturba a paz noturna, a nossa sentinela não dormia tão profundamente assim. E não há nada mais para calcular, e Jakob está morto e todos os seus esforços chegam ao fim.

Mas isso não é tudo, que raio de desfecho seria esse, sigo imaginando que o gueto não se acalmaria por um bom tempo. Visualizo a vingança de Jakob, pois esta, eu resolvi, é a noite fria e estrelada em que chegam os russos. Que o Exército Vermelho tenha êxito em cercar a cidade num átimo, o céu se ilumina pelo fogo da artilharia pesada, imediatamente após a rajada que alvejou Jakob ergue-se um trovejar ensurdecedor, como se desencadeado inadvertidamente pelo infeliz fuzileiro na torre de vigia. Os primeiros tanques fantasmagóricos, granadas no quartel militar, as torres de vigia em chamas, alemães renhidos que se defendem até o último tiro, ou alemães em fuga que não acham buraco onde se esconder, Deus meu, que noite teria sido. E, atrás das janelas, judeus aos prantos, para quem tudo se deu tão subitamente que só conseguem ficar ali, incrédulos, de mãos dadas, judeus que dariam tudo para explodir de júbilo e não conseguem, mais tarde ainda haverá ocasião para tanto. Imagino que ao romper do dia terminem as últimas batalhas, o gueto não é mais gueto, mas simplesmente a parte mais degradada da cidade, todos podem ir aonde bem quiserem.

Como Mischa pensa que Jakob com certeza se sente melhor agora, como ele quer levar Lina até Jakob e não o encontra em casa, como é gostoso o pão que nos é dado em abundância, o que acontece com os pobres alemães que nos caem nas mãos, tudo isso e mais eu não vejo como importante o suficiente para dispor de espaço em meu desfecho. Importante para mim é somente uma coisa.

Alguns judeus deixam o gueto pelo antigo mercado de verduras. Ali veem um homem sem estrelas, o alicate ainda na mão direita crispada, caído sob o arame farpado com um dos fios cortado, evidentemente surpreendido na tentativa de fuga. Eles o viram de costas, quem é esse infeliz, perguntam, e há alguém nas proximidades que conhece Jakob. De preferência Kowalski, mas poderia ser também um vizinho ou eu ou um outro qualquer da estação, apenas alguém que o conheça, menos Lina. Esse alguém olha apavorado para o rosto de Jakob, talvez a primeira boa notícia de Jakob o alcançara no mesmo dia que estava prestes a poupar o restante de sua vida, ele agora balbucia palavras de incompreensão. Um outro lhe pergunta: "Como assim, você não compreende? O pobre coitado queria fugir porque não sabia que o fim estava tão próximo. O que há nisso tão difícil de compreender?".

E esse alguém, com um nó na garganta, faz a desesperada tentativa de explicar o que lhe permanecerá para sempre inexplicável.

"Mas esse é Jakob Heym", ele diz. "Vocês não entendem? É Jakob Heym. Por que ele ia querer fugir? Ele deve ter ficado louco. Ele sabia perfeitamente que eles estavam vindo. Ele é quem tinha o rádio..."

Em traços gerais é isso o que ele diz, e então, abanando a cabeça, sai com os outros para a liberdade, e esse, em traços gerais, é o meu desfecho.

Mas finalmente, depois do desfecho inventado, eis aqui o desfecho de bochechas pálidas e carrancudo, o desfecho real e sem imaginação, a respeito do qual é fácil ter vontade de formular a desatinada pergunta: para que tudo isso?

Kowalski está irremediavelmente morto, e por ora Jakob segue vivendo, sem nem sequer pensar em impingir Lina a estranhos, ele não remove de seu casaco as estrelas prescritas, deixa o alicate na gaveta, se é que possua um, portanto não induz nenhuma sentinela no antigo mercado, numa noite fria e estrelada, a disparar tiros capazes de desencadear tão poderoso eco. Nesse dia, e sabemos por quê, ele faltou ao trabalho, o amigo que se enforcou lhe ronda a cabeça, mas tem de ceder passo na manhã seguinte, e para reflexões urgentes. Jakob podia ver com os próprios olhos a que podia levar a supressão do rádio, talvez não nessa forma extrema em todos os casos, porém neste ou naquele provavelmente, e por isso nada muda a respeito do rádio. O luto por Kowalski, a quem de súbito ele sente mais falta do que jamais lhe quis a presença enquanto ainda em vida, tem de aguardar no longo banco de espera, em vez disso começa a funcionar a pequena fábrica de notícias que alimenta seu homem com tanto esforço, pois amanhã, tal como todos os dias, haverá perguntas outra vez, a vida segue adiante, quer queira ou não.

Nessa manhã seguinte, Jakob passa de boca fechada pelo prédio de Kowalski, a vista fixa num ponto seguro no final da rua. E no entanto, como se sabe, qualquer tentativa de fazer força para não pensar em algo específico está fadada ao fracasso, Jakob o vê ali deitado exatamente como se ainda estivesse diante dele no quarto, de novo ele corta do dintel o restante da corda, puxa a cadeira por não querer se sentar na cama, e como se isso não bastasse, ouve ainda o final ou o início de uma conversa.

"Naquele prédio ali."

"Número 14?"

"Não, número 16. O prédio da esquina."

"E eles já sabem quem?"

"Desconhecido. Um tal de Kaminski ou algo do gênero."

Já bem antes da estação Jakob percebe que algo incomum deve ter acontecido, os judeus, prontos para trabalhar, aglomeram-se diante da entrada, porque o portão se acha fechado. Por que não os deixam entrar é a princípio um mistério para ele, um mistério também por que o primeiro a reconhecê-lo aponta o dedo na sua direção, diz algo, e os outros se viram para olhá-lo. Cinquenta, sessenta homens aguardavam Jakob, eu entre eles, vemos a única pessoa que ainda é capaz, assim esperamos, de se interpor entre nós e a desgraça chegar hesitante e surpreso. Abrimos espaço para ele, formamos uma estreita passarela para que ele possa ir direto até o portão, para que possa ler o que está escrito nele e depois nos diga que a coisa toda não é tão ruim assim. A meu lado, o advogado Schmidt apoia seu peso ora num pé, ora noutro, ouço-o murmurar: "Mas vamos logo com isso!". Porque Jakob caminha irritantemente devagar e fita as pessoas nos olhos, em vez de olhar para a frente.

Pontualmente para o início do trabalho, Jakob chega ao portão trancado da estação e lê o aviso ali afixado. Que hoje, às treze horas em ponto, todos nós deveríamos nos reunir na praça diante do quartel militar, cinco quilos de bagagem por pessoa, todos os aposentos deveriam ser deixados abertos e limpos, quem for encontrado em sua casa depois do horário estabelecido..., o mesmo vale para pessoas acamadas e inválidos, mais detalhes às treze horas no local indicado.

E agora vá tentar lhes dar mais consolo, de onde tirá-lo é problema seu, faça-os acreditar que tudo não passa de uma brincadeira de mau gosto, que na verdade será uma viagem sem destino certo, repleta de boas surpresas, afinal é algo parecido com isso que eles estão esperando às tuas costas. Não precisam se preocupar, irmãos, isso é o que eles querem ouvir, podem esquecer esse papelzinho pendurado aí e não se importem mais com ele, por mim quem estiver curioso pode ir até o quartel militar à uma, se não tiver nada melhor para fazer. De todo modo não vai acontecer nada, porque, mas é claro que vocês ainda não sabem, eu com essa minha cabeça estúpida esqueci de contar, os russos já estão à espera na esquina e cuidarão para que eles não toquem em nenhum fio de cabelo de vocês.

A nós parece que Jakob está decorando as poucas linhas, de tanto que fica parado na frente do cartaz. Por que ele demora tanto, perguntamos em silêncio pressentindo o pior, qual será seu rosto quando mostrá-lo outra vez, e o que ele vai dizer, alguma coisa ele vai ter de dizer, vejo também os primeiros que deixam a fila calados. Com certeza aflitiva sei que eles têm razão, não há mais nada aqui para esperar, e todavia eu continuo esperando e não me mexo do lugar, como a maioria.

Não vale a pena. Depois de uma eternidade Jakob se vira, nos apresenta olhos vazios, e no mesmo instante até o mais estúpido reconhece que não resta mais salvação. Jakob, ele me diz, não tem tempo para aquele horror íntimo diante do curso dos acontecimentos, este é posto de lado pelo horror dos outros, que o encaram feito credores trapaceados, como alguém a quem houvesse finalmente chegado a hora de resgatar os penhores distribuídos com tamanha leviandade. De novo ele passa um bom tempo sem ousar erguer os olhos, e eles também não lhe tornam a vida mais fácil, por exemplo indo embora, para os cinco quilos de bagagem a serem selecionados ainda há tempo de sobra, o resto das suas vidas, por assim dizer. A estreita passarela que se abrira para Jakob em seu caminho até o portão fechou-se atrás dele, agora ele se acha num apertado semicírculo, como um artista do teatro de variedades, segundo as próprias palavras de Jakob, que no momento decisivo esqueceu sua fala.

"Vocês não têm nada melhor para fazer do que ficarem aí de boca aberta?", pergunta uma sentinela atrás da cerca.

Somente agora notamos que ela estava a alguns metros do portão, e só ela sabe há quanto tempo já estava ali. Em todo caso não terá ouvido muito, embora tudo o que importe já tenha sido dito. Nós finalmente nos mexemos do lugar, por que aborrecê-la à toa?, e em silêncio nos apartamos. A sentinela abana a cabeça, divertida com essas criaturas esquisitas, Jakob quase lhe é grato pela ajuda involuntária.

Chegando em casa, Jakob sobe imediatamente ao sótão. Ele espera encontrar Lina ainda na cama, mas nem no quarto ela está mais. E no entanto o dia não está dos melhores, de maneira alguma, só pequenas nesgas de azul são visíveis no céu, Jakob pode imaginar que suas instruções não estão sendo levadas muito a sério. A cama dela está bem-feita, o pedaço de pão desapareceu do prato em cima da cômoda, logo depois que ele se despediu dela pela manhã Lina deve ter se levantado e saído correndo para alguma de suas aventuras, de que ele nunca fica sabendo. Jakob decide só procurá-la mais tarde, primeiro vai pôr na mala as coisas dela, depois as suas, feito isso ele ainda pode sair e encontrar Lina. Ele não perde tempo pensando se o edital no portão só vale para os empregados na estação ou para todos os habitantes do gueto. Pois não lhe resta alternativa senão levá-la consigo, deixar Lina para trás não significaria esperar um destino incerto para ela, isso é um tanto óbvio.

O máximo de bagagem permitida revela ser bastante generoso, o total dos pertences úteis dela mal resultam em mais que um punhado. Jakob atocha roupas de baixo, meias e cachecol nos bolsos, enquanto ele dobra um vestido de inverno Lina aparece. Ela segura um pequeno resto de pão nos dedos, a presença de Jakob muito a admira. Mas logo nota os seus olhares de reprovação, que no mesmo instante ela interpreta com acerto, ele estará descontente porque ela deixou o sótão contra as vontades dele.

"Eu só dei um pulo na bomba-d'água. Estava com sede", ela explica.

"Tudo bem", diz Jakob.

Ele acaba de dobrar o vestido e lhe dá para segurar, então olha em volta, abre mais uma vez as portas da cômoda para ver se não esqueceu nada.

"Eu vou voltar a morar com você lá embaixo?", pergunta Lina.

"Venha", ele diz.

Eles descem ao quarto dele. Na escada encontram o vizinho

Horowitz, que aparentemente sobe do porão e arrasta uma pesada mala de couro, cujos fechos não mantêm a tampa fechada.

"Qual a sua opinião a respeito?", pergunta Horowitz.

"Adivinhe", diz Jakob.

Só agora ele sabe com certeza que a postura afixada na estação é universalmente válida, a pergunta vazia de Horowitz e a mala que ele carrega, editais como aqueles devem ter amanhecido na porta de cada fábrica.

"Por acaso você ouviu aonde eles estão nos levando?"

"Não", diz Jakob.

Ele entra apressado em seu quarto com Lina antes que possa envolver-se em discussões mais longas, quando muito ele teria vontade de saber o que Horowitz, um solteiro, esperava com aquela mala gigantesca, seu cartaz dificilmente teria mencionado duzentos quilos por pessoa.

Quando a porta se fecha atrás deles, Lina confessa que não suporta Horowitz. Ela sempre lhe conserva distância, porque ele tem sempre na ponta da língua uma advertência para ela, tais como não fique zanzando à toa, cumprimente, que olhar insolente é esse, faça o favor de parar com o barulho, sempre lhe ocorre alguma coisa. Uma vez ele até a sacudira pelo braço, porque ela escorregou pelo corrimão e aterrissou a seus pés. Jakob diz: "Puxa vida".

Após tirar as coisas de Lina do bolso e colocá-las em cima da mesa, ele começa a fazer a mala. Quer dizer, antes tem de escolher entre mala ou mochila, lugar há de sobra nas duas. Por ser mais maneável a mochila vence, pois numa viagem de duração incerta, quando uma das mãos tem sempre de estar à disposição de Lina, uma mala pode ser um estorvo.

Por um bom tempo Lina espera com paciência que Jakob lhe explique de vontade própria seus estranhos afazeres, mas ele só diz de tempos em tempos, me passe isso, segure aquilo, e nem sequer uma palavra para satisfazer sua curiosidade. Por isso ela tem de perguntar: "Por que você está pondo todas essas coisas na mochila?".

"Ora, por que as pessoas fazem a mala?"

"Eu não sei", ela diz, sublinhando suas palavras com um exagerado encolher de ombros, aquele que já conhecemos, os ombros até as orelhas.

"Então pense um pouco."

"Para viajar?"

"Garota esperta."

"Nós vamos viajar?", grita Lina, e a frase soa um pouco como: "E só agora você me diz isso?".

"Vamos, vamos viajar", diz Jakob.

"Para onde?"

"Não sei exatamente."

"Longe ou perto?"

"Acho que bem longe."

"Tão longe quanto a América?"

"Não."

"Tão longe quanto a China?"

"Também não."

"Tão longe quanto a África?"

Jakob sabe por experiência própria que Lina é capaz de prosseguir com essa brincadeira durante horas, daí ele dizer: "É, mais ou menos tão longe quanto a África".

Ela começa a saltitar pelo quarto, mal consegue conter sua felicidade, e Jakob olha com condescendência, afinal a garota nunca viajou de verdade. A parte mais difícil vem quando Lina lhe dá um repentino beijo e lhe pergunta por que ele também não está contente.

"Porque eu não gosto muito de viajar", ele diz.

"Você vai ver como vai ser divertido."

Ele acaba de fazer a mochila, duas colheres por cima, quer amarrá-la, então Lina lhe põe a mão no braço e diz: "Você esqueceu o livro".

"Que livro?"

"O sobre a África."

"Ah é. Onde ele está?"

"Debaixo do travesseiro. Vou buscar correndo!"

Lina sai em disparada do quarto, Jakob ouve sua voz alegre

no corredor e escada acima: "Vamos viajar! Vamos viajar!...". Por pura alegria ou também para irritar um pouco o rabugento Horowitz, sob a proteção de Jakob.

Então partimos.

Está muito apertado e abafado no vagão, os judeus estão agachados ou sentados no chão ao lado de seus cinco quilos, pelo menos trinta deles, calculo. Dormir à noite, caso a viagem dure tanto assim, será um problema, pois não podemos nos deitar todos ao mesmo tempo, teremos de fazê-lo em turnos. Também está escuro, as poucas frestas estreitas abaixo do teto filtram somente uma luz fosca, além do que estão quase sempre ocupadas. Mal se ouvem conversas, a maioria das pessoas parece ter assuntos terrivelmente sérios e importantes sobre que refletir, e no entanto, sob o ruído das rodas retumbando, seria possível conversar sem ser ouvido, apesar do aperto, bastaria querer.

Estou sentado em cima de uma fronha quadriculada, na qual estão metidos todos os meus cacarecos, e me enfastio, a meu lado uma mulher velhíssima chora baixo, por consideração aos demais. As lágrimas há muito lhe secaram, mas de tempos em tempos ela se assoa com tamanha violência que torrentes inteiras parecem estar sendo represadas. E o seu marido, com quem ela reparte a mala, olha ao redor desculpando-se a cada vez, pois sem dúvida está constrangido, pois quer dar a entender que a coisa escapa a sua alçada.

À minha esquerda, para onde volto agora a minha atenção, Jakob conquistou um lugar junto a uma das frestas, mas posso assegurar que tal vizinhança é puramente casual. Eu não forcei caminho até seu lado, não vou tão longe quanto alguns que lhe imputam uma parcela da culpa por essa viagem, porém não posso negar que sinto um injusto ressentimento contra ele, porque tudo o que eu construí sobre os alicerces por ele fornecidos desabou. Não forcei caminho até seu lado, a mim é indiferente ao lado de quem eu viaje, simplesmente aconteceu. Olhando entre as pernas de Jakob vejo Lina, a quem até agora só conhecia de ouvir falar, ela está sentada sobre a mochila. Lina faz com que Jakob me pareça mais simpático de novo, quem mais, eu penso, teria assumido o fardo de uma criança, e isso, eu penso, no mínimo pesa tanto quanto meu desapontamento.

Eu gostaria muito de travar amizade com ela, piscando os olhos ou fazendo caretas, esse tipo de coisa que se faz, mas ela nem toma nota de mim. Ela olha absorta para o chão, por certo ocupada com pensamentos que agora são alheios a todos os outros, pois às vezes ela sorri para si mesma. Ou seus lábios formam palavras sem som, ou ela faz uma cara como quem não estivesse certa de algo, é divertido observá-la. No chão acho uma pedrinha redonda, que lhe jogo no braço. Ela emerge de seus devaneios, olha ao redor para ver quem poderia ter sido, em todas as direções menos na minha. Então ela ergue a vista para Jakob, que, acima de qualquer suspeita, está de pé, imóvel diante da fresta, toda sua atenção concentrada no campo que passa lá fora. Ela lhe cutuca a batata da perna.

Ele olha para baixo e pergunta: "Que foi?".

"Você se lembra do conto de fadas?", pergunta Lina.

"Qual deles?"

"Da princesa enferma?"

"Lembro."

"É verdade?"

Em seu rosto pode-se ler com clareza que ele acha estranho ela pensar nisso logo agora.

"Claro que é verdade", ele diz.

"Mas Siegfried e Rafi não acreditaram em mim."

"Talvez você não tenha contado direito?"

"Contei igualzinho a você. Mas eles dizem que esse tipo de coisa não existe em nenhum lugar do mundo."

"O que não existe?"

"Que a pessoa pode se curar quando recebe um chumaço de algodão."

Jakob se debruça e a ergue até a janelinha. Eu me levanto, pois as rodas estão fazendo um barulho tremendo, e eu quero ouvir a continuação da conversa.

"Mas é verdade?", diz Lina. "A princesa queria um chumaço de algodão do tamanho de um travesseiro? E quando recebeu ficou boa de novo?"

Vejo a boca de Jakob se distender, ele diz: "Não é bem assim. Ela queria uma nuvem. O engraçado é que ela pensava que as nuvens fossem de algodão, e só por isso se deu por satisfeita com o algodão".

Lina olha para fora por alguns instantes, estupefata, parece-me, antes de lhe perguntar: "Mas então as nuvens não são de algodão?".

Entre suas cabeças eu distingo um pedaço de céu com algumas nuvens, e sou obrigado a admitir que a semelhança é de fato assombrosa, elas parecem mesmo algodão em tufos.

"Do que são feitas as nuvens, então?", pergunta Lina.

Mas Jakob lhe promete dar a resposta mais tarde, talvez também porque ela está ficando muito pesada para ele, Jakob a coloca de volta sobre a mochila e torna a apreciar a paisagem que passa.

Agora eu acho que é a minha deixa. Também me sento, me achego a ela e pergunto se ela gostaria que eu explicasse do que são feitas as nuvens. Claro que ela gostaria, e eu lhe falo de rios e lagos e do oceano, do eterno ciclo da água, do fenômeno quase incrível da evaporação, como a água flui invisível para o céu, em minúsculas gotículas, lá se reunindo em nuvens, que em algum momento se tornam tão pesadas e úmidas como esponjas encharcadas, até perderem outra vez as gotas na forma de chuva. Também não deixo de fora o vapor, das locomotivas por exemplo, e das chaminés e de todos os vários tipos de fogo, ela me ouve com atenção mas cética, eu sei que toda a longa história não pode ser abarcada em uma lição. Vejo também Jakob me lançando um olhar amistoso, talvez esta lição seja responsável por ele me contar alguns dias mais tarde uma história ainda mais alucinada, justamente a mim. Pois não estava escrito em minha testa que eu seria um dos poucos a sobreviver.

Quando meu saber sobre a formação e a composição das

nuvens se esgota, eu digo a Lina que se sentisse à vontade para perguntar, se não tivesse entendido alguma coisa. Mas ela não faz uso dessa oferta, com a cabeça apoiada nas duas mãos ela reflete mais uma vez com toda a calma sobre o assunto. Afinal de contas, ela precisa se haver com um erro transcendente, as nuvens não são de algodão.

"Você não sabe no que está se metendo", Jakob me sussurra no ouvido.

"Por quê?"

"Porque você não faz ideia do tipo de perguntas que essa garota é capaz de fazer."

Eu olho para ela e digo: "Acho que consigo me virar".

Os olhos dele respondem "espere só", então ele me pergunta se eu não gostaria de olhar um pouco pela fresta.

"Com prazer", eu digo.

Levanto-me ansioso e olho para fora até o cair da noite. Vejo aldeias e campos, uma vez até uma pequena cidade ao longe, nas margens de um lago meio consumido pela vegetação vejo um grupo de soldados descansando entre caminhões, canhões e vacas. E vejo algumas estações sonolentas, com plataformas e barreiras e casebres de ferroviários, jardineiras verdes em peitoris de janela transbordantes de flores, pergunto-me se essas jardineiras são força do regulamento, pois estão penduradas em cada casebre e são todas verdes. E vejo pessoas cujos rostos não consigo reconhecer, mas sobretudo vejo árvores, que eu quase já esquecera, embora ainda seja um sujeito jovem, miríades de árvores. Faias e amieiros e bétulas e salgueiros e pinheiros, Deus meu, quanta árvore eu vejo, árvores que não acabam mais. Uma árvore foi responsável por eu não me tornar um violinista, e debaixo de uma árvore eu me tornei um homem de verdade, os javalis chegaram tarde demais para impedi-lo. E junto a uma árvore desconhecida minha mulher Hannah perdeu-se para mim, e uma ordenança quis me proibir as árvores para todo o sempre. Muitos dizem que as árvores atordoam meus sentidos, eu continuo lá de pé, e até hoje gosto às vezes de dar um passeio de trem por trechos densamente arborizados, de preferência florestas mistas. Até que ouço a voz de Jakob: "Você nunca tira um cochilo?".

"Me deixe ficar um pouquinho mais de pé", eu digo.

"Mas não dá para ver mais nada", ouço ele dizer.

"Claro que dá."

Porque eu ainda vejo as sombras das árvores, e dormir não consigo, rumamos para onde rumamos.

Jurek Becker, polonês de Lodz, nasceu em 1937 e passou a infância num gueto. Morou em Berlim Oriental até fins de 1976, quando foi expulso do Partido Comunista e exilou-se em Berlim Ocidental, onde morreu em 1997. *Jakob, o mentiroso* deu origem a dois filmes, o primeiro rodado na Alemanha Oriental e o segundo, de 1999, nos Estados Unidos (*Um sinal de esperança*, com Robin Williams no papel de Jakob).

1ª edição Companhia das Letras [1987]
2ª edição Companhia das Letras [2000]
1ª edição Companhia de Bolso [2011]

Esta obra foi composta pela Verba Editorial
em Janson Text e impressa pela Prol Editora Gráfica em ofsete
sobre papel Pólen Soft da Suzano Papel e Celulose